新潮日本古典集成

好色一代女

村田 穆 校注

新潮社版

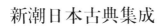

目次

凡例

一、本文の作成については、本文を読みやすい形で提供するために、原文の理解に特別の支障をきたさない限り、近世の特殊な表記を避けて、現代の読者に親しみやすい一般的な表記につとめた。

一、右の立場から、異体の、あるいは、特殊の漢字は現代通用の漢字に改め、一部は仮名に改めたところもある。また、適宜仮名に漢字を当てた。ただし、それらの用字法は必ずしも統一しなかった。たとえば、「あはれむ」を、原文では、「あはれむ」「哀れむ」「憐む」と書き分け、「脇指」「脇差」と混用するが、それは、文中の漢字と仮名の均衡とか、字面の感じによるので、強いて統一しなかった。

特殊の文字ながら原形を残したのは、次のごときわずかの例にすぎない。

「徳」（「得」の意）・「大臣」（「大尽」の意）のごとき表記には、町人の意識がはっきり出ているので、原形を残した。

「店」の意で「みせ」と「たな」を読み分ける時は、当用漢字の表記では「店」「たな」と書くが、この本では、原文の「見世」と「棚」の表記に従った。

「咄」（話）・「湊」（港）・「大坂」（大阪）・「花麗」（華麗）・「惣じて」（総じて）などは、現代の読者にも読めぬ文字ではないので、原形を残した。

一、熟合・転成の名詞については、現代の送り仮名法を原則としながら、読み方の難易に応じて、語尾の仮名を残したり、削ったりして、必ずしも統一しなかった。

一、本文の仮名づかいと振り仮名は歴史的仮名づかいに、頭注と傍注は現代仮名づかいに従った。

本文の振り仮名は、一部は作者（西鶴）の指定したものもあるかもしれないが、多くは出版者が読者の便を考えて記したものであろう。従って、原文に必ずしも忠実に従わなくてもよいと考えて、自由に取捨した。例えば、「縹り行く」の「縹り」に、「たどり」と「たより」の両様の振り仮名があるが、「たどり」に統一した。原文に「青山《せいざん》変つて白雪《しらゆき》の埋《うづ》む時」とある場合の「せいざん」「しらゆき」と、音と訓で表記してあるのは、意図的に読み分けられたものではなく、音訓いずれで読んでもよいものと考えて、振り仮名は削った。また、「商人」の振り仮名は、「商人《あき》」とある。西鶴の読例では、「商人《あきびと》」「商人《あきうど》」「商人《あきんど》」があり、「商人《あき》」としたのは、そこでは「しょうにん」とか「ばいにん」とか音読しないための指定なので、それを一つの読み方に固定するのは、読みの範囲を狭めることになって、好もしくはないが、この本の性質上、かりに「商人《あきんど》」と振った。もともと読む文学は、語る文学とは性質を異にするところがあり、読み方よりは文字面を重んじる一面のあることを御承知願いたい。

一、句読点は、原文に付けてある場合と、ない場合がある。或る場合は、西鶴の特殊の文体を示すところもなくはないが、かなり無造作なところもあるので、意味本位の読みやすい形の句読に統一した。

清濁についても、当時は濁点・半濁点は加えられないことも多いので、はっきりしないところもあるが、一応私の読み解いた形で、清濁をつけた。清濁は、発音の難易に従って移るところが多いので、あまりこだわる必要はないかと思う。

繰返し記号は、原文には、「ゝ」「〻」「〱」などが用いられているが、漢字を二字重ねる場合に「々」を用いる外は、すべて同字を重ねた。

誤字・脱字の明らかなもの若干は訂正し、多く頭注で断った。

一、段落は原文にはないが、翻刻・注釈の書の多くの先例にならって、段落をつけ、本文理解の便を計った。

会話の部分には「　」をつけたが、まま、心中の思いにも「　」をつけた。その方が理解に便利と考えた場合である。

挿絵は全部収めた。本文の理解を助ける点が多いからである。なお、この挿絵は東京都立中央図書館所蔵本を参照させて頂いた。

一、注釈は、頭注と傍注（色刷り）による。頭注には、語句の説明、傍注には、現代語訳という原則だが、余白の関係と、説明を加える必要上、現代語訳的なものを頭注にまわした場合も少なくない。また、頭注の余白に適宜小見出し（色刷り）を加えた。

注釈の目標は、本集成の趣旨にそって、この作品を原文で読んで、日本の近代文学や外国文学の翻訳を読む程度に、文学として理解できるということである。ただ、頭注は見開きを越えて他の頁にわたらないというきまりなので、いささか無理をしたところもある。

語釈は、従来の研究を勘案して、なるべく簡略にした。出所を一々断るだけの余白はなかったが、主な出所は後に付す諸注釈書である。詳細な注解を必要とする向きは、それらに就かれたい。

ただ、従来の注解では、私に理解し難かったところや不備の感じられるところもないわけではなく、そのような箇所は補注でも加えたいところなので、いささか均衡を失して長くなった。時制・染色・織物・料理・計器・経済・制度・地理・鉱業などの方面に多く、それぞれの専門家・実務家のお教えをうけたところも多い。

特に地名については、現在の読者の便を考えて、わかりきった国名の一部（たとえば、武蔵・摂津など）の外は、現在の地名に統一して注記した。もっとも、地名は絶えず動いているので、若干の例外を除いて、昭和四十七、八年ころのものと御了解願いたい。ただ、地形の変化や度重なる呼称の変更から、新旧の地名は必ずしも重ならないので、その一端を記すにとどめたところがある。東京都にこの例が多い。が、大体のところは察知できると思う。地名については、市区町村役所・教育委員会・公私の図書館・その他、既知未知の方々の御援助を受けたところが多い。

なお、私の特に力を注いだところは、従来の語釈中心の諸注とは違って、解説的注記を多くした点である。専門外の人たちに近世文学を理解してもらうために必要なことは、語釈の詳注ではなくて、社会・制度・経済・風俗など近世常識の解説であると思ったからである。

また、西鶴の語法は、特殊なところがあるので、頭注に余白の許す限り、注記するにつとめた。

また、近世の経済事情は、現代とは著しく異なるので、はじめは当代通貨の現行価格への換算をすべて頭注や傍注に記入しようかと考えたが、近ごろの貨幣価値の変動はあまりにはげしいので、とりやめて、付録に「近世の貨幣をめぐる常識」を入れた。御参照願えれば幸いである。

また、作品の内容について、在来の学界の正統派とは違った私見を、頭注のところどころに、かなり大胆に書き加えた。異端の説が読者の思索を刺激することを願ってのことである。

解説や付録も、右の観点から書いた。

一、この本をまとめるにあたって、参照した注釈書や語彙研究や論文は甚だ多いが、この本の足りないところを読者に補ってもらうために、割に手に入り易くもあり、かつ、重要な注釈書として、次の諸著をあげておきたい。

◇三田村鳶魚編『西鶴輪講　好色一代女』昭和三年〜四年　春陽堂刊（後、昭和三十五年　青蛙房重刊）。
◇藤井乙男校注『好色一代女』（『西鶴名作集』所収）昭和十年　講談社刊。
◇暉峻康隆校注『好色一代女』（『定本西鶴全集第二巻』所収）昭和二十四年　中央公論社刊。
◇麻生磯次校注『好色一代女』（日本古典文学大系『西鶴集　上』所収）昭和三十二年　岩波書店刊。
◇横山重校訂『好色一代女』昭和三十五年刊　岩波文庫。

一、私は初めて注釈らしい試みをして、思いの外に多くの方々のお力添えを必要とするのに驚いた。注釈という仕事は、国文学者の長い地道な研究の集積の結果を示すものなので、それがこの注釈の基根をなしていることは、言うまでもないが、研究史の浅く雑学にわたることの多い近世文学では、専門外の方々のお力添えを得ねばならぬところが、それに劣らず多かった。簡略な注釈という性質上、斯学内外のお教え頂いたすべての方々の芳名を注記に逸したことについて、改めて御寛恕を乞い、あわせて、心から御礼申し上げたい。

なお、疎懶の私のこの書をものし得たのは、直接には、野間光辰先生の御推挙、谷田昌平氏の口説き上手、山本澄子君の助力によるところである。心から御礼申し上げたい。

昭和五十一年七月

好色一代女

入絵

好色一代女

一

一 美女。

二 本来は、奇異の人の住む別天地の意。『西鶴諸国はなし』巻二の五の「隠れ里」はその意。ここでは、世間離れて隠れ住む里の意だが、本文には原意の雰囲気をとどめようとした。その気持は、巻一の一に『遊《ゆう》仙窟《せんくつ》』の訓読法の目立つあたりにもうかがえよう。

三 世間に住んでいたころの、その女の物語。

四 聞けば聞く程、興味深い。

五 都とは、こんなところ。桜咲くころの東山の見聞。

六 こんなものは外の地にはいない。

七 千人の中にも、類のない美人には。

八 支度金。雇用の契約が成立した際に、契約金以外に特別に与えられる金。手付金や内金とは異なる。

九 付録「近世の貨幣をめぐる常識」参照。

一〇 今、京都市下京区西新屋敷の遊里。寛永十八年（一六四一）六条三筋町（室町通六条）より移転。この遊女を見た目からは、紅葉や月はもとより、地女（素人女）などは問題にならぬ、との意。このところ、「見渡せば花も紅葉もなかりけり浦の苫屋《とまや》の秋の夕暮れ」（『新古今集』藤原定家）のもじり。速吟俳諧に長じた西鶴には、耳なれた古典が、文飾として流れ出ることが多い。

＊ この頁は、表紙に張り付けてある副題簽《ふくだいせん》で、巻一の内容を示唆するものである。初めの三行が第一話、次の三行が第二話、次の三行が第三話、終りの三行が第四話を示す。以下各巻同様である。

巻一

[一]姿の[二]隠れ里に訪ね入り
[三]世に有る程の女物語
[四]聞けば聞く程

[五]都とは桜咲く東山の事
何処《いづく》にも女は　あれど
[六]こんなものは

[七]千人の中にも
ないといふは[八]捨《す》て金《きん》
[九]二百両

[一〇]島原見た目に
外《ほか》の紅葉《もみぢ》も月も
地女《ぢをんな》も

好色一代女　巻一

目《もく》録《ろく》

老《らう》女《によの》隠《かくれ》家《が》

〽都に是沙汰《これざた》[一一]の女訪ねて
昔物語を聞けば
一代《一生》のいたづら[一二]
さりとは浮世[一三]の洒落者《しやれもの》
今もまだ美しき

舞《ぶ》曲《ぎよくの》遊《いう》興《きよう》

〽清水《きよみづ》[一四]の初桜に
見し幕[一五]のうちは
一節《ひとふし》[一六]のやさしき娘　いかなる人の
ゆかりぞ　親は親は[一七]
あれを知らずや祇園《ぎをん》[一八]町のそれ
今でも自由になるもの《今すぐにも》

一一 専らの評判。
一二 ふしだら。浮気。情事。
一三 中古・中世の仏教的な「憂き世」から出て、近世の現世謳歌《おうか》の気持に根ざすこの世の意。現代・流行・好色などの意をこめる。
一四 清水寺（今、京都市東山区清水一丁目）境内の地《ぢ》主《しゆ》権現の桜は有名。その桜の咲き初めたころに。
一五 のぞき見した花見幕の中は。二五頁挿絵参照。
一六 一曲舞った優美な娘。
一七 歌舞伎若衆のほめ言葉に、「親はないか」という。これと同意。その娘らの美しさに、その親はどんな人か知りたい、との意。
一八 今、京都市東山区祇園町一帯の地。この辺は、歌舞伎若衆相手の男色遊びの本場で、他に茶屋女という私娼もあり、舞曲の少女も多くここに住むか。

〽[一]三十日切《ぎ》りの手掛け者にはあらず
[二]よしある人の息女も
末を頼みにやる事
さては《そんな女なら》
仮初めに《手軽には》
なるまい《手に入るまい》
なるともなるとも
望み次第

国《こく》主《しゅの》艶《えん》妾《せふ》

〽京のよい中を改めたる女《京都には美女の多い中を厳選した女》
島原の[三]太夫職《たいふしよく》の風俗
[四]善し悪《あ》しの詮議《せんぎ》がくどい
思はく丸裸にして語るに《その太夫の心の中をさらけ出して話すのを聞くと》
思ひの外なる内証《内情は意外なことばかり》

淫《いん》婦《ぷの》美《び》形《けい》

一　一カ月契約の妾《めかけ》。

二　家柄のよい人の御娘も、大名の妾なら、将来を当てにして、奉公に出すという。

三　遊女の最高位。松の位《くらい》ともいう。以下、天神・囲《かこい》と続き、この三階級は、遊女屋から揚屋《あげや》に呼んで遊興する。その下に局《つぼね》女郎があって、抱え主の店で営業する。

四　善いとか悪いとか論じ合う余地もない程素晴らしい。

五　色欲におぼれると命を短くする。もと『呂氏春秋《ろししゅんじゅう》』や『文選《もんぜん》』の中にこの種の発想があるが、当時諺《ことわざ》化していたので、西鶴は直接古書によったのではない。

六　花が散って、その木が薪となるように、若盛りの人間も、ついには衰え、死んで、焼かれることを免れない。

七　この結びは清音で読んで、助動詞「き」の連体形「し」の普通の反語形式とも見られるが、西鶴は「誰かは及び難し」（二七頁九行目）とか「何惜しからじ」（五六頁一三行目）の如く、終止形で結ぶことが多いので、この場合も「逃れむ」とか「逃るべき」とか結ぶところを、その最終の断定の形で「逃れじ」と結んだと見た。

老女《らうによ》の隠れ家

五美女は命を断つ斧《をの》と、古人も言へり。六心の花散り、夕べの薪《たきぎ》となれるは、いづれかこれを逃れじ。七されども、八時節の外《ほか》なる朝《あした》の嵐《あらし》とは、色道《しきだう》に溺《おぼ》れ、若死の人こそ愚かなれ。その種は尽きもせず《そうした人たちは絶えもしない》。九人の日の初め、都の西、一〇嵯峨《さが》に行く事ありしに、春も今ぞと、一一花の唇《くちびる》動く梅津《うめづ》川を渡りし時、一二何怜《うつく》しげなる一三当世男の一四采体《とりなり》しどけな《締りなく》く、色青ざめて一五恋に貌《かたち》を責められ、行く末頼み少なく《余命も乏しい風で》、追つ付け《まもなく》、一六親に跡やるべき人の願ひ、「我万《よろづ》の事に、何の不足もなかりき。この川の流れの如《ごと》く、一七契水《けいすい》絶えずもあらまほしき」と言へば、友とせし人驚き、「我は又、女のなき国もがな《ないものか》。そこに行きて、閑居《ひっそりと住んで》を極め、惜しき身を永らへ《大事な命を長持ちさせて》、移り変れる世のさまざまを見る事も《見たいもの》」と言

八 その時期も来ないのに、朝の嵐に花が散るとは、色欲におぼれ死期も来ないのに若死する人のことをいうもので、こんな人は最も愚かしい。

九 人日《じんじつ》。正月七日のこと。民間行事としては、当時は元日行事に含まれる。他に、上巳《じょうみ》(三月三日)、端《たん》午《ご》(五月五日)、七夕《たなばた》(七月七日)、重陽《ちょうよう》(九月九日)を合せて、五節句という。

一〇 今、京都市右京区嵯峨。

色道におぼれて命を縮める若者

一一 花がほころびかけている「梅」に、「梅津川」(桂川)を掛ける。「唇動く」は『和漢朗詠集』に「誰謂《カイツシ》花《ト》不レ語《ラ》　軽漾《けいよう》激《シテ》兮影動《カス》レ脣《ヲ》」とあるが、そこから出て、俗に流布した語。

恋にやつれた若者二人の想念の違い

一二 『遊仙窟《ゆうせんくつ》』慶安本に、「ウツクシゲナル」と訓を付ける。以下、この種の見慣れぬ漢字と訓は、一々注記しないが、多くこの類である。

一三 現代風の伊達《だて》男。

一四 身なり。なりふり。風采《ふうさい》。

一五 度の過ぎた色事に容姿も醜くやつれ。

一六 親に遺産を相続させる。親より先に死ぬるをいう。

一七 腎水《じんすい》・精水ともいう。

現代風隠れ里「好色庵」

ふ。

この二人、生死《しやうじ》[一]各別の思《考え方》はく違ひ、人命短長の間[二]、今に見果てぬ夢に歩み、現《うつ》に言葉を交はすが如く、邪気乱募《じやけら》[三]つて、纏《たど》[四]り行かれし道は、一筋の岸根伝《川岸沿いの道に》ひに、防風《ばうふ》[五]、薊《あざみ》など萌《も》え出づるを、用捨《遠慮もなく》もなく踏み分け、里離れなる北の山陰に入られしに、何とやらゆかしく《心ひかれて》、その後を慕ひしに《つけて行くと》、女松群《めまつむら》立ち、萩《はぎ》の枯垣まばらに、笹《ささ》[六]の編戸に、犬の潜《くぐ》り道の荒けなく《が乱暴についていて》、それより奥に、自然の岩の洞《ほら》、静かに片庇《かたびさし》[七]を下ろして、軒は忍ぶ草《軒忍が生え》、過ぎにし秋《昨秋色づいた》の蔦《つた》の葉残れり。

東の柳が下《もと》に、筧《かけひ》音なしてまかせ水[八]の清げに、ここに住みなせる主《あるじ》はいかなる御法師ぞと見しに、思ひの外なる女の、臈闌《らふた》[九]けて三《み》つ[一〇]輪組《わぐ》み、髪は霜を梳《けづ》つて《白髪を櫛で》、眼《まなこ》[一一]は入り方の月影幽《かす》かに、天色《そらいろ》[一二]の昔小袖に八重菊[一三]の鹿子紋《かのこもん》を散らし、大内菱《おほちびし》[一四]の中幅帯《ちゆうはばおび》[一五]前に結びて、今でもこ《年とった今でも》の靚粧《よそひ》、さりとては醜からず。寝間《ねま》と思ふ長押《なげし》[一六]の上に、瀑板《しやれいた》[一七]の額《がく》掛けて、好色庵《かうしよくあん》と記《しる》せり。[一八]いつ焚《た》き捨てのすがりまでも、聞き伝へし

一 正反対の。全くの。
二 人間の寿命に長短はあるにしても、今も覚めることのない夢のような人生を送り、夢心地に言葉を交わしている風で。
三 ふざけ。冗談。
四 このあたり『徒然草』十一段栗栖野《くるすの》の条の面影あるか。
五 せり科の多年生草本。夏秋に白色の小花を開く。
六 細い竹で編んだ戸。
七 屋根の庇を片方だけ取り付けたもの。この場合は、洞の岩から庇を出したのである。
八 流れるに任せてある水。このあたりの情景すべて二〇〜二一頁の挿絵に描かれている。
九 ここでは、老女の上品で美しい様子をいう。「臈《らふ》」の原意は僧の修行の年功を数える語。
一〇 老人の形容。年をとって腰の曲った意か。
一一 視力は山の端に入る月の光のように衰えて。
一二 地色が薄藍色（一七五頁注一八参照）の古風な小袖。
一三 八重菊模様の鹿子絞りの散らし染。
一四 唐花菱《からはなびし》。戦国の武将大内《おおうち》氏の紋所なので大内菱ともいう。流行の染模様の一。
一五 帯地は普通幅二尺五寸（約九

唐花菱
〔日本紋章学〕

[一九]初音《はつね》、これなるべし。

なほ、心も窓より飛び入る思ひになりて（この庵の内部の様子に一層強く心ひかれて）、〔垣の外から〕[二〇]暫《しば》し覗《のぞ》きしうちに、最前の二人の男、案内《あない》知つた顔に（内情に通じた風で）、物申《ものも》も乞はずして（案内）入りける。老女忍笑《ほほゑ》みて、「今日も亦《また》、我を訪《と》はれし。世には泥《なつ》みの深き（執着の深い）調謔《たはぶれ》もあるに、[二一]なんぞ朽木《くちき》に音信《おとづれ》の風、聞くに耳うとく、語るに口重ければ、今の世間難しく（世間付合いが煩わしく）、ここに引き籠《こも》りて七年《とせ》、開ける梅暦に春を覚え（梅の花が咲くと暦代りに春を知り）、青山変つて白雪の埋《うづ》む時、冬とは知られぬ。邂逅《たまさか》にも人を見る事絶えたり。いかにして訪ね渡られし」と言へば、「それは（その男は）恋に責められ、これは（私は）思ひに沈み、いまだ[二二]諸色《しよしき》の限り（極限）を弁《わきま》へ難し。或る人伝へて、[二三]この道に来るなれば（尋ねて来たのだから）、身の上の昔を、今様に（現代風）語り給へ」と、[二四]竹《ちく》葉《えふ》の一滴を、玉なす（立派な）金盃に移し、是非の断りなしに（無理強いに）勧めけるに、老女いつとなく乱れて、常弄《もてあそ》び[二五]縄《いとすぢ》ならして、[二六]恋慕の詩を歌へる事しばらくなり。そのあまりに、一代（一生）の身のいたづら（ふしだら）、さまざまに成り変り（変化）し事ども（した経歴）、夢の如くに語る。

五センチ）程、これを二つ割にしたのが女帯で大幅帯と称するのに対して、中幅帯はこれを三つ割にして、男や老女が用いる。巻二の三（六六頁）に似せ若衆、巻三の三（一〇一頁）に歌比丘尼《びくに》、巻六の三（一八二頁）に遣手《やりて》などの例がある。前結びは遊女などのするしゃれた結び風（二四頁注八参照）。

好色庵の女主一代のいたずら話の発端

一六 柱と柱の間の壁の上部に取り付けた装飾用横木。

一七 風雨にさらして表面を浸蝕させた板。

一八 いつ焚いたのか、香のにおいが残っているが。「すがり」は「尽り」、消え残り、香を焚いた名残。

一九 古伽羅《こきゃら》の名香の一。五〇頁注一参照。

二〇 二一頁の挿絵で、庵の窓から筆者らしい男が室内をのぞいているのは、画工の描き誤り。

二一 朽木に風の訪れるように、色香もなくした世捨人の私をどうして訪ねていらっしゃるのですか。

二二 色の諸分《しょわけ》。色道万般の秘事。三三頁注二二参照。

二三 庵への道と色の道を掛ける。

二四 酒の異名。酒を醸造する時竹葉を交えると清《す》むので、酒を竹葉と称したという一説がある。

二五 絃楽器。二一頁の挿絵では、琴。

二六 当時の流行小歌に「れんぼ」というのもあるが、ここは、恋の歌の意か。

官女に仕え十一歳で恋心

一自《みづか》ら、そもそも《もともとの素姓は》は卑しからず。母こそ筋なけれ《血統は立派でないが》、父は後花園院の御時、二殿上《てんじやう》の交はり近き人の末々、三世の習ひとて衰《おとろ》ひ、あるにも甲斐なかりしに《生きているかいもないみじめな境遇だったが》、我自然と面子透迤《かほばせなよやか》に生れ付きしとて、大内《おほうち》《宮中の最高位の》の又上もなき官女に仕へて、四花車《きやしや》なる事ども、あらましに《おおよそは習得した》暗からず。なほ、年を重ね勤めての後は、必ず悪《あ》しかるまじき身を《幸せになれたであろう身を》、十一歳の夏初めより、わけもなく取り乱して《何となく気持が落ち着かなくなって》、人まかせの髪結ふ姿も気に入らず、五髱《つと》なしの投島田《なげしまだ》、六隠し結びの浮世元結《もとゆひ》と、いふ事も、我改めて《私が工夫した》、七御所染《ごしよぞめ》の物好み《嗜好》、時花《はや》りしも、明け暮れ八雛形《ひながた》に心を尽せし《工夫をこらした》以来《このかた》なり。

されば《ところで》、公家方《くげがた》の

好色庵に女主を訪ねる二人の若者

一 少し気取った自称。なお、この作中では我・我ら・それがし・おれなどその場に応じた自称が用いられ、まれに、女・この女・この女房と他称に脱線する。このあたり『伊勢物語』十段「父はなほ人にて母なん藤原なりける」、八十四段「身は卑しながら母なん宮なりける」などのもじりか。ここから、一代女の懺悔《さんげ》話。

二 殿上に立ち交わる公卿《くぎよう》に近侍した人、すなわち、御所侍程度の身分の者の子孫。

三 世間によくある例のように落ちぶれて。「衰ひ」は「衰へ」のなまり。

＊ 先祖の身分を、端的に御所侍などと言わないで、その仕官先の高貴を誇ったり、庶民であることに劣等意識をもったり、自分の仕えたのが高位の女官であることを誇ったりするところに、現代にも尾を引くが、当時の階級というものに対する意識が強く出ている。九五頁注七参照。

四 上品なこと、風流なこと。宮中の生活・制度。

五 髱《つと》を後ろに出さないで、髷《まげ》を後ろへ倒れるように結うた島田髷。当時流行の髪形で、遊女などが好んだ。

六 流行の元結を目立たぬように使って髷を結い上げ

島田髷
〔女用訓蒙図彙〕

御暮しは、歌のさま、
九鞠《まり》も色に近く、枕隙《ひま》一〇
なきその事のみ、見
るに浮かれ聞くにと《心さ》
きめき《わぎ》、おのづと恋一一
を求めし、情けに基
づく折から、あなた
こなたの通《かよ》はせ《恋文》文《ぶみ》、

皆あはれに悲しく、後《のち》は捨て置く所もなく、物事言《無口の》はぬ一二衛士《ゑじ》を頼み
て、あだなる《むなしい》煙《けぶり》となすに、一三諸神書き込みし所は消えずも、一四吉田の御《み》
社《やしろ》に散り行きぬ。

姿より文にひかれる恋

恋程をかしきはなし。我を忍ぶ人《恋い慕う人》、色作りて《めかしこんで》美男ならざるはなか
りしに、これにはさもなくて《そんな人にはそれ程心ひかれず》、さる一五御方《おんかた》の青侍《あをざぶらひ》、その身はしたなく《みっともなくて》
て、いやらしき《いとわしい》事なるに、一六初通《しよつう》よりして、一七文章、命《いのち》も取る程に、次《ひき》

ること。
七 後水尾帝の皇后東福門院（徳川秀忠の娘）の好みに始まるという華美寛濶《かんかつ》の染風。寛永頃の流行を支配。ここでは一代女の工夫に付会した。
八 模様や染色の見本。
九 鞠の空に上がった時の緩やかな廻転を「色」というが、ここは転じて、鞠の遊びも色めかしいもので、という程の意。
一〇 枕を交わすことの忙しい色恋ばかりを。
一一 恋を求めるようになったが、そうした情けの道を第一に考えるようになった時期に。
一二 宮中の警備兵。「みかきもり衛士の焚《た》く火の夜は燃えて昼は消えつつ物をこそ思へ」（『詞花集』大中臣《おおなかとみの》能宣《よしのぶ》→百人一首。このような場合、直接の出所は多く百人一首の方）を少しひねった文飾。
一三 恋文の中で、自分の恋の真実を誓う為に引合いに出した神名の書かれた部分は、焼失しないで。一〇五頁注一四参照。
一四 吉田神社。今、京都市左京区吉田神楽岡《かぐらおか》町にある。諸国の神々三千百三十二座が祭ってあり、吉田の卜部《うらべ》家は神道の長とされていた。
一五 ある公家《くげ》に仕えた身分低い若侍。
一六 最初の手紙。
一七 こちらが命も捧げたくなる程の魅力ある文章で。

第次第《続いて》に書き越しぬ。いつの頃《ころ》か、[一]もだもだと思ひ初《そ》め、逢《あ》[二]はれぬ首尾を賢く、それに《その男に》身をまかせて、浮名の立つ事をやめ難く、[三]或る朝ぼらけに現れ渡り、〔私は〕宇治橋の辺《ほと》りに追ひ出されて、身を懲らしめ《つらい思いをしたが》けるに、はかなや、その男はこの事に命を取られし《命を失った》。

その四五日は現《うつつ》[四]にもあらず、寝もせぬ枕に、〔男の〕物は言はざる姿を、幾度か〔見て〕恐ろしく、心に応《こた》へ、身も捨てんと思ふうちに、又日数《ひかず》を経《ふ》りて、その人の事は更に《すっかり》忘れける。これを思ふに、女程浅ましく《なさけなく》心の変るものはなし。自《みづか》ら、その時は十三なれば、人も見許して《大目に見て》、「よもや《まさか》、そんな事は《色恋に心奪われるようなことはあるまい》」と思はるるこそをかしけれ。

[五]古代は、縁付き《嫁入り》の門出《かどで》には、親里《おやざと》の別れを悲しみ、涙に袖をした《浸し》しける《たが》に、今時の娘、さかしく《早く知恵づいて》なりて、仲人《なかうど》[六]をもどかしく、身拵《みごしら》へ取り急ぎ、[七]乗物待ちかね、尻軽《しりがる》に乗り移りて、悦喜鼻《喜びの気持が顔にあふれて》の先にあらはなり《いる》。この四十年後《あと》[八]までは、女子《をんなご》十八九までも、[九]竹馬《たけうま》に乗りて門《かど》に遊び、男の子も、定まつて二十五にて元服せしに、かくも亦《また》、せは《急激に》

恋の痛手も癒えるに早い女心

早熟な当代娘気質

竹馬
〔骨董集〕

一　悶《もだ》え悩むさま。
二　逢い難いところを頭を働かせて。
三　或る早朝密会が露顕して、宇治橋（今、宇治市）の辺《ほと》りの実家に追い出され。「朝ぼらけ宇治の川霧たえだえにあらはれ渡る瀬々の網代木」（『千載集』藤原定頼→百人一首）による文飾。
四　目覚めているでもなく、眠れもしない、ぼんやりした意識の枕元に。
五　ここでは、次の「四十年後《あと》まで」と照応して、寛永（一六二四〜）期ごろを指すか。
六　仲人の世話してくれるのも待ち遠しく。
七　ここでは、嫁入り乗物。一一六頁挿絵参照。
八　四十年前の意。正保四年（一六四七）に当るが、大まかに寛永のころをいうか。
九　子供が馬に見立てて乗って遊ぶ笹竹《ささだけ》。
＊　女子が十八、九まで竹馬に乗って遊んだとか男子が二十五で元服したとかいうのは、当代の早熟を非難する為の誇張の言。
一〇　恋の花を咲かせるには若過ぎる年ごろから、色情を知り、色情のおもむくままに身を任せ心を汚し、存

しく変る世や《変化する世の中よ》。我も、一〇恋の蕾《つぼみ》より色知る山吹の瀬々に気を濁《にご》して、思ふまま身を持ち崩《くづ》して、住むもよしなし。

舞曲《ぶぎよく》の遊興《いうきよう》

万《よろづ》、一一上京《かみぎやう》と下京《しもぎやう》の違ひありと、耳功者なる人の言へり《音を聞き分けるに巧みな人が言った》。一二浴衣染《ゆかたぞめ》の花の色も移りて、一三小町踊を見しに、里の一四総角《あげまき》なる振袖《ふりそで》に太鼓の拍子《ひやうし》、四条通までは静かに豊かに、いかさま《いかにも》都めきけり。それより下《した》は、町筋限りて《四条通の町筋を境として》声せはしく、足音ばたつき、かくも変る物ぞかし。一つ〔太鼓〕打つ手も一五間《ま》をよく調子を覚え、すぐれて見えける《立派に見える》人は、人の中にて《特別の人間》の人なり。

万治《まんぢ》年中に、駿河《するが》の国安倍《あべ》川の辺《あた》りより、酒楽《しゆらく》といへる座頭、江戸に下りて、屋敷方《武家方》の御慰みに、紙帳《しちやう》《紙のかや》のうちに入りて、一六鳴り物八人

分に堕落した。今更濁った心が澄むわけでもなく、無意味に生き永らえてきた。色→山吹→山吹の瀬（宇治の歌枕）→恋の瀬→濁る→澄む→住む、と転廻した。

一一 当時は、上立売《かみたちうり》より二条辺までを上京、押小路《おしこうぢ》辺以南を下京と二分したり、又、下立売辺以北を上京、三条辺までを中京、以南を下京と三分したりしたが、いずれも大まかな区分。

上京・下京の違いは小町踊にも

一二 花色（紺に次ぐ濃い藍染。一七五頁注一八参照）に染めた浴衣の季節も終りに近く、華やかな衣装のよく似合って。「移り」は季節の推移と、よく似合うの意を掛ける。「花の色は移りにけりないたづらに我が身世にふるながめせしまに」（『古今集』小野小町→百人一首）による文飾。この縁から次の「小町踊」を出す。

一三 少女の七夕《たなばた》踊のこと。七月七日と十五日の昼間、少女たちが踊衣装を着、団扇《うちわ》太鼓を敲《たた》き小歌を歌って町々を踊り歩いた。

一四 幼童の髪形の一。転じて、幼童の意。

一五 間拍子の取り方が確かで音律の高低を正しく覚え。

酒楽工夫の少女舞曲

一六 一人で八種の楽器を演奏する曲芸。八人芸・八人座頭とも。万治（一六五八〜）・寛文（一六六一〜）ごろから流行。後には十五人芸・十八人芸にも及ぶ。

舞曲の少女の風俗

の役を独りして、間[一]を合せける。その後、都に上《のぼ》り芸を広めけるに、殊更、風流の舞曲を工夫して、人のために指南《教える》をするに、少女集りて、これを世渡り《生活の手段》に習へり。女歌舞伎[二]にはあらず、麗しき娘を、この業《わざ》に仕入れて《仕込んで》、上《うへ》つ方《かた》の御前《ごぜん》[三]様へ、一夜づつ、御慰みに上げける。

東山あたりの出振舞いに色添える舞曲の少女

衣装も大方《おおよそ》に定まれり。紅返し《もみがへ》[四]の下着に、箔形《はくがた》[五]の白小袖《しろこそで》を重ね、黒き削襟《そぎえり》[六]を掛けて、帯は三色左縄《さんしきひだりなは》[七]後ろ結び[八]にして、金作《きんづく》[九]りの木脇差《きわきざし》、印籠《いんろう》[一〇]、巾着《きんちゃく》[一一]を下げて、髪は中剃《なかぞ》[一二]りするも有り、髱《つと》して、若衆《わかしゅ》の如く仕立てける。小歌うたは

一 間拍子よく演奏したの意と、その場をうまく処理したの意を掛ける。
二 慶長（一五九六〜）ごろの女歌舞伎のように、女盛りの色っぽさを売り物にするものではない、の意か。
三 大名や大身の旗本や、その夫人をいう。ここでは夫人。
四 裏地の紅《あか》い絹を、袖口や裾など、表に折り返して縫うこと。
五 白地に型を用いて絵模様を金銀の箔で押した小袖。小袖は絹物の綿入れ。
六 半襟。小袖に半襟を掛けるのは寛永（一六二四〜）以前の古風。
七 左撚《よ》りの三種の色糸で製した組帯か。名古屋帯ともいう。女帯は端に房が付いている。
八 武家や町家の女の帯の結び方。堅実な風。野暮な風。前結び（一八頁注一五参照）に対する。
九 金箔を置いた短い木刀。五八頁注一参照。
一〇 もと印判・印肉を入れたが、当時は薬を入れて腰に下げた小箱。
一一 銭・薬などを入れる袋物。
一二 頭の中央部を剃り、髱を出して、若衆風の髪形にした。

若衆髷
〔女用訓蒙図彙〕

せ、踊らせ、酒の挨拶《酒席の応対》、後には、吸物の通ひ《給仕》もする事なり。諸国の侍衆《さぶらひしゅ》、又は、お年寄られたる方《かた》を、東山の出振舞《でぶるま》[一三]ひの折ふし、五七人も打ち交ぜたる風情《ふぜい》は、又、

これよりは《これ以上のものは》あるまじき遊興もの《遊びもの》ぞかし。男盛りの座敷へは、少しぬかる《頼りなく》過ぎて見えける。一人を金一角[一四]に定め置きしは、軽行きな《手軽な》る呼び[一五]物なり。

舞子の巧みな客あしらい

いづれを見ても、十一二、三まで《十一二歳せいぜい十三歳まで》の美少女なるが、よくよく《十分に》これ《この職業》に染まり《に溶け込んで》、都[一六]の人馴《ひとな》れて、客の気《機嫌》を取る事、難波《なには》[一七]の色里の禿《かぶろ》[一八]よりは賢し。次第に大人しうなりて《成人して》、十四五の時は、[一九]客只《ただ》は帰さじ。それ

一三 客を他所《よそ》に招いてもてなすこと。清水・八坂あたりにこのような店があった。

一四 一歩金の異称。長方形の形から出た名称。一両の四分の一の価。

一五 遊興相手に呼ぶ女。

一六 都の者だけあって人ずれしていて。

一七 大阪の遊里新町（瓢簞《ひょうたん》町）。西横堀順慶町の新町橋以西一帯の地。今、西区、南は西長堀、西は富田屋橋と問屋橋との間、北は立売堀《いたちぼり》（今、立売堀南通）に囲まれた地。寛永八年（一六三一）、道頓堀（今、南区）より移る。

一八 高級の遊女に付き従う遊女見習いの少女。

一九 利益になりそうな客は簡単には帰さない。といって、客の方が勢いづいて事を運ぼうとするとうまくゆかない。

も押し付け業《わざ》には思ひも寄らず、人の心まかせなるやうに《客の思い通りになるかのように》じやらつ[一]きて、[二]肝心《かんじん》の濡《ぬ》れかかれば、手をよく外し《手ぎわよく身を避け》、その人に泥《なづ》ませ《執着させ》、「我《私が》思し召さば《お気に入りましたら》、忍びてお独り、親方《抱え主のところへ》へ御入りあらば」《〔と言う〕》[三]、よき首尾見合せ、酒に酔《ゑ》ひ出し、前後覚えぬ風情《ふぜい》、寝かけたる時、囃子方《はやしかた》の若い者どもに、少しの御心付けありて、御機嫌とる騒ぎのうちに成る事と、深く思はせ《思い込ませ》、重く仕掛けて《勿体振ったやり方で》、[四]遠国衆《をんごくしゆ》にしたたか取る事なり。素人《しろと》知り給はぬ事、どれにても《どの娘でも》自由になるものぞかし。名を取りし《評判の高い》舞子も、[五]銀一枚に定めし。

我、年の若かりし時、これに身をなすにはあらずして《舞子を職業にするのではなくて》、この子供の風俗《身なり》を好きて、宇治の里より通ひ、世のはやり事《世間にはやるこの芸事》を習ひしに、す《大変》ぐれて《上手に》踊る事を得たれば、人皆ほめそやすに従ひ、募りて《深入りして》面白さ、「[六]後《のち》無用」との意見を聞かず、この道の[七]かぶき者となり、たまたまは、差し出たる《晴れがましい》座敷に、面影《姿》を見せける。されども、母の親、付き添ひて、外《ほか》なる女と同じきいたづら気《ふしだらな気配》は、微塵《みぢん》なかりし《少しも》。人なほ、《人は私が自由》

一 色っぽくもちかけて。

二 客が目指すところの色事に取りかかると。

三 以下事実と舞子のほのめかしをないまぜにした文章で、舞子が客を丸め込む経過を記す。そこで、客が抱え主の家に行くと、舞子はうまく機会をとらえ、酒に酔って、何もわからなくなったふりして、眠りかける時に、客が囃子方《はやしかた》（鼓や三味線を奏して座興を添える者）の若い連中に少しの祝儀をはずむと、彼等が客の御機嫌を取って、にぎやかにはやし立てるどさくさに紛れて、舞子がうまく手に入るものと、客に思い込ませるというのである。

四 田舎客から多額の金を巻き上げるのである。

五 丁銀《ちようぎん》という。海鼠《なまこ》形の銀貨。量目は一定しないが、四十三匁前後。

六 後になって役立つことでもないからやめよ。

七 傾《かぶ》くという動詞から出た語。正常でないもの。態度・衣服などに目立つものをいう。異風・放埒《ほうらつ》・華美・浮薄・伊達《だて》などが当る。ここでは、一きわ目立つ華やかな存在、というくらいの意。

成らぬに気を悩みて《ならぬのに一層思い悩んで》、焦《こ》がれ死にもありける。

或る時、[八]西国方《さいこくがた》の女中《女人》、[九]川原《かはら》町に養生座敷を借りて、[一〇]涼みの頃《ころ》より、北の山々雪になるまで、さのみ[一一]薬程の御気色《きしよく》にもあらず、毎日[一二]楽乗物《らくのりもの》つらせて《担がせて》、出られしに、[一三]高瀬川のそこにて《ほとりで》、我を見初《みそ》め給ひて、人伝《ひとづ》てを頼み、召し寄せられ、明け暮れ、その夫婦の人かはゆがられ、取り廻し《風姿態度》の卑しからずとて、国なる《国元の》独り子の嫁にしても、苦しからじと《悪くはないと》、我貰《もら》はれて、行く末はめでたき事に極まりぬ。

この奥《奥様》の姿を見るに、京には目馴れず《見たこともなく》、田舎にもあれ程ふつつか《容色の整わぬ》なるは《のは》、又有るまじ。その殿の美しさ、今の大内《宮中》にも誰かは及び難し《誰も及ぶ者はあるまい》。我いまだ何心も《恋心などきざしてもいまいと》あるまじきと、二人の中に寝さされて、たはぶれ《夫婦の契り交わされる際には》の折からは、心にをかしくて、「我もそんな事は、[一四]三年前よりよく覚えし物を」と、歯切り《歯ぎしりして》をしてこらへける《辛抱した》。淋しき寝覚めに《夜中目覚めてさびしい時に》、かの殿の片足、身に触《さは》る時、[一五]もは何の事も忘れて、内儀《ないぎ》の鼾《いびき》聞きすまし、殿の夜着《夜具》より下に入りて、その人をそそなかして《誘い込んで》、ひたもの恋《ひたすらその恋》

八　京阪を中心にした上方文学の場合は、中国・四国を含めて、主に九州。他に、東国に対する西国の意もある（一八九頁注一三参照）。

九　賀茂川の西の通り。角倉通《すみのくら》ともいう。北は荒神口《こうじんぐち》より南は四条通下がる風呂屋町まで、それから高瀬川端を南へ松原通木屋町まで。

一〇　陰暦六月七日夜から十八日夜まで、すなわち、祇《ぎ》園会《おんえ》の間、四条河原に床《ゆか》を設け、茶店を出し、提燈《ちようちん》・行燈《あんどん》を輝かせ、貴賤夕涼みを楽しんだ。

一一　薬を必要とする程の御様子でもなく。

一二　遊山乗物。「乗物」は原則的に「駕籠《かご》」と区別があった。駕籠は辻駕籠・道中駕籠など、営業用の簡略な形態のものだが、乗物は自家用で、引戸が付き構造が立派で、民間では儒・医・僧・老人・病人・婦女などが使用を許された（三二頁挿絵参照）。もっとも、貸乗物（三二頁注一〇参照）もあった。ここも貸乗物か。

一三　賀茂川の分流。二条より伏見を経て淀川に入る。貨物運搬のため慶長十六年（一六一一）角倉了意《すみのくらりようい》開《かい》鑿《さく》。

一四　十一歳か。二〇頁五行目参照。

一五　「もはや」の略。

のやめ難く《に打ち込んで》、程なく知れて《〔奥様に〕》、「さてもさても、油断のならぬは都、我が国方《くにかた》のあの時分《年頃》の娘は、いまだ門《かど》にて竹馬に乗り遊びし」と、大笑ひを《大笑いして》暇《いとま》にして《解雇し》、又親里に追ひ出されける。

国《こく》主《しゅ》の艶《えん》妾《せふ》

一 松の風江戸を鳴らさず、東国詰めの年《江戸在住の年》、或る大名の御前《ごぜん》《奥方》死去の後《のち》、家中《家臣連中》二は若殿なき事を悲しみ、色よき《美しい》女の筋目正しき《家柄のよい》を四十余人、御《お》三局《つぼね》四の才覚にて、御機嫌程見合せ《〔殿様の〕ごきげんのよい折を見はからっ》、御寝間近く恋を五仕掛け奉りしに、六皆初桜の、花の前方《まへかた》、一雨《ひとさめ》の濡《ぬ》れに開きて、盛りを見する面影、い《普通》づれか眺め飽くべきにあらず《なら見あきるような女はいない》。されども、このうちの一人も、お気に入らざる事を《〔家中の者は〕》歎きぬ。

これを思ふに、東《あづま》育ちの末々《子孫》の女は、あまねくふつつかに《万事に物足らぬところがあって》、足ひ《扁平》

苦心の妾詮議

一 謡曲『高砂《たかさご》』の「四海波静かにて、国も治まる時つ風、枝を鳴らさぬ御代《みよ》なれや」をもじり、太平の江戸をいう。
二 世継ぎの若殿。大名は後継者が定まっていなくて死去した時は、家は断絶し、家臣は失業する。
三 奥女中の取締役の老女。
四 思慮。工面。知恵才覚・才覚工夫などと熟合する。
五 殿様に恋心を起させようと仕向けた。
六 初々《ういうい》しい桜の蕾《つぼみ》の一雨に濡れて美しく花開くように、一度男の情けを受けるとすぐにも女の美しさを見せそうな若い女の様子。

東育ちの女は色道の慰みにならず

ら《足で》たく、首筋必ず太く、肌固《はだへ》く、心に[七]如在《じよさい》もなくて、情けに疎く《色情に乏しく》、[八]欲を知らず、[九]物に恐れず、心底《しんてい》誠はありながら、かつて色道の慰みにはなり難し《一向に色遊びの対象にはなりにくい》。

女は京育ち

女は、都に[一〇]増して、何処《いづく》を沙汰《さた》すべし。一つは《第一は》、[一一]物腰程可愛らしきはなし。[一二]これ、わざとならず、王城に伝へて、言ひ習へり。[一三]その例《ためし》は、八雲立つ《出雲の国》国中《こくちゆう》の男女《なんによ》、[一四]言葉のあやぎれせぬ事のみ多し。これより離れ島の隠岐《おき》の国の人は、その貌《かたち》は鄙《ひな》びたれども《田舎臭いが》、物言ひ、都の人に変る事なし。やさしくも、女の琴《きん》・碁《ぎ》・香《かう》・歌《か》の道にも、心ざし《たしなみ》のありしは、昔、この島に、[一五]二の宮親王流されましまし、万《よろづ》、その時の風儀《万事にその時代のならわしが》、今に残れり。

妾捜しに奥横目の上洛

「よき事《よい女》は京にあるべし」と、家久しき[一六]奥横目、七十余歳を過ぎて、物見るには目鏡《めがね》を掛け、向ふ歯《上の前歯》まばらにして、鮹《たこ》の風味を忘れ《鮹も噛めず》、香《かう》の物さへ細《こま》かに下ろさせ《刻み》、世に楽しみなき朝夕《てうせき》を送り、ましてや色の道、褌《ふんどし》かきながら《締めていても》女中同然《女人同様》の男、心の浮き立つ程、[一七]大口《おほぐち》言ふより

七 心持によい加減なところがなくて。堅実で。実直で。「如在」は、もと『論語』より出て、神を祭るに眼前に神のいますように、つつしみかしこむ意。転じて、手落ち。手ぬかり。懈怠《けたい》。疎略、の意。
八 欲心がないと男に媚《こ》びない。
九 物に恐れる弱々しいなよなよした風情も男には魅力。
一〇 都以上に話題にできる地域はない。
一一 物の言い振り。言葉つき。他に、身のこなし。動作の意もある。物言いが大変に可愛らしい。
一二 この物言いは、特別に心掛けたものではなくて、王城の地の伝統として、自然に身に付いたものなのだ。
一三 その類の例をあげると。
一四 言葉に濁りがあって語尾がはっきりしない。
一五 後宇多帝の第二皇子の後醍醐《ごだいご》帝。
一六 大名の奥向きを取り締る役人。
一七 猥談《わいだん》。

外はなし。然《しか》れども、[一]武士の勤めとて、袴《はかま》・肩衣《かたぎぬ》、刀・脇差《わきざし》は許さず、腰抜け役《老人役に》の、[二]銀錠《ぎんぢやう》を預りける。これを京女の目利き《鑑定》に上《のぼ》さるるは、[三]猫に石仏、〔女を〕側《そば》に置きてから、何の気遣ひもなし。若ければ、釈《しや》迦《か》にも〔女は〕預けられぬ道具《品物》ぞかし。

[四]寂光《しやくくわう》の都、[五]室町の[六]呉服所《ごふくじよ》、笹屋の何某《なにがし》に着きて、「この度の御用は、若代《わかよ》《若い世代の》の手代衆には申し渡さじ。御隠居夫婦に密《ひそ》かなる内談」と、〔用件を〕申し出さるるまでは、何事かと心もとなし《不安である》。〔奥横目は〕律義千万なる顔付き《まじめくさった顔付きで》して、「殿様お目掛け〔の〕《お妾》を見立て《選定に来た》に」と、申されければ、「それは、いづれの大名方にもある事なり。さて、いかなる風俗《容姿》を御望み」と、尋ねければ、かの親仁《おやぢ》《奥横目》、[七]縞梧《しまぎり》の掛物箱より、女絵《美人画》を取り出し、「大方《おおよ》《そは》は、これに合せて《この絵を標準として》抱《かか》へたき」との品好み《注文》。

これを見るに、「先づ、年は十五より十八まで、[八]当世顔《たうせいがほ》は少し丸く、[九]色は薄花桜にして、[一〇]面道具《おもてだうぐ》の四つ不足なく揃《そろ》へて、[一一]目は細きを好まず、眉《まゆ》厚く《濃く》、[一二]鼻の間《あひ》せはしからず次第高《しだいだか》に、口小さく、歯並み《歯並びは細か》あ

一 武士の勤めとして、袴と肩衣（二三頁挿絵参照）は着けるが、奥向きの勤めとして、太刀と脇差は許されない。
二 銀製のかぎ。表と奥の通路の戸口を開閉するかぎ。
三 諺「猫に小判」のもじり。仏→釈迦→寂光の都と、縁語仕立てにする為である。
四 寂光浄土。ここでは、京都をたたえる語。
五 今、中京区室町通二条・三条あたりに呉服所多く、当時、笹屋を名乗るものも四軒あった。
六 宮中・公家・幕府・大名などに呉服を納入する、いわゆる御用商人。金融の相談にもあずかった。一般売りの呉服屋と区別して、格式を誇った。
七 柾目《まさめ》の通った梧材《きりざい》で作った掛物を入れる箱。
八 美人の標準は瓜実顔《うりざねがお》だったが、愛らしい顔として丸顔も好まれた。一一六頁注一一参照。
九 白くてほんのり赤みのさした色。
一〇 顔に備わる目鼻耳口の四つ。
一一 細い目は王朝風。
一二 眉と眉との間がせせこましくなく、鼻は次第に高く。

妾選定標準

一三 額の生え際は繕わないで自然のままで美しく。一二八頁注七、一八五頁注九参照。
一四『諸艶大鑑《しょえんおおかがみ》』巻七の二には「美人両足は八文七分

に定まれり。九文ありとてこれ又三分を許さず」とある。
一五 閨情《けいじょう》濃厚の相。七五頁注五参照。
一六 身のこなしも衣類の着付けもよく。「物腰」は二九頁注一一参照。
一七 女として身に付けて置くべき諸芸。和歌・連歌・俳諧・物語・書画・花・茶・香・琴などの教養的な面と、裁縫・紡績・機織・綿摘・髪結などの実用的な面とがあった。ここでは、主として教養的な面を指す。
一八 雇人の周旋屋。雇人の一時の宿をしたり、身元引請人となったり、仮親の世話もした。
一九 今、京都市中京区竹屋町通。大炊《おおい》通ともいう。東は寺町通から西は堀川通まで。
二〇 支度金。一四頁注八参照。
二一 婚姻・就職・金融などの周旋料は一割が普通。
二二 本契約が成立するまで試験的に雇われる期間。見習い期間中。
二三 厚く滑《なめ》らかで光沢と粘《ねば》り気のある絹の高級紋織物。シナ渡来。ここでは、京都西陣製の模造品。
二四 鹿子絞りを全面に施した上着。

目見えの周旋と諸費用

二五 シナ渡来の高級絹織物。五色の糸や金糸を交ぜて、雲龍その他動植物の模様を織り出したもの。金《きん》襴《らん》・緞子《どんす》・綾《あや》・綸子《りんず》の類。ここでは、京都西陣製の模造品。
二六 大幅帯。女帯。一八頁注一五参照。

ら《くなくて》あらとして白く、耳長み《長めで》あつて縁《ふち》浅く《肉が薄く》、身を離れて根まで見え透《顔から離れて透き通る感じ》き、[一三]額はわざとならず自然《じねん》の生《は》えどまり、首筋立ち延びて《襟足はすっきりして》、後れ《乱れ毛》なしの後ろ髪、手の指はた弱く《しなやかで》長みあつて爪薄く、[一四]足は八文三分に定め、[一五]親指反《そ》つて裏透きて《扁平でない》、胴間《どうあひ》《胴の長さ》常の人より長く、腰締りて肉置《しし》き《肉づき》たくましからず、尻付《しりつ》き豊やかに、[一六]物腰、衣装つきよく、姿に位備《品位》はり、心立て大人しく、[一七]女に定まりし芸すぐれて、万《よろづ》に暗からず、身に黒子《ほくろ》一つもなきを望み」とあれば、「都は広く、女は尽きせざる中にも、これ程の御物好み稀《まれ》なるべし。然《しか》れども、国の守《かみ》《大名》の御願ひ、千金に替へさせ給へば《千金を出してお求めになるのだから》、世にさへあらば捜し出す」〔と答えて〕、その道を鍛《精通》練《した》したる[一八]人置き、[一九]竹屋町の花屋角右衛門に、内証《内々の事情》を申し渡しぬ。

そもそも、奉公人の肝煎《きもい》り渡世《周旋を職業とすること》とする事、[二〇]捨《す》て金《きん》百両の内、[二一]十両取るなり。この十両の内を、又、銀にして十匁、使ひする嚊《かか》が取るぞかし。[二二]目見えの間《あひだ》、衣類なき人は、借衣装自由なる事なり。白小《しろこ》袖《そで》一つ、或《ある》ひは、[二三]黒綸子《くろりんず》、上着に[二四]惣鹿子《そうがのこ》、帯は[二五]唐織《からおり》の[二六]大幅《おほはば》に緋縮緬《ひぢりめん》

一　女の腰巻。二幅の布で製する。
二　御所染（二一頁注七参照）の被衣。女が外出の際頭に被った小袖。一一六頁挿絵参照。
三　乗物（二七頁注一二参照）の中に敷く蒲団。
四　奉公の契約が成立すると、周旋人は別に丁銀《ちょうぎん》（二六頁注五参照）一枚を謝礼に取る。
五　ここでは、借屋人の意。
六　仮親。親代り。
七　上方では、自家を持つ者を町人と言い、町人五戸で連帯責任をもつ五人組を組織し、又、町自治組織の責任者兼行政機構の末端として一町一人の町年寄を互選し、一人一人が町民としての権利・義務を持つ。俗に士農工商というが、士以外の身分差別はむしろ、町人と借屋人・地主と小作人との間にあった。
八　米で支給せられる俸禄。妾《めかけ》が殿様の子を産むと妾の生家は扶持米をもらい士分待遇を受けるが、生家が借屋人の時はそれも仮親の利得。
九　困難である。費用がかかる。
一〇　駕籠かき二人付きの乗物（二七頁注一二参照）の借賃。
一一　年少の女と成人の女を目見えの供に連れるが、年少の女には六分、成人の女には八分の日当を払う。
一二　他に、朝夕二度の食事代も目見え女の方で支払う。
一三　本契約が成立しなかったなら。

の[一]二布《ふたの》物《もの》、[二]御《ご》所《しょ》被衣《かづき》に[三]乗物蒲《ぶ》団《とん》まで揃《そろ》へて、一日を銀二十目にて貸すなり。その女、[四]御奉公済めば、銀一枚取る事なり。[五]卑しき者の娘には、[六]取り親とて、小家《こいへ》持ちし[七]町人を頼み、その子分《娘分》にして出だすなり。この徳《仮親の利得は》は、あなたより《奉公先からよこす祝品や祝金を》の御祝儀を貰《もら》ひ、末々《〔その女が〕後々》若殿など儲《まう》け《産み》、[八]御扶《ふ》持《ち》米《まい》の出でし時も、取り親の仕合せ《収入》なり。

奉公人も、よろしき事《よりよい奉公先》を望めば、目見えするも[九]難《むつか》し。小袖の損料《借賃》二十目、六尺[一〇]二人の乗物三匁五分《ふん》。京のうちはいづ方までも《京のうちならどこまで乗っても》同じ事《同じ値段》なり。小女[一一]六分《ふん》、大女八分、[一二]二度の飯《めし》は手前にて振る舞ふなり。折角《せっかく》、目見えをしても、[一三]首尾

京女を鑑定する大名の奥横目

一四 この損銀の大きさは付添女一日の日当と比較すればはっきりする。こうまでして、可能性の薄い妾奉公にとりすがろうとしたのである。
一五 町人衆。町年寄・五人組をいう（三二頁注七参照）。借屋人に対して、町内の有力者だが、有力町人くらいの感じに用いられることも多い。
一六 島原は遊女遊びの本場（一四頁注一〇参照）。四条河原はこの付近に芝居があり、歌舞伎役者を主な相手とする男色遊びの本場（一五頁注一八参照）。その遊びの暇に。
一七 遊客に従って、宴席の興を助けることを職業とする者。末社、芸者ともいう。
一八 九州あたりから上洛《じょうらく》した資産家に作り上げ。二七頁注八参照。
一九 目見えを望む女。妾奉公志望者。
二〇 その場限りの慰み相手に望み。
二一 目見えに無理な支度をしてそれだけ借金を負うた女には、打算して身の切売りもやむを得ない。
二二 「分《わけ》」は、もと、筋道。道理。から、事情。理由。特に恋のいきさつ。その為に要する費用。など多様の意に用いられる。ここは、費用の意。
＊ 妾志望の女の弱みにつけ込んで経済的暴力を振う有力町人の暇潰しの遊びに、西鶴の憤りがほのめく。

妾志望の女をもてあそぶ有力町人

一代女国主の妾に合格

せざれば、二十四匁[一四]九分の損銀、悲しき世渡りぞかし。

或るは又、興に乗《面白半分に》じ、大坂・堺の町衆《まちしゅ》[一五]、島原[一六]・四条川原狂ひの隙《ひま》に、太鼓持《たいこもち》[一七]の坊主を西国衆《さいこくしゅ》[一八]に仕立て、京中の見せ女[一九]を集め、慰みにせられける。目に入りし《目にとまった女を》を引きとどめ、しめやかに《こっそりと》亭主《〔遊興宿の〕》を頼み、当座[二〇]ばかりの執心《しふしん》、さりとは思ひ寄らず《女にとってそんなことは思いも寄らず》、口惜しく立ち帰るを、さまざま言ひ伏せられて《いろいろと説得されて》、さもしくも《卑しくも》欲に引[二一]かれ、仮なる枕に従ひ《その時限りの枕を交わし》、その諸分《しよわけ》[二二]とて、金子《きんす》二歩に身を切売り、是非もなき事のみ《致し方もないこと》。それも、貧しからぬ人の息女はさもなし。

かの人置き《花屋角右衛門》の方《かた》より、かねて見立てし《前以て見定めておいた》美女を、百七十余見せけれども、一人も気に入らざる事を歎き《〔笹屋某が〕困り》、我を伝へ聞きて《私の噂を聞いて》、小幡《こはた》[一]の里人より《に尋ね》、住み《〔私の〕》隠れし宇治に来て、我を迎へて帰り、取り繕ひなしに《普段の姿のままで》、つい見せけるに、江戸より持ちて参りし女絵にまさりければ、外《ほか》又穿鑿《せんさく》やめて、この方望みの通り《こちらの希望通りに》、万事を定めて済みける《話がついた》。これを国《くに》[二]上臈《じやうらふ》といへり。

はるばる武蔵《むさし》に連れ下られ、浅草のお下屋敷[三]に入りて、昼夜楽しみ、唐《から》[四]の吉野を移す花に暮し、堺町《さかひ》[五]の芝居を呼び寄せ笑ひ明かし、世に又望みはなき栄華なりしに、女は浅ましく《なさけなくも》、その事《男女の契り》を忘れ難し。されども、武士は掟《おきて》正しく《規則が厳しく》、奥なる女中《奥勤めの》は、男見るさへ稀《まれ》なれば、まして、褌《ふんどし》の匂《にほ》ひも知らず、菱川《ひしがは》[六]が書きし小気味のよき姿枕を見ては、我を覚えず上気して《我を忘れてとりのぼせ》、いたづら心《ふしだらな心を持たぬ》もなき足の跟《きびす》、手の高々指《中指》を引き靡《なび》け、独り遊びも難しく《自慰行為も快くなく》、誠なる恋《本物の男との契り》を願ひし。

惣《そう》じて大名は、表向きの御勤め繁く《政務多忙で》、朝夕近う召し使はれし《〔表泊りが多く〕》前髪[七]に、いつとなく御《お》ふびん《情け》かかり、女[八]には各別の哀れ深く、御本妻の

一 今、宇治市木幡《こわた》。当時木幡は宇治の北方。

二 国御前《ごぜん》ともいう。正室は人質として江戸に常住したので、大名在国の時の側室を指す名称だが、実際は江戸にも伴われた。巻三の二参照。

三 大名常住の上屋敷に対して、中屋敷や下屋敷と称する別邸があり、妾は下屋敷に置かれた。

四 「唐の吉野」は古くからあるたとえ。「夢にだにまだ見ぬものをもろこしの吉野の桜いかが咲くらむ」（後嵯峨院）に見られる如く、シナ崇拝の思想から吉野の桜にまさる桜を唐土に夢想した。栄華に暮す意。

奥勤めの女たちの内情

五 今、中央区日本橋芳町二丁目・人形町三丁目辺。その中村座は隣接の葺屋《ふきや》町（今、芳町二丁目・堀留一丁目辺）の市村座と並び、歓楽街の中心を成す。芝居者を大名屋敷に出入りさせることは禁じられていたが、必ずしも守られなかった。

六 浮世絵師菱川師宣《もろのぶ》一派の描いた心地よげな春画。

七 児小姓《こごしょう》のこと。若衆髷《わかしゅまげ》の年少の小姓。大名の側近に侍す。他に、使者役・取次役をする年長の大小姓や、雑役の中小姓がある。

前髪児小姓
〔人倫訓蒙図彙〕

御事、外《ほか》になりける。これを思ふに、下々《したじた》の如く、悋気《りんき》[九]といふ事もなきゆゑぞかし。上下万人、恋を咎める《嫉妬する》女程、世に恐ろしきはなし。

我、薄命《幸せの薄い》の身ながら、殿様の御情け浅からずして、嬉しく御枕を交はせしその甲斐《かひ》もなく、いまだ御年も若うして、地黄丸《ぢわうぐわん》[一〇]の御詮索《ごせんさく》、[一一]一つも埒《らち》の明かざる事のみ。この上《この上もない》ながらの不仕《ふし》合《あは》せ、人には語られず。明け暮れこれを悔むうちに、殿次第に痩《や》せさせ給ひ、御風情《ごふぜい》[一二]醜かりしに、「都の女の好きなるゆゑぞ《好色のせい》」と、思ひの外に疑はれて《意外な疑いを受け》、恋知らずの家老どもが心得《はからいで》にして、俄《にはか》に御暇《おいとま》出だされ、又親里に送られける。世間を見るに、必ず、生れ付きて男の弱蔵《よわざう》[一三]は、女の身にしては、悲しき物ぞかし。

八 又、女には接することが少ないので、特別のお情けが深く、その少ない機会は、お気に入りの妾に向けられ、奥方は疎外されがちであった。

一代女妾の地位から追放

九 大名の本妻は、身分低い者と違って、嫉妬《しっと》は慎むべきものと仕付けられていただけのことで、その内にこもった思いの激しさは、巻三の二に描かれる如くである。

一〇 地黄の根を主剤とした丸薬。強精剤。地黄はシナが原産だが、当時、奈良・京都地方で産した。殿様は地黄丸を求められるようになり。

一一 一向に男の機能を果さない。

一二 御様子も醜くなられた。一七頁注一五参照。

一三 性的虚弱者。八八頁注五参照。

淫《いん》婦《ぷ》の美《び》形《けい》

清水《きよみづ》の西門《さいもん》[一]にて、三味線《さみせん》弾《ひ》きて歌ひけるを聞けば、「[二]つらきは浮世、あはれや我が身、惜しまじ命、露に代らん」と、その声優しく袖乞《そでご》ひの女、[三]夏ながら綿入れを身に掛け、冬とは覚えて《承知して》単《ひとへ》なる物を着る事、激しき四方《よも》の山風今《山風の吹く今》、「昔はいかなる者ぞ」と尋ねける《〔素姓を〕》に、[四]遊女町六条にありし時の、[五]後《のち》の葛城《かつらぎ》と名に立つ太夫が、成り果つる、習ひぞかし。

その秋、桜の紅葉《桜の葉の赤く色づいたのを》見に行きしが、それに《その乞食女》指さし、あまたの女交じりに《大勢の女たちと一緒に》、笑ひつる《〔私も〕》が、人の因果は知れ難し《運命はわからぬもの》。我も、悲しき親の難儀、人の頼むとて《知人が頼むというので》、何心もなく《親はうっかりと》[六]商売事《しやうばいごと》請けに立たれし、その人行き方なくて《借金した人が失踪して》、迷惑せられし金の代り《我が親が代済せねばならぬ金の代り》、五十両にて、我を自由とする方もなく《私は縛られて》、島原の[七]上林《かんばやし》といへるに身を売り、思ひ寄らざる勤め姿《遊女勤めの姿》、年もはや[八]十六夜《いざよひ》の、月の都に並びなきとて、親方行く末を喜ぶ《遊女屋の親方が私の将来を楽しみにした》。惣《そう》じて、流れの事業《ことわざ》《遊女の勤め》、[九]禿立《かぶろだ》ちより見習ひ、わざと《特別に》教へるまでもなし《〔自然に〕遊女勤めの心得を身につけた》。その道の賢さを知りぬ。我は[一〇]突出しとて、俄《にはか》に風俗を作れり《身なりを〔遊女風に〕》。

袖乞女は昔太夫の成れの果て

一 清水寺（一五頁注一四参照）境内西方の参詣路にある正門。慶長十二年（一六〇七）建立。この外側に仁王門がある。

二 当時の遊里の流行歌謡の一節か。

三 この女乞食《こじき》は夏は冬衣を冬は夏衣を着ているということから、単物《ひとえ》を着た晩秋の現実描写に続ける。

四 今、下京区室町通六条。この遊里は、慶長七年（一六〇二）柳町（今、中京区柳馬場通二条）より移る。一四頁注一〇参照。

金に詰って思わぬ身売り

五 二代目葛城太夫。この著名な太夫の落魄《らくはく》を当然視するかの如き表現に西鶴の意図が見える。「成り果つる習ひ」というのは「成り果つる世の習ひ」（『日本永代蔵』巻三の五）の意。なお、蓮葉女《はすはおんな》を「朽《く》ち果つる習ひぞかし」（二六三頁一一行目）とも記す。

六 商売上の借金の請人（連帯保証人）となられた。

七 島原の遊女屋上林五郎右衛門。

八 年も既に十六歳、京都にもまれな美女とて。十六歳→十六夜月→月の都→京と転廻した。

禿立ちと突出し

九 禿になった時から。外に、禿出身の遊女、の意もある。「禿《かぶろ》」は二五頁注一八及び三八頁挿絵参照。

一〇 見習い期間を経ず、すぐに遊女として働かされる女。

太夫の風俗と手管

万《よろづ》町方の物好き《堅気の町家風の嗜好》とは違へり。

眉剃《まゆそ》りて、[一一]置き墨濃く、[一二]小枕なしの[一三]大島田、[一四]一筋掛《が》けの隠し結び、[一五]細畳みの平元結《ひらもとゆひ》、[一六]後れは仮にも嫌ひて抜き揃《そろ》へ、二尺五寸袖の当世仕立て《袖丈二尺五寸の当世流行の大振袖》〔出尻を嫌うて〕、腰に綿入れず裾広がりに《ゆったりとすそを引いて》、尻付き扇に《扇状に》平たく見ゆるを好み、芯《しん》なし大幅帯しどけなく《ゆるやかに手軽く結んで》つい結びて、[一七]三布《みの》なる下紐《したひも》常の女より高く結びて、[一八]三つ重ねの衣装着こなし《すっきりと着て》、素足道中繰り出しの浮け歩み《八文字のゆるやかな歩み》、[一九]宿屋入りの飛び足、座敷つきの抜き足《座敷での静かな歩き方》、階子《はしご》登りの早め足《次第に足を早くし》、とかく〔大様な姿勢を崩さぬため〕草履は見ずに履きて、先から来る人をよけず。情け目遣ひ《色っぽい流し目》とて、近付き《知人》にもあらぬ《でもない》人の、[二〇]辻立《つじだ》ちにも見返りて、好いた男のやうに思はせ《その男に好意を寄せたかのように》、揚屋《あげや》の夕暮れ端居《店先に腰かけて》して、知る人あらば、それに遠くより目を遣《や》りて、思案なく《何気なく》腰掛けて、人さへ見ずば、[二一]町の太鼓にも手に手をさし《手を握り》、その折を得て《機会を逃さず》[二二]紋所《もんどころ》をほめ、又は、髪結うたるさま《髪の結いぶり》、或《ある》ひは、はやり扇《流行の扇》、何にてもしほらしき所《気の利いたところ》に心を付け《心を留め》、「命を取る男め《私を夢中にさせる男め》、誰に問うてこの頭付き《誰と相談してこんなしゃれた頭付きして》」と、ぴつしやりぽんと叩《たた》き立ちにして行く事《叩いてそのまま立って行くこと》、

一一 眉や額の生えぎわを濃く墨で化粧する。ここでは、眉。眉墨（一二八頁注七参照）は遊女に始まって、当時一般に流行していた。

一二 髻《もとどり》を締めやすくする為に使う小さな円筒状の付け木。

一三 大ぶりの島田髷《まげ》。遊女の派手な髪形。三八頁挿絵参照。

一四 一本の元結を目立たぬように使って髷を結い上げ。

一五 丈長《たけなが》（質厚く糊《のり》気のない奉書紙）を細平たく畳んだ元結。装飾を兼ねる。

一六 後れ毛はたとえ一本でも嫌って毛抜きで抜きそろえ。襟足《えりあし》をすっきりさせる為に剃《そ》らない。

一七 三幅ものの腰巻。素人は二幅。

一八 三枚の衣類を前を一つに重ねて着ること。「三つ重ね一つ前」とも。伊達《だて》な風。

一九 揚屋（一六頁注三参照）の敷居を越える時の足つきか。

二〇 町の辻に立って太夫道中を見物している人にも、めぼしい人には、振り返って。

二一 郭外から大尽の供をして来る太鼓持。

二二 由緒ある家柄でないと家紋は持たない。この種の男は、自分の好みで紋所をつけたので、趣味のよいものとして、ほめる意味がある。

一 もと「推」か。思いやりの精神。又、その人。特に、遊里で洗練された語。遊里の内情を深く察知すること。又、その人。心情にかかわること故、程度はさまざまである。ただ、後期江戸の「通」の精通することに主意のある鋭さに対して、前期上方を代表する「粋」は大らかなのが特色。

二 やすやすとだまされる手だて。「倒《こか》し」は相手をこちらの思うままに扱うこと。たぶらかすこと。

三 遊里で豪遊する上客。大尽《だいじん》の意だが、大臣と書くのが普通。

＊ 太鼓持は卑しく抜け目ないものと見くびられるが、すばしこい太夫はこれもうまく利用する。

身揚り太夫の身の程知らず

四 不用になった客の文。

五 目の前の客に打ちつけて。その客以外からの文はこのように取るに足らぬとの素振り。

六 物日《ものび》とも。正月買い（四一頁注八参照）を第一に、次いで盆買い、次いで上巳《じようみ》・端午《たんご》・重陽《ちようよう》の節句（一七頁注九参照）を始めとして、遊女遊びに費用のかさむ特別の日。

七 客の付かない時、遊女が自分で自分の揚代（遊女を呼ぶに要する費用）を支払って休業すること。紋日に客のないのは、特に肩身が狭く 揚屋へ呼んでもらって、客のあるかのように取り繕った。

いかなる粋《すい》一も、いやと言はぬ二倒《こか》しなり。「いつぞの首尾に《〔その太鼓持は〕いつかよい機会に》口説《くど》きかからば、我が物」《〔この太夫は〕我が物になると》と、思ひ付くより《考えるので》、物貰《もろ》ふ欲を捨て《〔大尽から〕》、三大臣の手前《前をうまく取り繕って話し》よしなに申しなし、世上の取沙汰の時も《世間に太夫のよくない評判の立つ時も》、身に代へて引くぞかし《自分を犠牲にして味方する》。〔又〕四廃《すた》る文引き裂きて、かい丸《まろ》めて、これを打ちつけて五、人に《その客を》喜ばす程の事は、物も入らずして《費用もかからず》、いと易《やす》きなれども、うつけたる《ぼんやりした》女郎はせぬ事なり。

その形《容姿》は、人《他の太夫》にも劣らずして、定まりの六紋日《もんび》も宿屋へ七身揚《みあが》りの御無心、男《約束の客》ありて待ち顔には見せけれども《が来るのを待つふりはしているが》、八宿よりそこにあらひ、片《室の》陰《片隅》に寄りて、当座漬《づけ》《浅漬》

見知らぬ見物客にも色目をつかう道中姿の太夫

町の太鼓持も手なずける太夫

の茄子《なすび》に生《き》醤油《じやうゆ》をかけて、膳なしに冷《ひ》え飯《めし》食ふなど、外の人が見ねばこそなれ《見ないからよいものの》、内《抱え主の所へ》へ帰りても、内儀の顔付き見て、「[九]行水とれ」といふも、小声なつて、その外苦しき事のみありしに、銀遣ふ客を疎《おろそ》かにして、不断隙《ひま》で暮すは、[一〇]主倒《しゅだふ》し、我が身知らずのなんぴん[一一]なり。

遊女の心得

[一二]只興女《ただきょうぢょ》は、酒なんどの一座は所々にて《その場に応じて》、理屈詰めなる《筋を通した》[一三]詰開《つめひら》き、少し勿体も付け《もったい振って》、難しく見せて《とっつきにくく見せて》、物数言はぬこそよけれ。物に馴れた《遊びなれた客は》る客は各別《特別だが》、まだしき《未熟な》[一四]素人粋《しろとすい》は、[一五]恐れてこなす事ならず。床に入りても、その男、鼻息ばかりせはしく、身動きもせず。たまたま言ふ

八 揚屋には疎略に扱われ。遊女の揚代は、最高の太夫にしても、一日五十八匁、うち揚屋の収入は十五匁に過ぎず、収入の多くは遊客の飲食その他の遊興費によるからである。

九 遊女は揚屋から帰るとすぐに行水を使って身仕舞いをする。行水の湯をとれと禿《かぶろ》に命じるのも、抱え主の内儀に遠慮せられて、小声になる。

一〇 抱え主に迷惑をかけること。

一一 難平《なんぴん》。米相場の用語。損失を平《なら》す意。値上がりを見込んで買った値段以下に値下がりした場合に更に買い増し、値下がりを見込んで売った値段以上に値上がりした場合に更に売り増しして、買値もしくは売値の損失を少なくする方法。これは一見合理的に思われる方法だが、初めに見通しを誤っているので、成功し難い。その意を一般化して、ここでは、先の見通しの立たぬ思い上がった愚か者、の意に用いた。

一二 遊興の相手をする女。遊女。

一三 応対。談判。遊里における客と遊女の駆引き。

一四 生粋《なますい》。未熟者のくせに粋人ぶる客。三八頁注一参照。

一五 その場の雰囲気に呑まれて、女を思うままに扱うことができない。

にも、声を震はし、我が物を遣《つか》ひながら、このせつなさ《つらさ》、《〔あたかも〕》茶の湯心得ぬ人に、[一]上座《じやうざ》の捌《さば》きさすに同じ。

この男《こんな素人粋を》嫌うて、振る《冷遇する》にはあらず。頭《かしら》に粋顔をせらるるに《初めに粋人ぶったふりをされるので》よつて、こなたからも難しく《重々しく》仕掛け、帯をも解かず、慇懃《いんぎん》にあしらひて《鄭重にお相手して》、空《そら》寝入《ねい》りなどしてゐるを、大方の男、近く寄り添ひて、片足もたすを、なほ黙りて、それから後《のち》の様子を見るに、身悶《みもだ》えして汗をかき、[二]相《あひ》床《どこ》を聞けば、或《ある》ひは馴染《なじ》み、又は初対面から、上手にて打ち解けさせ《女の扱いが巧みで女郎に親しませ》、女郎の声して、「見た所より痩《や》せ給はぬ御肌《はだへ》」と、引き締める《抱き締める》音、男は[三]屏風《びやうぶ》枕に、遠慮もなく、所作《しよさ》《動作》次第に荒くなれば、女も誠なる泣き声、おのづと枕を取つて捨て、乱れて《取り乱して》正しく《確かに》差櫛《さしぐし》の折れたる音、二階の床には、「ああこれまで」と言うて、鼻紙の音、隣の床には、心よく寝入りたる男を操《こそぐ》り起し、〔遊女が〕「やがて明くる夜の名残も惜しき」など言へば、男は現《うつつ》に《半睡のまま》、「許し給へ。もは《もう》一つもならぬ」と言ふを、酒かと聞けば《酒の事かと聞いていると》、下帯《男の下帯》解く音、[四]思ひの外なる好《す》きめ、これ

一 上座の客のすべき処置。

二 同室の隣合せの床。屏風《びょうぶ》で仕切る。隣の客の様子をうかがうと。

三 枕元の屏風に。八七頁注一七参照。

四 遊女の方から寝こんだ男を起して求めるとは、とんでもない好色女だ。だが、そんな好色な素質が、女郎の身には生得の幸せだ。

女郎に備はつての仕合《しあは》せぞかし。辺りに心地よげなる事のみ。
なほ《さて〔この素人粋は〕》、目の合はぬあまりに《眠れぬままに》、女郎《私を》起し、「九[五]月の節句と言うても
間のない事ぢやが、定[六]めてお約束がござらう」と、女郎の好く問薬《とひぐすり》[七]
を申せど、そんな事などちよろく見え透き《そんな嬉しがらせなど容易に内心が見すかされて》、「九月も正[八]月も、さる
方様の御厄介になります」と、取りあへぬ返事《相手にしない返事》に、重ねて《再び》寄り添ふ
言葉もなく、残念ながら、人並みに起き別れて、髪を茶筅《ちやせん》[九]に解《ほど》き、
[一〇]帯を仕直し、分《わけ》[一一]立てたるやうに見せけるこそ、をかしけれ。
この男、下心《心の底で相手の遊女を》に女郎を深く恨み、重ねては《次に来る時は》外なる女郎を呼びて、
五日も七日も続けて《居続けして》、物の見事なる《立派な遊びをして》捌《さば》きして、今日の傾城《けいせい》[一二]めに心を《残念が》
残さすか《らせるか》、又は、この里ふつとやめて《遊里の遊びをきっぱりやめて》、野郎狂ひ《男色の遊び》に仕替へんと、思
ひ定め、友とせし人ども《友人たちが》、夜の明くるに恋を惜しむを《夜が明けて遊女と別れを惜しむのを》、せはしく呼
び立て、「大方にして帰さ急げ《よい加減にして帰りを急げ》」と、これ切《ぎ》りに、女郎捨て行くを
取り留《と》むる仕掛け《引きとめる方法》あり。
相客《連れの客》の見る所にして、そそけし《〔その男の〕ほつれ乱れた》鬢《びん》[一三]を撫《な》で付けてやりさまに《やりながら》、耳捉《とら》

五 九月九日重陽《ちようよう》の節句。遊里の重要な紋日の一つ。三八頁注六参照。
六 なければ私が面倒を見てもよいが、という気持があるかの如き言い方。
七 病状を探り治療の方法を知る為に、試みに与える薬又は湯。ここでは、それとなく相手の気を引いてみるうまい話。
八 正月買い。初買いとも。年間最大の紋日（三八頁注六参照）。島原では大晦日《おおみそか》から一月三日までを「正月」という。太夫の正月買いには、太夫の衣類をはじめ正月準備の諸費用や周りの者への祝儀など多額の費用を要した。『諸艶大鑑《しよえんおおかがみ》』巻二の四に、吉原の太夫の正月買いに六十一両一歩を要するというが、思いの外に安上がりだという記事がある。
九 茶筅髪。髷《まげ》の先を茶筅のように解きほどいた髪。

茶　筅（髪）
〔好色貝合〕

一〇 帯を解いて寝たかのように連れの者に思わせる為。
一一 契りがあったかのように見せかける。三三頁注二二参照。
一二『漢書』李延年の詩から出て、一城・一国を傾けるような美人を傾城・傾国と称したが、近世では「傾城」は専ら遊女の意に用いられた。
一三 頭の左右側面の髪。三八頁挿絵参照。

へて小語《ささや》くは、「我《が》を我に立てて《意地を張り通して》、人に帯解けとも言はずに帰る男め、憎や《心憎い方だ》」と、背中を叩《たた》きて、足早に台所へ出づれば、その後《あと》にて、いづれも《連れの者皆》気を付け、「初めてのしこなし《初会にこうもうまく物にするとは》、どうで御座る《大変なものですね》」と言へば、男喜び、「[一]命掛けて間夫《まぶ》」と言ふ。〔男更に言う〕「殊更、夜前《昨夜》の[二]廻りやう、この程《この間から》つかへたる肩《こった肩》まで捻《ひね》らせた《もませた》。これ程我等に[三]来る事、何とも合点がゆかぬ。定めし、汝等が取り持ちて《うまく持ちかけて》、〔私を〕身代よきに《資産があるように》咄して聞かしたか」〔連れの者が言う〕「いやいや、欲ばかりにして、女郎の左様にはせぬ物、これは見捨《ほっ》て難し《置けぬ》」と上され《おだてられ》、その後、まんまと物になしける《うまくその男を手に入れた》。

[四]この無首尾《ぶしゅび》さへかくなしければ、ましてや、[五]分《わけ》のよき女郎に身を《おぼれて》捨つるは《身を滅ぼすのは》、断りぞかし《道理》。別の事もなき男を《平凡な男を》、初対面なればとて、振るにはあらず。その男、太夫に気を呑まれ《圧倒され》、仕掛くる時分の《行動をおこす時期の》潮合《ころあい》ひぬけ《を失い》、白けて《間が悪くなって》起き別るる事なり。流れの身《遊女の身》として、男好《よ》くて泥《なつ》む事《惚れ込む》にはあらず。京の何某《なにがし》名代のある御方《といって有名なお方なら》、例へば、[六]年寄り法体《ほったい》のそれには構はず。又、若き御方の、諸事の付け届けよく《万事の心付けが行き届き》、然《しか》も姿のよき

一 女が命をかけた間夫の如き間柄だ。「間夫」は、遊女が客に秘してひそかに情を通じる男。
二 客の気に入るように女の方から従うこと。
三 まいる。惚《ほ》れこむ。夢中になる。
四 このように一晩中思いを遂げさせなかった客でさえ、こうもうまく丸め込んだので。
五 客あしらいのうまい。三三頁注二二参照。
六 年寄りだとか坊主頭だとかいうことはどうでもよく。『本朝二十不孝』巻四の二にも「頭《かしら》丸めしとて金さへあれば、色里の太夫もそれにかまはず、自由になる」ともある。
七 細い縦縞模様を染め出したもの。
八 表裏すべて無地の共布で仕立てた衣料。
九 しゃれた風。
一〇 シナ・朝鮮産。紋なし紗綾《さや》に似て厚く強く、光沢のない絹織物。京都西陣でも模造。
一一 楊梅《やまもも》の樹皮と蘇枋《すおう》木の心材で染め灰汁《あく》どめした濃い赤黄茶。
一二 赤みの強い鳶色。鳶色は赤茶色。
一三 今、東京都八丈島産の山繭で織った絹布。ねばく強く色が変らない。黒地・黄縞・鳶縞が多い。京都西陣でも模造。
一四 別布の裏地を付けず、表地を裏に返して、表裏同じ布で仕立てること。高級衣料。
一五 一度履いたきりで捨ててしまうこと。粋人は雪踏《せった》の丈夫さを卑しみ、紫竹の皮草履や藁草履を履き捨て

にすることを粋《すい》がった。
一六 石の手洗鉢《ばち》。三二頁挿絵参照。
一七 白い奉書の畳紙《たとうがみ》に煙草を包んだものを、遊客は召使に持たせた。
一八 延紙。小杉原のこと。縦七寸横九寸。遊里で用いる鼻紙はこれに限られた。吉野産のものを上とする。
一九 太夫の身の周りに付き添う遊女。位《くらい》は囲《かこい》。一六頁注三参照。
二〇 痃癖《けんぺき》の訛《なまり》。頸《くび》から肩にかけて筋のひきつること。
二一 揚屋で遊興の座を取り持つ遊女。位は囲《かこい》。
二二 寛文（一六六一〜）・延宝（一六七三〜）頃流行した小歌。
二三 太鼓持のこと（三三頁注一七参照）。「末社」というのは、大尽の音《おん》が大神に通じるのでこれを本社にたとえ、それを取り巻く太鼓持を末社に比した。
二四 謡曲の曲名。今、下関市の早鞆《はやとも》明神（和布刈《めかり》神社）の和布刈の神事を材としたもの。『世間胸算用』巻四の一には「豊前《ぶぜん》の国早鞆《はやとも》の和布刈」とあり、これは今、北九州市門司区の和布刈神社を指す。
二五 素人ながら本職の高安も及ばぬ程うまかった。「高安」は能楽の脇師の一派。金剛流宗家八世又兵衛の門人高安伊十郎に始まる。
二六 先日来問題の古歌。
二七 業平《なりひら》の孫。『古今集』巻頭の歌の作者。

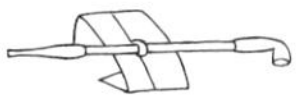
奉書包の煙草
〔筠庭雑考〕

遊客の心得

は、この上の願ひ何かあるべし《これ以上の願いはない》。こんなうまい事ばかり揃《そろ》へてはないはずなり。

今の世のよね《遊女》の好きぬる〔遊客の〕風俗は、[七]千筋染《せんすぢぞめ》の黄《き》[八]無垢《むく》の上に、黒羽二重の紋付[九]裾《すそ》短かに、帯は[一〇]龍門《りゆうもん》の[一一]薄樺《うすかば》、羽織は[一二]紅鳶《べにとび》にして[一三]八丈紬《はちじやうつむぎ》の[一四]引つ返し。素足に[一五]藁草履《わらざうり》履き捨て、座敷つき豊かに《座敷の態度がゆったりとして》、脇差少し抜き出し、扇遣《あふぎづか》ひして、袖口《そでぐち》より風を入れ、しばしありて手水《てうづ》に立ち、[一六]石鉢に水はありとも、改めて水換へさせて、静かに口中《こうちゆう》など洗ひ、禿《かぶろ》に言ひ遣りて《に言いつけて》、供の者に持たせ置きし、[一七]白き奉書包の煙草取り寄せ呑《の》むなど、[一八]延べの鼻紙膝《ひざ》近く置きて、仮初め《無造作に》遣ひ捨て、[一九]引舟《ひきふね》女郎を招き寄せ、「手を少し借りたい」と、袂《たもと》より内に入れさせ、[二〇]けんべきに据《す》ゑたる灸《きう》を搔《か》かせ、[二一]太鼓女郎に[二二]加賀節望みて《を所望して》、歌うて弾《ひ》くを、それをも心をとめて《気を入れて》聞かず、小歌の半《なか》ばに、[二三]末社に咄《はな》し掛け、「昨日《きのふ》の[二四]和布刈《めかり》の脇《能の脇役》は、[二五]高安《たかやす》はだし」とほめ、「[二六]この中《ぢゆう》の古歌を、大納言《だいなごん》殿にお尋ね申したが、拙者聞いた通り《鑑定した通り》〔作者は〕[二七]在原の元方《もとかた》に極まりた《決定した》」な

一 至上の物語。大変に気のきいた物語。
二 初めからうわつかずしんみりと。
三 太夫にふさわしい大様な態度を取ること。
＊ 遊客のこのきざな服装と横柄な態度と思わせ振りな生物知《なまものし》りに、いわゆる粋人趣味の低劣さを諷《ふう》し、それに圧倒される太夫の浅薄さを諷する。所詮、遊里は金力を誇示する町人の俗物趣味の支配する所でしかない。

遊女の威勢は客の付け次第

四 新吉原の遊里。一二五頁注二四参照。
五 江戸本両替仲間の一人、坂倉か。
六 物仕。熟練者。老巧者。いわゆる粋人。
七 新吉原京町三郎右衛門抱えの太夫。
八 最上川産の川蟹。
九 正統派の狩野派の絵師に金粉で定紋を描かせたところに、思い上がった俗物根性が見られる。
一〇 坂倉の定紋か。笹の丸は三枚笹から二十五枚笹まで種類が多い。三枚笹を例にあげる。

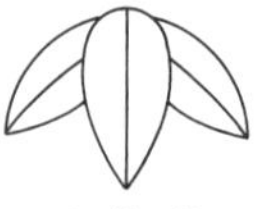

三枚笹
〔日本紋章学〕

一一 男女間の機微・遊里の事情に精通した人。粋人のこと。三三頁注二二、三八頁注一参照。
一二 太夫野風（島原下之町大坂屋太郎兵衛抱えの太夫）になじんで。「風」の縁で「沁《し》む」と言った。

ど、[一]至り物語二つ三つ、[二]頭《かしら》にそそらずして、万事落しつけて《万事にどっしりと落ち着いている》居たる客には、太夫気〔も〕をのまれて、我と身にたしなみ心《自分から身を慎む心》の出来て、その男〔の〕する程の事、賢く見えて恐ろしく、[三]位取る事は脇《ほったらかして》になりて、〔客の〕機嫌を取る事になりぬ。

一切《いっさい》の女郎の威《威勢》は、客からの付け次第にして、奢《おご》る物なり。

江戸の[四]色町盛んの時、[五]坂倉といへる[六]物師、太夫[七]千歳《ちとせ》に親しく逢《あ》ひける。この人、酒よく呑《の》みなして、いつとても肴《さかな》に、東《あづま》なる最上川《もがみがは》に棲《す》みける[八]花蟹《はながに》といへるを、塩漬《しほづけ》にしてこれを好《す》ける。或る時、坂倉、この蟹の細かなる甲《かふ》に、金粉をもつて、[九]狩野《かの》の筆にて、[一〇]笹《ささ》の丸の定紋書かせける。この絵代《ゑだい》、一つを金子一歩づつに極め、年中事《不自》の欠けざる程《由しないほど》、千歳方へ遣はしける。

京にては、石子《いしこ》といへる[一一]分知《わけし》り、太夫の[一二]野風《のかぜ》に沁《し》みて、世になき《珍しい物》物・時花《はやり》物、人より早く調《ととの》へける。野風秋の小袖[一三]聴色《ゆるしいろ》にして、惣《そう》鹿子《がのこ》、この[一四]辻《つじ》を、一つ一つ[一五]紙燭《しそく》にて焦《こ》がし抜き、紅《くれなゐ》に染めし中綿《なかわた》、穴より見え透き、又《類のない贅沢》もなき物好き、着る物[16]一つに、銀三貫目入れけ《費やした》るとなり。

大坂にても、過《亡くなった》ぎにし[17]長崎屋出羽〔を〕、[18]揚げ詰めにせし[19]二三といへる男、[20]九軒に、折ふしの秋の淋しき女郎あまた《秋のものさびしい季節に売れ残りの女郎大勢》、慈悲買ひにして《お情けで買ってやって》、太夫出羽を慰めける。庭《坪庭》に一群《ひとむら》の萩咲きて、昼は露にもあらぬに、打ち水《庭にまいた水》の葉末に留《とま》りしを、太夫深く哀れみ《感動して》、「この花の陰こそ、妻思ひの鹿の、仮床《仮寝の床》なれ。角《つの》のありとても、恐ろしからじ。その生きたる姿を、見る事もがな《見たいものだ》」と言ひければ、〔二三は〕「それ何より易《やす》し」とて、俄《にはか》に裏座敷を毀《こぼ》たせ、千本《ちもと》の萩を植ゑて、野を内になし《屋敷の中を野にし》、夜通しに丹波なる山人に言ひ遣《や》りて、女鹿《めじか》・男鹿《をじか》の数《数多く》を取り寄せ、明けの日見せて、後《あと》は、昔《以前の》の座敷となりけると、伝へし。

身に備はりし徳もなくて《自分の身に生来付いている人徳もなくて》、貴人もなるまじき事を思へば《貴人でも出来かねる贅沢をしたこと》、[21]天もいつぞは咎《とが》め給はん。然《しか》も亦、好《す》かぬ男には、身を売りながら身をまかせず、辛《つら》く当り酷《むご》く思はせ、勤めけるうちに、いつとなく、人我

一三 禁色《きんじき》（深紅・深紫）に対して常人の着用を許された薄紅と薄紫。
一四 鹿子絞りの絞り上げた突起の頂をいう。
一五 こよりに油を浸し燈火に用いるもの。
一六 衣装法度によれば、寛文三年（一六六三）には女院御所姫宮方の上之御服を一表《ひとおもて》銀五百匁以上を禁じ、庶民には天和三年（一六八三）に金紗縫惣鹿子《きんしゃぬいそうがのこ》を禁じ、貞享《じょうきょう》三年（一六八六）に銀二百五十匁以上を禁じている。野風のこの衣装のすさまじさが知れよう。
一七 新町東口の長崎屋太郎兵衛抱えの太夫。
一八 一定期間特定の遊女の揚代を払い続けること。
一九 五兵衛や六助などの遊里での替え名。
二〇 九軒町。新町（二五頁注一七参照）の揚屋町。
二一 このところ一応一代女の反省の言葉のように書かれているが、「一切の女郎の威は、客からの付け次第」とある如く、女の思い上がりは大尽の思い上がりの写しにすぎず、金力にあやつられた女の浅はかさ哀れさが、むしろにじみ出ている。

遊女の勤めほど悲しいものなし

を見放し、明け暮れ隙《ひま》になりて《客が付かず》、一おのづから太夫職劣りて、過ぎにし事どもゆかし。男嫌ひをするは、人もてはやして《人がちやほやして》はやる時こそ。淋しくなりては《客が来なくなっては》、人手代《人の手代》・鉦叩《かねたた》き二、短足《ちんば》・吻《すぐち》三に限らず、逢《あ》ふを嬉しく、四思へば、世にこの道の勤め程、悲しきはなし。

一 自然と太夫職にあることがみじめになって、過去の全盛のころのことがなつかしく思い出される。

二 僧形《そうぎょう》の乞食《こじき》の一。念仏申しとも。鉦を叩いて仏号や片言の経文を唱え米銭を乞う。

鉦叩き
〔人倫訓蒙図彙〕

三 先天性上口唇披裂（みつ口）。

四 この結びは、この章の冒頭で、後の葛城太夫の零落を「習ひ」と言い放ったところ（三六頁五〜六行目）に照応する。一見華やかな太夫も所詮は金銭の鎖につながれた奴隷にすぎず、遊客の気紛れな金力が主としてその地位を支え、自分本位に動くとみじめな目に合わねばならず、手練手管《てれんてくだ》というのもそこで生き延びる為のはかないあがきで、ついには心身共に消耗し尽して亡びる悲しさを、西鶴は痛むかのようである。

＊ この章を通して、主人公の懺悔話の形式と第三者風の記述が入り交じる。

絵入

好色一代女

二

一 遊女の第二の位《くらい》を、天神・天職・梅の位という。その縁で仕立てた句。梅の位に生きる天神（太夫から天神に格下げされた一代女にからめる）は、天神様（菅原道真）のお手作りの花だけにさすがに見どころがある。

二 「匂ひ」・「鶯」は梅の縁語。この梅の位の遊女に触れないで一生を通す男（梅の香をかがぬ鶯に例える）。

三 遊女遊びについて、偉そうな口はきけない。

四 遊女の第三の位を鹿という。囲《かこい》女郎、又、鹿《か》恋《こい》女郎とも。「鳴く」は鹿の縁で泣くの意、閨房《けいぼう》で声を発するを言う。床の中で泣く囲女郎は面白い。

五 「錦」は「鹿」から紅葉を経た縁語。泣く囲女郎は面白いといっても、囲女郎の錦の寝床も古く、囲女郎のことを書いた本にも、新味はない。

六 大黒神の足下の俵にも類うべき、結構な生臭寺の地下の女の隠し場所。大黒神を引合いに出したのは僧の隠し女を大黒ということにちなむ。

七 「えびす」は、大黒と並称される福の神。えびすの抱く鯛もこの生臭寺の台所にはある。

八 女の文章の巧みなのは。ここでは、一代女の恋文の代筆の巧みなことを指す。

九 みだらごとと確かに思い知りました。「参らせ候」は謙譲語「まゐらす」に「候」を添えたもの。ます、ございますの意。女の手紙の用語。手紙文に模す。

巻二

一梅いき天神の作り花
　二この匂《にほ》ひきかずに一代鶯《いちだいうぐひす》
　　三口のあき所がない
四鹿《しか》も鳴くは面白し
　五床《とこ》の錦《にしき》も
　　本も見古し
六大黒殿《だいこくどの》の俵は
　恋の隠し所　この寺には
　　七えびすの鯛《たひ》も有り
八女の筆の働くは
　九かへすがへすいたづらと
　　思ひ参らせ候

好色一代女　巻二

目録

一〇淫《いん》婦《ぷ》中位《ちゅうゐ》

〽自慢姿ほどもなく《太夫時代の器量自慢が間もなく》
　報いの種《我が身に返って来て》
一一天神に下がり口買《か》ひ置《お》き
　算用はあはぬ昔の男
　皆々変る習ひぞかし

一二分《ぶん》里《りの》数《す》女《ぢょ》

〽一三十五《かこひ》一四半夜《はんや》それぞれの勤め程
　世にをかしきはなし
一五揚屋《あげや》の別れも
　局《つぼね》のさらばも
　名残は惜しき三蔵様

一〇 中位の遊女。天神は太夫と囲女郎の間の位であることをいう。

一一 天神に格下げされた一代女は、買置きの商品が値下がりして勘定が合わなくなるように、昔馴染みの男がそれぞれに失敗して、客として来なくなり、当てが外れて困ったが、すべて変化するのが世の習いである。「天神に下がり」と「下がり口買ひ置き」、「算用はあはぬ」と「あはぬ昔の男」、「昔の男皆々変る」と「皆々変る習ひぞかし」は掛詞仕立て。なお、「買ひ置き」の意は将来の値上がり益をねらってあらかじめ商品を買い込んで置くこと。

一二 「分里《ぶんり》」は分里《わけざと》をしゃれて音読したもので、色里、遊里の意（三三頁注二二参照）。「分里数女《すじょ》」は遊里の数々の女。この章では、十五《かこい》・半夜・局女郎と数々の下級の遊女のことが語られる。

一三 囲女郎のこと、もと揚代が一昼夜、十五匁であったことから十五と書くという。当時は十八匁。四八頁注四参照。

一四 囲女郎と同格の遊女だが、昼売りと夜売りに分け、囲の半額、揚代九匁。

一五 揚屋で太夫と別れるのも、局の一室（六二頁注九参照）で局女郎と別れるのも、名残惜しいことは同じではないか。三蔵さん。「三蔵」は身分低い者の呼び名。

世間寺大黒《せけんでらのだいこく》

〽馴《な》るれば人焼く匂ひも《焼場の人を焼くいやな匂いも》
　一白菊といへる
　　二伽羅《きやら》に代らず
魚《いを》はくふ濡《ぬ》れは有り《色事はできるし》
　寺程住むによき所はなし

三諸礼女祐筆《しよれいをんないうひつ》

〽四かへすがへす恋知りと
　　思ひ参らせ候
五かねで作りし男も
　　いつとなく衰へて
六人殺し様参る

一 古伽羅の名香の一。小倉の町人土肥《どひ》紹甫《しようほ》が異朝より伝え朝廷に献じて初音《はつね》の名を賜い、烏丸光広はこれに白菊と、伊達政宗は柴舟と名づけた。

二 香木の一種。熱帯地方のじんちょうげ科の沈香《じんこう》の木の土中に埋もれて腐敗したものから製した光沢ある黒色の優良品。

三 諸種の礼式作法と女筆を教える寺小屋の女師匠《ししよう》。「女祐筆」は、もと貴人に仕えて文書を書く役の女。

四 この女は色事の熟達者と本当に思いしみました。四八頁注九参照。

五 鉄で作ったような頑健な男も、(一代女の攻撃に)精力を消耗し尽して。

六「思ひ参らせ候」に応じて、手紙風に「何某様参る」という形式で結んだ。「人殺し」は、人を悩殺する美女・美男をいうが、この場合は、精力を消耗させて、命も危ない程の事態に至らせたことを指す。

七 丹波《たんば》海道(今、下京区大宮通丹波口に発し丹波口通を西行して櫛笥《くしげ》通辺を南下する)から、西に真直ぐに島原大門に通じる田圃《たんぼ》道《みち》(今、花屋町通)が、遊里の島原移転(一四頁注一〇参照)に三十年遅れて、寛文十年(一六七〇)六月に作られた。坤郭《こんかく》古道に対して、新細道という。

八 島原郭の大門口。出口ともいう。郭の東北角にあるただ一つの出入口。

島原に空前の光景

九 今までに見たことのない珍しい光景。

一〇 大津仕立ての乗掛馬。乗掛は宿駅の駄馬に旅客一人と二十貫（約七五キロ）余の荷物を乗せること。駄馬は一頭に四十貫の荷を運ぶ荷馬で、本馬という。以下五二頁挿絵参照。

一一 乗掛下の略。荷をつける鞍《くら》の下部。

一二 木綿の綿入れ。絹物の綿入れを小袖という。

一三 真竹の皮で編んだ小形の笠。

一四 揚屋町の西側南端の揚屋。

一五 売主から買主へ送る売渡し貨物の明細書。ここでは紹介状をしゃれた。

一六 今、新潟県村上市。

一七 もてなす。世話する。

一八 大阪新町郭（二五頁注一七参照）九軒町の揚屋に住吉屋は四郎兵衛と長四郎があり、井筒屋は太郎右衛門という。

遊里の遊びは金銀が主役

一九 上方での色遊びがうまくゆくように。三三頁注二二参照。

二〇 幅利きの大尽。勢力の強い大尽。この人の遊里での呼び名。

二一 前代の吉野。上之町喜多八左衛門抱えの太夫か。

二二 常人の背丈をわずかに余す程度の天井の低い二階。高二階に対す。その改築の費用を独りで出してくれた、との意。

淫《いん》婦《ぷ》中位《ちゅうゐ》

[七]朱雀《しゅじゃく》の新細道を行きて、島原の[八]門口《もんぐち》に[九]終《つひ》に見ぬ図なる事あり。[一〇]大津馬に、四斗《しとう》入りの酒樽《さかだる》を[一一]乗下《のりした》に付け、縦縞《たつじま》の[一二]布子《ぬのこ》に鍔《つば》なしの脇指《わきざし》、[一三]竹の小笠《こがさ》を被《かつ》き、右に手綱《たづな》左に鞭《むち》持ちて、心の行くにまかせて《気のむくままにのんびりと〔馬を〕》歩ませ行くに、揚屋町の[一四]丸屋七左衛門方へ、馬方先立つて、[一五]送り状を渡しぬ。

「[一六]越後《ゑちご》の村上より、この人女郎買ひに上らるるのよし、随分[一七]御馳走《ごちそう》申し、その里《島原》の遊興の後、大坂《大阪「の遊里」も見たい》も見るべきとの望み、[一八]住吉屋か井筒屋へ、それより人を添へらるべし《お前の方から人をつけて送ってほしい》。諸事《万事》、[一九]そこもと分《わけ》よく、我等同然に頼む」と、御状付けられし御方は《この送り状を送られた》、越後の[二〇]幅様《はばさま》とて、[二一]前の吉野様の御客、今の世には稀《まれ》なる大臣様、[二二]中二階《ちゅうにかい》の普請《ふしん》をお一人して遊

一 お粗末にはできません。二九頁注七参照。
二 革袋すなわちその中に入っている一歩金を人格化した。
三 梧《きり》の臺《とう》すなわち梧の花軸の刻印が表に打ち出してある長方形の一歩金（一両の四分の一の価）。一角ともいう。
四 今時の客のなかなかくれそうもない。
五 と言って、折から夕暮れのこと、寒さに向う季節に必要な質物を請け出す者もあった。「言ふ」に「夕暮れ」とを掛ける。
六 「お盃をどうぞ」と言って、京の銘酒を出すと。

粋人気取りの文なしの敗北

ばし、よき事は《よくしてもらったことは》今に忘れず。「それよりの御引合せ《その方からの御紹介なら》、[一]少しも如在《じよさい》は、先づこれへ」と、馬引き掛けて、様子を見るに、よね狂ひの風儀《遊女遊びをするような風采》にはあらず。都の物に馴れたる男ども《遊客の扱いになれた都の揚屋の男ども》、何とやら心もとなく《なにかしら不安で》、「お前様の傾城狂《けいせいぐる》ひなされますか」と言へば、田舎大臣苦い顔《いやな顔》をして、「[二]この人が買はれます」と、革袋一つ投げ出せば、[三]梧《きり》の臺《と》の角《かく》なる物、三升程打ち明け、[四]今呉《く》れかぬる一歩《ぶ》を、一握りづつ蒔《ま》きければ、「忝《かたじけ》なし」と、[五]夕暮れの寒空になる質どもを請《う》けける。

その後《のち》、[六]「お盃《さかづき》」と言へば、「我、国酒《国元の地酒》を呑みつけて、外《ほか》なるは気に入らず。さて《そこで》、はるばる《遠い所から》より

越後村上のやぼ大尽島原の揚屋に到着

やぼ大尽持参の革袋から一歩金を取り出して与える

樽《たる》二つ。この酒の有《ある》り切り《限り》に、遊ぶなれば、始末《節約して》して我独りに呑《の》ませよ」と、言へば、「京の酒がお気に入らずば、女臈《ぢょらふ》様《さま》も柔らかにして、お気に入るまじ。い《どん》かなる《なお好みか》お物好き。《〔お好み通りの〕》太夫様お目に掛けよ《お目に掛けましょう》」と言ふ。大臣笑つて、「床《とこ》七も構はず、心入れ八も沁《し》まぬ物。これより美しきは、この里に又なきといふ太夫を、見る九までもなし、取り寄せよ」と言ふ。「しかし、お慰みにも」と、この夕ざれ《夕暮れ時》の出掛《でか》一〇け姿、端居《はしゐ》して見せ参らすに、金銀の団扇《うちは》にて、一人一人の御名を教へける。太夫とは言はで金の団扇をかざし、天職《天神》は銀の団扇にて知らす。一一その道に賢き仕業《しわざ》なり。

七 閨房の技術の巧拙もどうでもよい。
八 遊女の心づかいも、身にしみる程のこともあるまい。
九 私が見て決めるまでもない。
一〇 遊女が抱え主のところから揚屋へ行く道中姿。
＊ 自分の野暮さにひけめを感じながらも、野暮さを隠さぬことに、大様さを装って、ひたすら金銀の威力で遊里を制圧しようとする田舎大尽と、その野暮さを見くびりながらもその金力の前に屈服させられる都の遊里人を鮮やかに描き出す。
一一 色遊びにふさわしい気のきいた方法だ。ここまでは第三者的記述で、次の行から一代女の懺悔話《さんげばなし》の形式に帰る。

天神に下がりては口惜しきこと数々

我、太夫と呼ばれし時、卑しからぬ先祖を鼻に掛けぬ《自慢した》。公家《くげ》の娘やら[一]紙屑拾《かみくづひろ》ひの子やら、[二]人は知らぬ昔ぞかし。殊《こと》には、姿自慢して、手の見えたる男《駆引きの見えすいた》には言葉も掛けず、高う留つて、鶏《とり》鳴く別れ《翌早朝の別れ》にも客を送らず、[三]いづれの人もいやな顔して済ましければ、おのづとこの沙汰《評判》悪《あ》しく、次第に淋しく《客がなくなり》、[四]勤め欠けければ、[五]親方持ちこたへず、一門内談して《一族で内々相談して》、天神に下ろしけるに、はやその日より、[六]引舟女郎もなく、寝道具も替りて、[七]蒲団《ふとん》二つになし、[八]末々も腰を屈《かが》めず、[九]様付けし人も殿《どの》になり、座付《座席》きも上《かみ》へはあげず、口惜しき事日に幾度《いくたび》か。

太夫の時は《太夫として全盛の時節は》、[一一]一日も宿にて暮さず《客のつかぬ日はなく》、二十日も前より、〔客は〕[一〇]遣手《やりて》を頼み、日に四五軒から貰《もら》はれ、[一二]揚屋から人橋《ひとばし》掛けて、そこからそこに行くにも《つい近くの揚屋から揚屋へ移って行くにも》、迎ひ人送り人、さざめき渡りしに《大勢でにぎやかだったが》、今は又、[一三]小さき禿《かぶろ》一人連れて、足音も静かに、大勢の中に交じりて行きしに、丸屋の見世《店先》なる越後の客、初めて見し恋となり《一目惚れして》、「あの君よ」と言ひしに、「今日より天職に下がり給ふ」と言ふ。「我等は国元の[一四]贅《ぜい》ばかりなれば、

一 非人という差別された階級の職業の一つ。非人頭《がしら》の鑑札を受けて営業した。
二 もとの身分は問題にならない、の意。
三 客は皆、口には出さぬが、いやな顔してその時は済ましたものの。
四 揚屋へ迎えられることが少なくなったので。
五 抱え主も私の太夫の地位を維持しかねて。太夫の有無はその遊女屋の格式にかかわる故、存続したくもあるが、太夫の不振は抱え主の不振につながるので、その兼合いの上で存廃を決するのである。
六 引舟女郎は太夫にしか付かない。四三頁注一九参照。
七 太夫は三つ蒲団（三枚重ねの敷蒲団）、天神は二つ蒲団と決っていた。
八 遊女屋や揚屋の召使までも扱いを疎略にする。
九 様を付けて呼んでくれた人も殿と呼ぶようになり。遊女は太夫だけが敬意を表されて様と呼ばれる。
一〇 遊女を指導・監督する老練な付添女（三八頁挿絵参照）。一八二～三頁に詳説。
一一 「貰ふ」は他客に揚げられている遊女を自分の方に譲り受けること。費用は高くなる。これに対して、挨拶程度の顔出しを「借る」という。
一二 自分を招く使いをひっきりなしに寄越して。
一三 天神には禿も一人になる。太夫は二人。

太夫でなくば望みなし。数多《あまた》見尽せし中に、あれ程美しきは又もなきに、天神になしけるは、内証に悪しき事のありや《人目につかぬところに欠点があるのか》」と、是非にか《なんとも致し》なはぬ取り沙汰せられて《方のない評判を立てられて》、昨日[一五]まで嫌ひし男に逢《あ》ひ、座敷[一六]も締めてみても、脇《わき》から崩され、持ち馴《な》れし盃を取り落し、する事言ふ程の事不出来に《うまくゆかず》、床[一七]も客恐ろしくなつて、気に入る心の仕掛け《客の気に入るように心掛け》、身拵《みごしら》へも早く、伽羅《きやら》[一八]も始末心付きて《節約の気持が生じて》焚《た》きかね、上《かみ》[一九]する男、「お床は二階へ」と、呼び立つれば、只《ただ》一二度にて、尻軽に立ち行く。宿[二〇]の嚊《かか》つい戸口まで付きて、「御寝《ぎよしん》なりましたか」と、お客に申し、女郎には、「も《もう》、お休みなされませい」と、口早に言ひ捨てて、階子《はしご》降りさま《がけに》に、「ここは蠟燭《らふそく》[二一]消して油火にせよ。高蒔絵《たかまきゑ》[二二]の重肴《ぢゆうざかな》[二三]は、大座敷へ出《大広間の客へ》せと言うたに、誰《た》が才覚[二四]ぞ」と、下女《下女を》白眼《にら》むなど、知れたる事なが《わかりきった事だが》ら、聞くを構はず《聞えよがしに〔揚屋の女房に〕》言はれしは、これ、女郎の威《権威》のなきゆゑに、万《よろづ》かくこそ変れ。

[二五]むやくしき事この外《この外にもいろいろと》、聞き寝入り《聞きながら寝入る》にするを、男《客》に起され、心まか《客の意の》

一四 国元への見栄だけで遊ぶのだから。

一五 太夫の時は逢うことを嫌っていたつまらぬ男にも逢い。

一六 一座の雰囲気を引き締めようと試みても、周囲からこわされ。

一七 床の中でも客に嫌われることを恐れて。

一八 高級の香木。五〇頁注二参照。

一九 揚屋で、床を取ったり湯茶を運んだり、座敷の仕事をする男。下男に対する。

二〇 揚屋の女房が、戸口のすぐ近くまで来て。中には入らないで。

二一 床に入る前に蠟燭を消して油火に替えるのは、遊里の定めであったが、こうあからさまに言うのは扱いが軽い。むろん、蠟燭に比べて行燈《あんどん》の油火は安価である。挿絵六一頁の太夫の室には燭台が、六〇頁の囲《かこい》の室には行燈が置いてある。

二二 漆地《うるしじ》の上に漆で模様を盛り上がるように描き、金属粉を蒔《ま》きつけたもの。模様を盛り上げないのを平蒔絵という。

二三 重箱入りの肴。

二四 考え。取り計らい（二八頁注四参照）。太夫の時には高蒔絵の重肴を出されたので、つい間違って出されても、このようにあてこすられるのである。

二五 無益しきこと。残念なこと。口惜しいこと。

せの首尾して後《ままに契りを交わした後》、情けらしく親里を尋ねけるに《愛情ありげに客が私の親元の様子を》、欲の心から残さず[一]語りて、おのづと打ち解け《自然と親しくなり》、正月の仕舞ひ[二]も我と頼み、大方に請け《いい加減に引き受》合ふを《けてくれるのを》嬉しく、二度目に馴れし《逢った》別れには、出口の門《島原郭出口の大門》まで送り、面影《姿が見》見果つるまで立ち尽し《えなくなるまでじっと立って見送り》、その後《あと》より便り《手づるを》求めて、三枚重ね[三]の文遣《つか》はしける。

太夫の時は、五七度も心よく逢《あ》ひ馴《な》れし後《のち》も、便りはせざりき。引舟・遣手《やりて》気を付け、「それ様へ《そのお方様へ》御状一つ」と、〔太夫の〕機嫌のよき折ふしを見合せ、お硯《すずり》の墨すりて、奉書取りてあてがひけるに、お定まり《きまりきった》の文章、そこそこ《ざっと》に書き散らし、人に畳ませて結ばせて、上書《うはがき》して投げ遣《や》るさへ〔客からは〕、「忝《かたじけ》なく拝し参らす。いよいよ今までに変らずかはゆがられたし」など、[四]返事を引舟方まで遣《つか》はし、遣手まで[五]大判三枚、小袖代として給はりし事、その時は《太夫の時は》、世に欲しがる金銀も珍しからず、それぞれに取らせけるに《周りの者に与えたが》、何惜しからじ《一向に惜しくなかった》。太夫の人に物遣《や》るも、思へば、[六]博奕《ばくち》の場にての銭《ぜに》の如し。〔金の〕ない時の今は、恥捨てて御無心《おねだり》

一　身の上をすっかり語り。

二　「仕舞ひ」は事の結末をつける意。正月買い（四一頁注八参照）を自分の方から頼み込み。馴染みもない客に正月買いを遊女の方から頼み込むのは、有力な客がないからである。

三　書状を別紙で巻き、その上を更に包んで、包紙の上下の端を折り込んだもの。鄭重《ていちょう》な書状の形式。

四　手紙の返事や祝儀が引舟女郎や遣手を介して贈られるところに、太夫の権威がある。もっとも、このような権威は商品価値を高める為の作為にすぎない。

五　大判は通貨ではなくて、儀式・奉献・恩賞・献上等の特殊な用途に使われた。表面に十両と墨書してあるが、品位も通貨との交換率も必ずしも一定でない。ただ、慶長大判（慶長六年から元禄八年〔一六〇一～九五〕まで通用）は、実質ほぼ七両二分。有名な太夫に物を贈る時は、大判三枚は普通。

六　博奕場で取り扱われる銭と同じく、勤労の利得でないから、気前よく与えられるのである。

七　身の程。身分。町人の場合具体的には、多く資産状態。「おのれが身代に応ぜざる奢り」（『日本永代蔵』巻六の二）ともある。遊びは見栄を張るものだから、資産以上の浪費に走りがちなのである。

申す甲斐なし《してもききめがない》。
惣別《そうべつ》《大体》、傾城買ひ、その分際[七]より仕過ごす物なり。有銀《ありぎん》五百貫目より上の振廻《ふりまは》[八]しの人、太夫にも逢ふべし《逢ってよい》。二百貫目までの人、天職苦しからず、五十貫目までの人、十五に出合《かこひ》[九]ひてよし。それも、その銀働かずして居喰ひの人《資本として運用しないで徒食の人》は、思ひも寄らぬ事。近年の世上《世間》を見るに、[一〇]半年続かざる人、無分別[一一]に騒ぎ出し、二割三割[一二]の利銀に出しあげ、主人・親類の難儀となしぬ。かやうになるを覚えての慰み《経済の破綻を承知の上での遊び》、何か面白かるべし。

浮世とてさまざま《色々のことがあるもので》、我天職勤めけるうちに、頼みに掛けし客《当てにしていた客》、三人までありしに、一人は大坂の人なるが、檳榔子《びんらうじ》[一三]の買置きして、家《破産》を《した》失はれける。又一人は、狂言芝居[一四]の銀元《かねもと》にて、大分の損立ち、又の一人は、銀山《かなやま》[一五]にかかる所悪《あ》しく、二十四日のうちに、三人ともに埒《らち》明[一六]き、この里[一七]の音信《おとづれ》も絶えて、俄《にはか》に淋しきさへ《客がへったこと》憂《う》きに、耳の下に、霜降り月《陰暦十一月》の頃《ころ》、粟粒《あはつぶ》[一八]程なる物、いつとなく悩まして、その跡見苦し

遊女遊びの節度

八 資金運用のできる人。
九 囲女郎のこと。四九頁注一三参照。
一〇 遊女遊びを始めてその費用の半年ともたぬ人。
一一 無鉄砲に派手な遊びを始め。
一二 年利二割とか三割の高利の利息の支払いに経済が破綻《はたん》し。遊びの資金は低利で借ることはできなかった。商業資金としては年利九分六厘を越える借金は慎んだ(『日本永代蔵』巻三の一)。
一三 しゅろ科の常緑喬木《きょうぼく》。南洋原産。実の乾燥したものを、健胃・駆虫・利尿《りにょう》・染物の薬種として輸入した。「買置き」は四九頁注一一参照。

馴染み客の没落は遊女の没落

一四 芝居興行の出資者。ひいきの役者に頼まれて出資することが多く、利益の対象とはならない。
一五 鉱山に手を出して失敗。鉱山開発は投機的な仕事で、失敗が多かった。
一六 片が付き。破産して。
一七 島原の遊里に来ることもなくなって。
一八 梅毒性腫物《しゅもつ》がいつの間にかできて、悩まされて。

く、これ又辛《つら》きに、はやり風にして《かかって》、我が黒髪薄くなりて、人なほ《一層相》
見捨てければ《手にしなくなったので》、恨みて朝夕の鏡も見捨てにける。

分里《ぶんり》の数《す》女《ぢよ》

[一]町人《まちにん》の末々まで、脇指《わきざし》といふ物差しけるによりて、[二]言分《いひぶん》・喧嘩もなくて治《をさ》まりぬ。世に武士の外、刃物《はもの》差す事ならずば、小兵《小男》なる者は、大男の力の強きに、いつとても嬲《なぶ》られものになるべき。[三]一腰《ひとこし》恐ろしく、人に心を置く《遠慮をする》によりて、いかなる闇《やみ》の夜も独りは通るぞかし。

傾城《けいせい》は、浮気なる男《うわついた気分の男》を好けるによりて、[四]鐺咎《こじりとが》め、[五]出来《でか》し達《だて》にして、命の果つるをも、更に覚えず、我、女郎なればとて《〔その種の男同様〕》、[六]義理には身を捨つる事、その座は去らじ《ためらうまい》と、明け暮れ《常日ごろ》思ひ極めしに、これ程身の《囲女郎という悲》

一　町に住む人。町方の者。ここでは、いわゆる町《ちよう》人《にん》・借屋人（三二頁注七参照）をこめる。武士は太刀・脇差の両刀を差し、町人は儀式や旅行などに脇差のみ差すことを許され、百姓は無刀であった。

二　言いたいこと。言いがかり。口論。他に、口実。

三　脇差を一本差しているので恐ろしく。刀剣類は一腰、二腰と数える。

脇差は身の守り

四　互いの帯刀の鐺（刀の鞘《さや》の末端）の触れ合うことを咎めること。「鞘咎《さやとが》め」（『日本永代蔵』巻五の四）ともいう。又、些細《ささい》なことを咎め立てすること。

五　得意げなさま。脇差を差すのは身を守るはずのものなのに、却って鐺咎めなど得意げにして、命を失うことも一向に平気な地廻りの男たちの威勢のよさに女郎があこがれるのである。

一代女囲女郎に転落

六　筋道。人間関係。武士、町人、男女間など、それぞれに守るべき道をいうが、しばしば、形式的な見栄や体面に流れがちであった。

悲しきにも《しい身分に落ちても》、相手なしには死なれぬ物ぞ。自《みづか》ら《自分は》、太夫から天神に下ろされけるさへ、口惜しかりしに、今又、十五《かこひ》になされ勤めけるに、昔の気立て入り変り《太夫や天神のころの気持と変って》、万事、その時の心になる物ぞかし。

「初めてのお客」と、〔揚屋から〕呼びに来ると、一つも売るを仕合せに《一度でも売ることを幸いと》、その[七]男見にやるまでもなく、もし又「入らぬ《不用だ》」とて、変改《へんがへ》[八]せられては、[九]今日の隙日《ひまび》のせつなさに、取り急ぎ行くさへ、揚屋の男め《召使の男》が、耳こ《あてこ》すり《すり》言ふは、「十五位《かこひぐらゐ》の女郎は、人遣るといなや《使いをやるとすぐに》、使ひと連れて来《一緒に来る》る人を呼べ、[一〇]悪《わる》女郎のくせに身拵《みごしら》へ、それだけ損ぢやは。[一一]十八匁の物を、九匁も人が出すにこそ」と、声高にわめくも辛《つら》し。

内儀も、見ぬ顔して《揚屋の女房も知らぬふりして》、〔囲女郎には〕言葉をも掛けられず。手持ち悪く《手持ち無沙汰に》、台所に上がれば、[一二]丹波口の茶屋がそこに居あはせ、「その二階へ上がれ」と、指図をする片手に、尻《しり》さぐる《なでる》など、少しは腹立ちながら、座敷に入りて見れば、大臣の数《かず》程太夫も有り。連れ衆《大尽の取巻連中》には天神片付き《相手に決り》、お機嫌取りの若男、四五人もありしが、その中《うち》へ[一三]搗《つ》き交ぜに呼ばれ

囲女郎の生態

七 太夫・天神の売れっ子は、初対面の客には、不都合な客ではないかどうかと、その様子を見せにやった。

八 約束を取り消されては。

九 今日はもう他に客がとれないかも知れぬのがつらくて。

一〇 安女郎のくせに身支度に手をかけては。

一一 囲女郎は十八匁に決っている揚代を、どんなにめかし込んでも、十九匁も出す客はない。

一二 今、下京区下松屋町通（一貫町通）丹波口にあった茶屋。上客の休息所として、その揚屋への送迎や、時には座敷の取持ちもする。

一三 一緒くたにして。

て、どれに逢《あ》ふとも定めもせず、下座《しもざ》に直りて《坐っていて》、[一]行き所のない時の盃《さかづき》差され、酒はかいしき[二]請けねども、誰《たれ》[三]気をつけて挨拶する人もなく、つい《すぐ》隣の太鼓女郎[四]に差して、日の暮るるを待ちかね《辛抱して待ち》、[五]一つ蒲団の床に入れば、若い男の小意気過ぎたる[六]風俗、正《まさ》しく、[七]町《ちやう》の髪結《かみゆひ》らしく思はれける。

この男、やうやう、[八]細奥《こつぼり》町・上八軒《うへはちけん》の茶屋遊びの諸分《しよわけ》[九]ならでは、知らずや。床のをかしさ、帯解け[一〇]広げになつて、鼻紙[一一]手元へ取り廻《まは》し、我への全[一二]盛と思ふか、枕の燈《ともし》[一三]火《び》近く寄せて、前巾《まへぎん》[一四]着《ちやく》より、一歩一つ、[一五]豆板三十目程、幾度《いくたび》

床の中で見栄から銀を数える髪結職人

一 やり場のなくなった時の盃を差されるのは、下級遊女として軽侮されたのである。
二 皆式。少しも。全く。盃は差されても酒はついでもらえぬのである。
三 だれ一人気をつけて相手になってくれる人もなく。
四 遊興の座を取り持つ女郎。四三頁注二一参照。
五 囲女郎の敷蒲団は一枚。五四頁注七参照。
六 気のきき過ぎた身なり。
七 町方の髪結職人。今の理髪師。店を構えて営業する床髪結《とこかみゆひ》と、台箱を提げて町内を廻る町抱えがある。
八 祇園町八坂神社の西の通り（今、東山区東大路通）を北に細奥町南に上八軒という茶屋町があった。巻五の一参照。
九 諸事情。遊興の仕方。三三頁注二二参照。
一〇 帯は解けて前広げになって。床入りのたしなみに欠ける。
一一 鼻紙は自分で用意する必要はない。局《つぼね》女郎でも女郎が用意すること、六三頁四行目参照。
一二 見栄。奢《おご》り。僅かの金銀をみせびらかすことを見栄と考えるところがさもしいのである。
一三 枕元の行燈《あんどん》の火。下図参照。
一四 紐をつけて前腰に下げる巾着。二四頁注一一参照。
一五 豆板銀。小粒・細銀《こまがね》とも。小額銀貨。おおよそ五匁以下。

か数読みてみせ《勘定してみせた》ける。これは、あまりなる男め《人を馬鹿にした男めと思い》、物言ひ掛くるに《男が話しかけると》、俄《にはか》に「腹痛む」とて、返事もせず、一六背《そむ》きて寝入れば、この男、一七詰め開きは思ひも寄らず、「私の一八苦手《にがて》、薬なり」と、夜明け方まで擦《さす》りける程に、あまり痛はしく《かわいそうに》思はれ、引き寄せ、心よく首尾せんと《思いを遂げさせようと》、こちらへ《男の方へ》寝返る時、大臣の声して、「夜の明くるに程近し。我は《お前は》先へ帰れ。髪結ふ人も待ちかねん」と、何の遠慮もなく起されける。これを聞くと、又、心ざし《心持》変り、先に見立てし職の人なれば《初めに鑑定した通りの髪結職人なので》、一九重ねて浮名《うきな》の出づる事をうたてく、その通りに《大尽の指示の通りに》起き別れぬる。

隣室の大尽客

一六 男に背を向けて。

一七 遊女との駆引き。理詰めの応対。三九頁注一三参照。

一八 特別の素質のある手。呪力《じゅりょく》ある手。猛蛇を制したり、腹痛を治したりすることができる反面、その人のこしらえた食物はまずいなどとも言われる。私の手は苦手だから、なでると腹痛が治る、との意。

一九 後々情けない評判を立てられるのもいやで。髪結は下職だったので、それと契り交わしたと評判を立てられては、客の来なくなる恐れがあるからである。

囲女郎の身の悲しさ

太夫・天神まで勤めしうちは、さのみこの道とても《遊女の勤めも》、憂きながら《つらくてもひど》憂きとも覚えず《くつらくはなかったが》、今の身《囲女郎の身》の悲しき事、かくも亦《また》[一]昔に変る物かな。野《や》[二]暮《ぼ》はいやなり、中位《ちゆうぐらゐ》[三]なる客は逢《あ》はず、粋《すい》[四]なる男めにたまたま逢《あ》へば、床に入ると、頭から《初めから》何の艶もなく《つやうるおいもなく》、「女郎、帯解き給へ」と言ふ。「さてもせはしや。お袋様の腹に十月《とつき》、よくも御入りましました」など言うて、少しは子細らしく持つて参れば《もったいぶって遠廻しに仕掛けると》、この男、言ひも果てぬに《こちらの言葉も終らぬうちに》、「腹に宿るも、これから始めての事《男女の契りから始まったこと》。神代以来《このかた》、この嫌ひな《男女の契りの》る女郎は、悪い物ぢや」と、早や《はやくも》、仕掛けて来る。それを四の五の《とやかく》言へば、「難しい事は御座らぬ《面倒なことはない》。さらりと《さっさと》往《い》んで《帰って》もらひまして、女郎替へてみましよ」と言ふが《言うのが》、鼻息に見え透き《勢い込んだ様子にはっきり見え》、この男怖《こは》く、身揚[五]りなほ恐ろしく、粋と思ふと、ちやくと《すばやく》、言葉に色を付けて《味をつけて》、「わ[六]けもない事遊ばして、お敵《てき》[七]様への洩れての御申し分《ぶん》は《御苦情》、こちは存じませぬ」などと言ふが、十五《かこひ》女郎の必ず落し[八]なり。

端局さまざま・三匁取

それより品下りて《下級になって》、端局《はしつぼね》[九]の事ども言ふに限りもなく《話せばきりがないが》、聞いて面白

一　太夫・天神の時代とは大変な違い。専属の禿《かぶろ》が付かず、衣服・寝道具が変り、郭内外の扱いが疎略になり、客種が落ちる。

二　遊里の事情に疎い粗野な客はいやだが、その程度の男が囲《かこい》女郎の客となり。

三　野暮でもないが、すれっからしでもない客。そんな客は天神くらいを相手にして、囲女郎には寄り付かない。

四　遊里の遊びに精通した人（三八頁注一参照）。粋人は太夫相手には気取った遊びを強いられるので、そのはけ口として、まれに囲女郎と遊んで、悪達者な性の亡者ぶりを発揮するのである。ここにも、西鶴の粋人に対する痛烈な皮肉が見られる。四四頁＊印参照。

五　客の付かない時、遊女が自分で自分の揚代を支払って休業すること。

六　つまらないこと。私のようなつまらぬ女を相手になさって。三三頁注二二参照。

七　馴染みの相手。遊女から客を、又、客から遊女を指す。この場合は後者。

八　話の落ち。決り文句。

九　端女郎。局女郎。又、見世女郎。最下級の公娼。その居所を局という。紺の暖簾《のうれん》をかけ、畳二帖敷を決りとする。そこで営業して、揚屋に行かない。

からず。それも、それぞれに大方仕掛け定まつての床言葉有り《おおよそ型通りの客扱いと床の中で話す決り文句がある》。先づ、一〇三匁取《さんもんめどり》は、さのみ卑しからず。客上がれば、豊かに《ゆったりと》内に入り、その後《あと》にて、木綿着る物着たる禿《かぶろ》が、床取る。一一中紅《ちゆうもみ》の蒲団の脇《わき》に、鼻紙見苦しからぬ程折りたるを置き捨て、一二油火細く背《そむ》きて、一三差し枕二つ一四直して、「これへござりまして、一五おろくに」と申して、〔禿は〕切り戸《潜り戸》より内《奥》に行く。一六同じ見世の女郎ながら、これにたよる男も、一七無性《むしやう》なる野人《卑しい人》にはあらず。遣ひ過ごして《遊里での借金がかさんで》、揚屋の門《かど》を暗がりに通る男《明るいところは通れない男》、又は、内証のよき人の手代《懐具合の豊かな手代》か、一八武士は中小姓《ちゆうごしやう》の、掛る《相手になる》ものなり。

女郎、寝てしばしは、帯をも解かず、手を叩《たた》きて禿《かぶろ》を呼び、「その着る物お後へ《蒲団の裾の方へ》、むさくとも着せませい《きたならしくともお掛けせよ》」と言ふ。しほらしく《心やさしくも》、〔客の〕扇に心をつけ《扇に注意を払い》、「この一九袖笠の公家《くげ》は、二〇佐野の渡りの雪の夕暮れでござんすか」などと問ふより、男、寄り添ふ便り《きつかけ》となり、「いかにも《なるほど》、二一袖打ち払ふ雪の肌《はだへ》に、少し触《さは》りましよか」と、それから恋《契り》となる。帰りさま《帰りぎわ》まで、女郎の名を問はざる人は、必ず歴々《〔局遊びの連中では〕ましな身分の人》なり。これに

一〇 揚代銀三匁の局女郎。

一一 蘇枋木《すおうぎ》染の紅の蒲団。紅花《べにばな》で染めた本紅《ほんもみ》に対して、「中紅」は安価だが染色に劣る。

一二 油火の燈心（燈油に浸して火をともすもの）の数を減らし、しかも、その光を顔に当らぬようにして。

端局
〔人倫訓蒙図彙〕

一三 箱枕。上に括《くく》り枕をのせた箱形の枕。

一四 正しい位置にすえる。この場合は、箱枕を二つ並べて。

一五 お楽に。御自由に。「ろく」は陸。水平にすること。正しくすること。

一六 同じ見世女郎でも、二匁取以下の女郎と違って、三匁取の女を相手にする男も。

一七 むやみな。やたらな。つまらぬ。

一八 武士だと中小姓ぐらいの者。「中小姓」は大名側近の雑役に従う士。三四頁注七参照。

一九 袖を笠の代りにかざすこと。

二〇「駒とめて袖打ち払ふ陰もなし佐野の渡りの雪の夕暮れ」（『新古今集』藤原定家）による。

二一「袖打ち払ふ」は暗に衣を解く意をこめて、「雪の肌《はだへ》」の枕詞風に使われている。

後《あと》引《引続いて来させるには》かする事、別《別れぎわに》れさまに、「格子《かうし》[一]へござりまして、お逢《あ》ひなされます時分」と、しばし見送る事、いかなる男も、贅《ぜい》[二]にて作り口舌《くぜつ》して、重《再び》ねて咄《はな》しに来る事《遊びに来ること》、手[三]に取つたる客なり。又、親[四]方掛りの人と見し時は、〔今日は〕「お供も連れられず、お独りは、道気遣《途中が心配》はし」など言ふに、「拙者は、人持《供の者を》ちませぬ」と言ふ者なし。かく乗せ置けば《おだてあげておけば》、馴染《なじ》みて、挟箱《はさみばこ》[五]もろふ時、人《挟箱を運ぶ供の者》がないとは言はせぬためなり。

二匁取は、手づから燈火《ともしび》細め、枕に敷き紙して《枕の下に鼻紙を敷いて》、嘉太夫節《かだいふぶし》[六]のなづむ所を語り消して、その引き口に《終りぎわに》、「お前様は、どれ様にお逢ひなされます。をかしからぬこれに《面白くもないここにいらっしゃるのは》、暫しもお気詰りなるべし《しばらくでもご退屈でしょう》。宿屋《揚屋》はどれへお越しなされます」と言ふが、いづれも、さし定まつての《決り切った》挨[七]拶なり。

一匁取は、その時の作り小歌《新作の流行小歌》うたひながら、屏風《びやうぶ》の陰なる寝莚《ねむしろ》[八]を取り出し、密《ひそ》かに帯を初めから解きて、客の思はく《思うところ》も顧みず、内から《抱え主の》の言ひ付けの通り、着る物着替へて、二布《ふたの》[九]も解き掛けてくろめ[一〇]、

格子
〔人倫訓蒙図彙〕

一 格子造りの揚屋の店先。そこへ客寄せに遊女を、京都島原では昼・大阪新町では夜に出す。揚屋へ行って高級の遊女に逢う前の暇潰しに局に寄ったのだろうとおだて上げるのである。

二 見栄から、この局女郎に逢った為に馴染みの遊女と痴話喧嘩になったという話を偽作して。

三 手に入れた客。思うままに扱える客。

二匁取

四 親方に面倒みてもらっている人。奉公人。手代。

五 衣類をもらえる程に馴染んだ時、の意。「挟箱」は衣類などを入れて運ぶ箱（一一七頁挿絵参照）。

六 宇治嘉太夫、後、加賀掾《かがのじよう》。古浄瑠璃《じようるり》の大成者。その語り出した浄瑠璃の最も魅力ある聞きどころを語りさしてやめて。

七 馴染みの遊女と揚屋のことを尋ねるのは、三匁取同様の世辞だが、大分にあわただしい。

一匁取

八 寝ござ。次の五分取の豊島莚《てしまむしろ》に比べて、普通幅の藺莚《いむしろ》をいうか。

九 二幅物の腰巻。三二頁注一参照。

一〇 紛らし隠す。取り繕う。ごまかす。

「宵《よひ》かと思へば、今の鐘は[一一]四つぢやげな。お前様は、どれまで《どこまで》お帰りなされます」と、[一二]せはし男に気を付け、[一三]遣《や》り繰《く》りの後、遣手《やりて》呼びて、「[一四]天目《てんもく》二つながらに汲《く》んで来て、お茶進ぜましや《差し上げてね》」と、口早に言ふもをかし。

五分取

五分取《ごふんとり》は、自《みづか》ら、戸を鎖《さ》して、[一五]豊島莚《てしまむしろ》の狭きを、片手にして敷き、足にて煙草盆《たばこぼん》を直し《片付け》、男引きこかし《倒し》て、「あの人様は、古うはあれ《使い古してはい》ど、絹の下帯かいてゐさんす《褌をしめていらっしゃる》。奢《おご》つたお人様ぢや。こなた様を、何する人ぢや、違《たが》へず言うてみせましよ。〔今日のような〕月夜で風の吹かぬ時、隙《ひま》ぢや[一六]やさかいに、[一七]夜番《やばん》さしやりますか《なさいますか》」「[一八]大商人《だいあきんど》、心天《ところてん》の仲買ひぢや」と言へば、「よい加減な事を言はしやれ《おっしゃい》。心天売りが、この暑い夜、遊んで居てよいものでござるか。然《しか》も今夜は、[一九]高津《かうづ》の夏神楽《なつかぐら》、仕合せが悪くとも《運が悪くても》、[二〇]八十も儲《まう》けがあらう物」と、その道々に、さても、[二一]世智賢き事を。

一代女年季明けて故郷へ帰る

我も京より十五《かこひ》を下《くだ》りて、[二二]新町に売られて、二年も見世を勤め《見世女郎》し

一一 亥《い》の刻。標準時は午後十時。季節によって異なる。
一二 暇のなさそうな男に時間の遅いことを知らせ。
一三 急いで契り終った後。
一四 天目茶碗。摺鉢《すりばち》形の抹茶《まっちゃ》茶碗のことだが、ここでは、普通の湯呑茶碗をいう。
一五 今、大阪府池田市豊島辺に産した粗製の藺莚《いむしろ》。狭く短く、用途は広く、不時の雨具などにも用いる。
一六 上方方言。ので・からの意を表す接続助詞。
一七 木戸番のこと。番太郎という。町費で雇われ、町境の木戸を管理する為に木戸の傍らの番屋（多くは自身番〔一九一頁注八参照〕の傍らにあった）に住み、夜中太鼓を叩いて時を知らせ夜警をした。一三〇頁注二参照。
一八 心天《ところてん》の原料てんぐさの仲買商人。「仲買ひ」は買問屋ともいう。売問屋（本問屋）と生産者又は小売商の間に介在して、おおむね自己の名義で大量の取引をする者をいう。客は仲買商人と冗談に気取ったのを、女は露店商人にしてしまって応対した。
一九 今、大阪市南区高津町一番丁の高津神社。祭神は仁徳帝。その夏祭りは六月十八日。一〇二頁注四参照。
二〇 八十文の利益か。
二一 世知にたけている。打算にたけている。勘定高い。
二二 大阪の遊里瓢簞《ひょうたん》町。一二五頁注一七参照。

うちに、世のさまざま見及び、[一]十三の年《ねん》明きて、[二]頼む島もなき淀[三]の川舟に乗りて、二度《ふたたび》古里《宇治》に帰る。

世《せ》間《けん》寺《でら》大《だい》黒《こく》

[四]脇塞《わきふさ》ぎを又明けて、昔の姿《振袖姿》に返るは、[五]女鉄拐《をんなてつかい》と言はれしは、小作りなる生れ付きの徳なり。

折ふし《折から》、[六]仏法の昼も人を忍ばず、[七]お寺小姓といふ者こそあれ。我恥かしくも、[八]若衆髪《わかしゅがみ》に中剃《なかぞ》りして、男の声遣ひ習ひ、身振りも大方に見て覚え、[九]下帯《したおび》かくも似る物かな、[一〇]上帯《うはおび》も常の細きに替へて、刀・脇指《を差した腰がふらつき》、腰定めかね、羽織・編笠も心をかしく、[一一]作り髭《ひげ》の奴《やっこ》に草履持たすなど、物に馴《な》れたる太鼓持を連れ、世間寺の有徳《うとく》《裕福》なるを聞き出し、庭桜見る気色《けしき》に、[一二]塀重門《へいぢゅうもん》に入りければ、太鼓《太鼓持は》、方丈《住職の居間》に行き

一 遊女の年季奉公は、普通十年の契約だが、身揚り（三八頁注七参照）、病気、衣類・調度の購入等で借金が増して年季は延びることが多い。十六歳で入郭して十三年といえば、この時一代女は三十歳に近い。
二 大阪には頼る人もないので。「島」は「川」の縁。
三 京都伏見京橋（今、伏見区京橋町）から大阪八軒屋（今、東区京橋二丁目）を上下する淀川の川舟。
四 留袖のこと。振袖（脇明け）から留袖に替えるのは古くは十九歳とする定めもあったが、ここは、諺《ことわざ》「三十振袖四十島田」（年齢不相応の若作り）を転用。
五 鉄拐はシナ隋代の仙人。自分の肉体を失って、魂を乞《こ》食《じき》の死体に宿したので、醜悪な姿をしているが、口中から自分の昔の姿を吐き出す術を行ったという。一代女が昔の振袖姿に変身し得たのは女鉄拐と言ってよいが、それは小柄な生れつきの得だ、との意。
六 「昼」は真盛りの意と白昼の意を掛ける。折から仏法繁盛の時で、白昼から人目を構わず。
七 住職の側近にあって雑用に従う少年。多くは男色の相手を勤めた。ここは、寺小姓に扮した女色。

若衆に姿変えての売色

脇塞・脇明
〔女用訓蒙図彙〕

て、隙《ひま》なる長老《住職》に、何か小語《ささや》き、客殿《客間》へ呼ばれて、かの男引き合はす《太鼓持が私を紹介して》は、「こなた《この方》は、御浪人衆《しゅ》なるが、御奉公済まざるうちは《武家奉公の決定しないうちは》、折ふし《時折》、気慰みに《気晴らしに》、御入りあるべし《お越しになりましょう》。万事頼みあげる」など言へば、住持はや現《うつつ》になつて《夢心地になって》、「夜前《昨夜》、あなた方、入らいで《必要な》叶《かな》はぬ子下ろし薬《堕胎薬》を、さる人《ある人》に習うて参つた」と言うて、後《あと》にて口塞《ふさ》ぐ[一三]もをかし。後《のち》は、酒に乱れ、勝手《台所》より生臭き[一四]風も通ひ、一夜《いちや》づつの情け代《だい》、金子二歩に定め置き、諸山の八宗[一五]、この一宗《女色宗》を勧め廻《まは》りしに、いづれの出家も、数珠《じゅず》[一六]切らざるはなし。

その後は、さる寺《住職》の泥《なづ》み給ひ《夢中になられ》、三年切りて《三年契約で》、銀三貫目にして、お大黒様になりぬ。この日数経《ふ》るうちに、浮世寺《世間寺》のをかしさ、昔は懇《ねんご》ろなる坊中《同じ寺内に住む僧》ばかり集りて、諸仏・祖師《宗派の開祖》の命日をよけ、一月《いちげつ》に六斎[一七]づつ、「これより外は[一八]」と誓文《せいもん》の上、魚鳥も喰ひ、女狂ひもその夜に限りて、三条[一九]の鯉屋《こひ》などにて遊び、常は出家の身持ちなる時は《平生は出家らしく五戒を守っていると》、仏も合点にて《承知で》許し給ひ、何の障り《差し支え》もなかりき。近年、繁昌[二〇]に付きて、

八 中剃りして若衆髪に結い。二四頁注一二参照。
九 「かく」は褌《ふんどし》を「かく」と「斯く」を掛け、「斯く」は「若衆髪に中剃りして」以下の文を受ける。男装して褌をしめると、こうも男に似るものか。
一〇 大幅の女帯から男帯としては普通の中幅に替えて。一八頁注一五参照。
一一 鍋墨で描いた釣髭《つりひげ》。
一二 土塀の続く中門。六八頁挿絵参照。
一三 僧の執心と狼狽《ろうばい》を描いて痛烈。
一四 魚鳥を調理するにおい。
一五 華厳《けごん》・律・法相《ほっそう》・三論・倶舎《ぐしゃ》・成実《じょうじつ》・天台・真言の平安時代の八宗を言うが、ここでは、当時の京都の諸宗派の意。
一六 戒を破って、女色宗に改宗した。

一代女世間寺の大黒となる

一七 毎月八日・十四日・十五日・二十三日・二十九日(小の月は二十八日)・三十日(小の月は二十九日)の六日。もとは諸事を慎む日であったが、当時は五戒から解放される日とする風習があった。
一八 これ以外の日は身を慎むと仏に誓った上で。
一九 今、中京区木屋町通二条下がる東生洲《ひがしいけす》町に鯉屋という旅籠《はたご》屋があった。
二〇 仏法が栄えて、僧の収入が増えると。

乱りがはしく《僧の素行も乱れて》、昼の衣《ころも》[一]を夜は羽織になし、手前に女の置き所《〔又は〕自分の寺に女の隠し場所を》、居間の片隅を深く掘りて、明り取り[二]の隠し窓細く、天井も置き土して、壁一尺余り厚く付けて、物言ふ声の外《ほか》へ洩らさず、奥深に拵《こしら》へ、昼はこれに押し込められ、夜は寝間までも出でける。

この気の詰る事、恋の外なる身過ぎ《生きるための世渡り》なれば、ひとしほ悲しかり。

や風坊主《いやな感じの坊主》に身をまかせて、昼夜間もなく首尾して《休みなく契り交わして》、後には面白さもやみ、をかしさも絶えて、次第に衰へ、姿痩《や》せけるも、長老は更に《一向に》用捨もなく、死んだらば、手前にて《自分のところで》土葬と思ふ顔付き、恐ろし。

裕福な世間寺の住職をねらって似せ若衆を売り込む

一 羽織を着て医者に化けて女遊びに出掛け。

二 明り取りの窓を外部からは目立たぬように細く作り。

三 忌日または葬儀の前夜。その際僧は檀家《だんか》に行って読経するが、夜更けて寺に帰って来るのを待ちかねるようになったというのである。

馴れると大黒暮しもまた楽し

馴《な》るれば、それも《そんな生活も》

憎《いやでなくなり》からず、三逮夜《たいや》参りの更けるを待ちかね、四灰寄せの曙《あけぼの》も別れと思へば、暫《しば》しもうてき。なほ、五白小袖の坊主臭きも、身に添ふ移り香の、親しくもなりぬ。末々《後には》は淋《さび》しさ忘れて、最前《以前には》は耳塞《ふさ》ぎし六鉦《どら》・鐃鈸《ねうはち》の音も、聞き馴れて、慰む業《わざ》となれり。人焼く煙も鼻に入らず《気にならなくなるどころか》、無常の重なる程《人の死の多くなる程》、お寺の仕合《収入の》せを《増えることを》嬉しく、夕暮れの肴売《さかなう》り、七骨つきぬきの小鴨《こがも》・鰒汁《ふぐじる》・八杉焼き、外《ほか》へは香《かを》りのせざる《もれないように》火鉢に、覆《おほ》ひを掛けて、少しは人を忍ぶなり《世間をはばかるふうだ》。九自堕落見習ひ、小僧等《ら》までも、赤鰯《塩漬のいわし》袖に隠して、一〇仏名《ぶつみやう》書き捨てし一一反《ほん》古《ご》に包み焼きして、朝夕送ればこそ、艶《つや》よく、身も潤《うるほ》ひありて、勤

四 骨上げ。火葬後灰を寄せて骨を拾うこと。骨上げに立ち会い読経する為に早朝に出掛ける住職との別れも、つらく思うようになった。

五 僧が衣の下に着る白衣。白小袖の抹香臭《まつこうくさ》さも、我が身に次第にしみてくるにつれて、親しみが持てるようになった。

六 銅鑼《どら》と銅鈸子《どびようし》。銅製の楽器。寺で法会《ほうえ》や葬式の時の鳴り物として用いる。

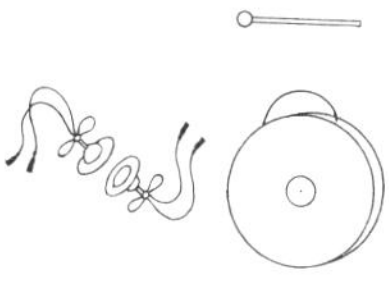

鐃鈸・鉦
〔和漢三才図会〕

七 小鳥の料理法には、骨抜き・骨付き・骨作りがある。骨抜きとは、小鴨・鵙《もず》・鴫《しぎ》など、身を下ろし骨の分をすっかり取り去って調理すること。骨付きとは、雲雀《ひばり》・鶫《つぐみ》など、羽の付け根やももの骨だけを取り去り、身を骨につけたまま調理すること。ここは「骨付き、又は、骨抜きの小鴨」か。

八 鯛《たい》・雁《がん》などの魚鳥の肉を、だし味噌を入れた杉箱の中で煮立て、清酒で調味したもの。杉の移り香を賞する。

九 身を持ちくずしてだらしないこと。

一〇 諸仏の名号。

一一 反古焼ともいう。魚肉を濡れた反古紙に包んで、温かい灰に入れて焼く。

一 穀類を断ち木の実を食して修行すること。又は、その人。

二 寺の台所。

恋の妄執に心傷つく老女

三 手枕の夢で見たわけではなく、現実に、まぼろしの如く出現した老女を見た、という意。竹縁でうたたねしたという意ではあるまい。

四 腰も立たず。

五 この老女の元の身分がよかった、という意ではない。経済上の理由から二十歳も年下の住職に妾《めかけ》奉公の身を恥じて、わざわざ選んだ見っともない身持ちと言い軽んじたのである。二〇頁*印参照。

むる事も達者なり。世を離れ、山林に取り籠《こも》り、木食《もくじき》[一]、又は、貧僧のおのづから精進する人の顔付きは、朽木《くちき》の如《ごと》くなりて、その隠れ《精進の事実が》なし《はっきりわかる》。

我、この寺に、春より秋の初めつ方まで奉公せしに、そもそもは《初めの間は》、〔住職は私を〕深く疑ひて、外《ほか》に行かるる時は、戸ざし《戸の掛金》にも錠《ぢやう》を下ろされしに、今は[二]庫裏《くり》までも覗《のぞ》く程に、心を許され、いつとなく大胆者になりて、諸檀那《だんな》《信者》の参られしにも、早くは逃げず。

或る夕暮れに、風梢《こずゑ》を鳴らし、芭蕉葉《ばせうば》乱れ、物凄《すご》き竹縁《たけえん》に、世の移り変るを観じて、[三]独り手枕《たまくら》の夢もまだ見ず、幻《まぼろし》に、頭《かしら》は黒き筋な《白髪で》く、顔に浪を重ね《皺だらけ》、手足火箸《ひばし》の如く〔痩せ細り〕、[四]腰も叶《かな》はず這《は》ひ出で、聞えか《聞きとれ》ねつる声の哀れに《ぬほどの小さい声で哀れげに》、「我、この寺に年久しく、住持の母親分《住職の母親という名目で》になつて、身[五]もさのみに卑しからぬを、態《わざ》と見苦しく持ちなし、長老とは二十年も違へば、物事恥かしき事ながら、世を渡る種《生活の手段》ばかりに、人知れず夜の契《ちぎ》りの浅からず、数々の申し交はしも《約束事も》あだになし《〔住職は〕守らず》、かく《老いた》

なれば《からといって》とて、片陰《片隅に押し込められて》に押し遣られて、六仏の飯《めし》のあげたるを与へ、死に《それでも生きている我を》かねる我を、《(住職は)》恨めしさうなる顔付き、さりとては《それは確かに》、七酷《むご》く思へど、八それはさもなく、九恨みの日を積るは、そなたは我を知られぬ事ながら、住持と枕物語《そなたの寝物語》聞く時は、この年、この身になりても、この道《性欲は抑えがたく》をやめ難く、そなたに喰ひ付き、思ひ晴らす《恨みを晴らそうと決意して》べき胸定めて、一〇今宵のうち」と言ふ事、身にこたへ、とかくは無用の居所《ゐどころ》ぞと、ここを出て行く一一手管《てくだ》もをかし。

妊娠と偽って寺を脱出

常なる着る物の一二下《した》がへに、綿を含ませ、その姿一三重くれて、「今までは隠せしが、我《われ》が身持ち《妊娠》も月の重《かさ》なり、いつを定め難し《いつ生れるかわからぬ》」と言へば、長老驚き、「早く里《実家》に行きて、無事なりて《無事に産んで》又帰れ」と、布施《ふせ》の溜《たま》りを取り集め、一四その間の事ども心をつけて、一五いかなる少年、親に歎かして、一六涙は袖、残るも辛きとて、上がり物の小袖を《寄進した死児の小袖を》、「産着《うぶぎ》よ《にせよ》」と、有る程惜しまず《あるだけを惜しまず与え》。名は一七石千代と、生れぬ先から祝ひける《縁起を祝って付けた》。この寺《寺奉公》も飽き果てて、一八年《ねん》も明かぬに帰らず。出家の悲しさは、それ

六 仏に供えた飯のお下がりを。
七 ひどい仕打ちと思うが。
八 住職の仕打ちに対する恨めしさはそれ程でもなく。
九 日々に恨みの増すのはそなた。「そなた」は「積るはそなた」「そなたは我を」と上下に掛る。
＊ 性欲のすさまじさを、誇張した形で描く。
一〇 今宵のうちに決行する、の意。
一一 手段。工夫。そうした手段をめぐらすようになった気持の急変を我ながら面白く思った、との意。
一二 下前《したまえ》。
一三 重苦しそうにして。
一四 出産のため実家にいる間の万事の処置に気を遣い。
一五 どんな少年が、早死して、親を悲しませたのか。
一六 「袖」は親が涙にぬらす袖、の意に、形身として残された死児の袖（衣服）の意を含める。
一七 丈夫に育つことを祈ってつける名。
一八 約束の三年の年季もまだ終らないのに、寺へは再び帰らなかった。

とても公事《くじ》にはならず。

諸礼女祐筆《をんないうひつ》

「見事の花菖蒲《はなしやうぶ》贈り給はり、[二]数々御嬉《うれ》しく眺め入り参らせ候」。京に女祐筆とて、[三]上《うへ》づ方万《よろづ》につけて、年中の諸礼覚え《一年中の礼式作法を覚え》、[四]宮仕ひ仕うまつりて後、必ず[五]身の納《をさ》め所よき人数多《あまた》、これを見習へとて、少女を通はせける。

我、昔はやごとなき御方にありし《高い身分の方にお仕えした》、その縁《ゆかり》なればとて、女子《をなご》の手《て》習所《ならひどころ》に取り立てられける。〔その手習所を〕我が宿として暮する事の嬉しく、門柱《かどばしら》に[六]女筆指南《によひつしなん》の張り紙して、一間《ひとま》なる小座敷、見よげに《さっぱりと》住みなし。[七]山出しの下女一人遣ひて、人の息女を預る事大方ならず《並大抵の事ではないと》と、毎日怠らず清書きを改め《見てやり》、女に入る程の《必要な》所作《作法》を教へ、身のいたづらふつふつ《我が身の色恋沙汰はきっぱりと》

一 原告と被告のある訴訟。出入りともいう。主に民事訴訟。他に、奉行所が一方的に取り調べる、刑事訴訟を、吟味という。

一代女女筆指南の女師匠となる

二 あなたのお心尽しを大変に嬉しくこのあやめに眺め入りました。女の書簡文体で始まる。

三 上流階級の万事につけて。

四 「宮仕へ」の訛《なまり》。貴人に仕えること。

五 生活態度のきちんとした人が多く。

六 女文字、仮名文字を教えること。女は男の書いた文字や文章を学ぶと男らしいところが残ってよくないとされた。

七 田舎から出たばかりのあかぬけのしない。

文ほど情け知る便りなし

とやめて、何の気もなかりしに、恋を盛りの若男《恋をしたい最中の若男に》、遣《や》り繰《く》り[八]の文章を頼まれ、昔勤めし遊女の道は《昔遊女の勤めをしただけあって》、[九]さして取る比翼・連理の根心を弁《わきま》へて、[一〇]その壺へはまりたる文柄《ぶんがら》に泥《なづ》ませ、又は、[一一]人の娘なる気を見《み》透《す》かし、或《ある》ひは、[一二]物馴《ものな》れ手だれの浮世女にも、それぞれの仕掛けあ《それぞれに応じた方法があ》りて《って》、[一三]いづれか靡《なび》けざる事なし。

文程《ふみ》、情け知る便り《人の気持を伝える手段》、外にあらじ。その国里遙かなるにも《遠く離れていても》、[一四]思ふを筆に物言はせける。いかに書き続けし《〔巧みに〕》玉章《たまづさ》も《手紙》、偽りがちなるは《うそが多いと》、おのづから見覚めのして《読んでいるうちにいやになって》、廃《すた》りて惜しまず《失っても惜しくない》。[一五]実《じつ》なる筆の歩みには、自然と肝《きも》に応《こた》へ、その人にまざまざと《現実に》逢《あ》へる心地せり。

我、色里に勤めし時、数多《あまた》の客の中にも、すぐれて《特別に好きで》憎からず、この人に逢ふ時は、更に《一向に》身を遊女とは思はず、うちまかせて、[一六]万《よろづ》白けて、物を語りけるに、その男も我を見捨てざりしに、[一七]事募りて、逢《あ》はれぬ首尾《事態》を悲しく、日毎に音信《おとづれ》の文忍ばせけるに《こっそり通わせた》、男、逢ひみる《男は〔私に〕直接逢う》心して《心持になって》、幾度か繰り返して後《読んだ後》、独り寝の肌に抱きて、いつとなく見

八　恋の駆引き。

九　「比翼・連理」は白楽天『長恨歌《ちょうごんか》』の「在《リテハ》レ天《ニ》願《ハクハ》作《なラン》二比翼《ノ》鳥《ト》一　在《リテハ》レ地《ニ》願《ハクハ》為《なラン》二連理《ノ》枝《ト》一」を出所に一般に流布。一翼を共にする雌雄二羽の鳥と、一枝を連ねた二本の木のこと。男女の契りの深いことのたとえ。ここでは、手に取る如く男女間の機微の根本を承知していて、の意。

一〇　その急所を押えた文体に相手の女心を深くとらえ。

一一　人の娘に対しては、娘のもつ気持を見通し。

一二　世間慣れた駆引きの巧みな好色女にも。

一三　誰一人として意に従わせなかったことはない。一六頁注七参照。

一四　思うところを筆力を発揮して伝えることができる。

一五　実意のこもった文章の運びには自然と心に響き。

一六　ありのままに。すっかり打ち明けて。

一七　両人の間柄が大変に進んで、男は抑止されて。

し夢に、この文、自《みづか》らが面影《私の姿と化して》となり、夜すがら物語せしを、側近《そば》く寝たる人ども、耳驚かしぬ。その後、かの客、御身の自由になりて、昔に変らず逢ひける時、一このあらましを語られしに、〔私が〕毎日思ひ遣《や》りたる事ども、違《たが》はず通じける。さもあるべき《それは当然のことだ》。必ず二文書き続くる時、外なる事を忘れ、一念に思ひ籠《こ》めたる事、脇へは行かぬはず《真直ぐに通じるはずである》ぞかし。「我、頼まれて文書くからは、いかに心なき《情け知らずの》相手なりとも、恐らくは、この恋思ひのままに《お望み通りに運びましょう》」と請け合ひて、文章尽せし《文章に心を尽しているうちに》うちに、いつとなく乱れて《心乱れ》、この男、可愛らしくなれり。

　或る時、筆持ちながら、しばらく物思

女筆指南と張り紙した一代女の手習所の門口

恋文の代筆が取り持つ縁

一　私の恋文が私に化して語り明かした内容の概略。

二　「必ず」は「脇へは行かぬ」にかかる。

三 話し合いの余地のあるところで。
四 先方の女（恋文をやった女）はどうなるかわからぬことだし。
五 この三つの条件は閨情《けいじよう》濃厚の相を示すものとされていた。巻一の三に「口小さく……親指反《そ》つて」（三〇～三一頁）と見え、『好色五人女』巻一の二に「口小さく、髪も少しは縮みしに」と見える。
六 相手を親しみをこめた呼び方。
＊ 西鶴は、この種の身勝手な男の性格を『好色五人女』巻三の二で茂右衛門という手代に描き、それに、この一代女と同様に激怒するおさんという主婦をからませている。

若男に頼まれて恋文の代筆をする一代女

ふ顔なるが、恥捨て《思いきって》て語り出しけるは、「そなた様に気を悩ませ、つれなく《薄情にも》も御心に従はぬは、世に又もなき情け知らず《恋知らず》といふ女なり。捗《はか》らぬそれよりは《一向に進展せぬその恋よりは》、我に思ひ変へ給はんか。ここが談合《だんかふ》[三]づく、女の善し《器量の》悪《あ》しは、ともあれか《別とするも》し。心立て《気立て》のよきと、今の間《ま》《今すぐに》に恋の叶《かな》ふと、さし当つてお徳《当面の利益》」と申せば、この男驚き、物言はざる事暫《しばら》くなりしが、先は知れぬ事[四]、近道《手っ取り早く》にこれもましぞと思ひ、殊には、この女髪の縮《ちぢ》み[五]て、足の親指反《そ》つて、口元の小さきに思ひ付き、「隠す事にもあらず《はっきり言っておこう》。仕掛けし恋《自分からいどんだ》も《恋も》、金銀の入る事には思ひ寄らず《費用のかかる事には手を出さない》。[六]こなたとても、帯一筋の心付け《付け届け》

一 絹一疋（二反・約二二メートル）でも紅絹半反でもお引き受けは出来ない。
二 初めに約束しないことは後では知らないよ。

男の身勝手に報復する一代女の執念

三 相手とする男がなくて困ることはあるまい。

四 小形の杉原紙。縦七寸（約二一センチ）横九寸（約二七センチ）。延紙ともいう。鼻紙に用いる。
五 「そなた百までわしゃ九十九まで共に白髪の生ゆるまで」（民謡）による。
六 発言の内容。もんく。
七 あごを瘦《や》せとがらせて。
八 この世から暇を出してやろう。死なせてやろう。
九 いずれも強精剤。
一〇 片付けられて。精力尽きて。
一一 陰暦四月一日は世間では綿入れから袷《あわせ》に着替える時期なのに。
一二 綿をたくさん入れた木綿の着物。

ならず《もできない》。中々馴染みて後《なまじ親しくなってから》、近付き《知りあいの》の呉服屋有るかなど、御尋ねありても、[一]絹一疋《いつぴき》・紅《もみ》半反、必ずその請け合ひはならず。[二]初めから言はぬ事は聞えぬ」と言ふ。

よき事させながら、あまりなる言葉固め《押しつけの口約束》、憎し、さもしく《〔相手の心が〕いやしく》、「この広き都の町に、[三]男日照りはせまじ。又、外にも」と思ふ折ふし、五月雨《さみだれ》の降り出すより、いとしめやかに、窓より藪雀《やぶすずめ》の飛び入り、燈火《ともしび》空《むな》し《消えた》。闇となるを幸ひに、この男ひしと取り付き、早や鼻息せはしく、枕近く[四]小杉原を取り廻し《用意し》、我が弱腰《細腰》をしとやかに叩《たた》きて、[五]「そなた百まで」と言ふ。「をかしや、命知らずめ《命の危険を感じぬ愚か者め》、おのれ《お前を》を九十九まで置く《生かして置こう》べきか。最前の[六]言分《いひぶん》も憎し。一年立たぬうちに、杖突《つゑ》かせて、[七]頤《おとがひ》細らせて、[八]浮世の隙《ひま》を明けん」と《〔思い〕》、昼夜の分ちもなく、た《恋を》はぶれ《しかけて》掛けて、弱れば、[九]鱣汁《どぢやうじる》・卵・山の芋を仕掛け、案の如《ごと》く、この男次第に[一〇]畳まれて、不便《ふびん》や、明くる年の卯月《うづき》の頃、[一一]世上の衣更《ころもがへ》にも構はず、[一二]大布子《おほぬのこ》の重ね着、医者も幾人《いくたり》か放ちて《見放して》、髭《ひげ》ぼうぼうと爪《つめ》長く、耳〔一三〕に手を当て、〔周りの人が〕気味よき女の咄《はなし》をするをも、恨めしさらに顔を振りける。

一三「耳に手を当て」「顔を振り」は共に聞きたくない様子を示す。

入絵

好色一代女

三

巻 三

近年に振袖[一]の腰元置かぬは
[二]悋気《りんき》のやむにはあらず
勝手づく

[三]形はともあれ
[四]物腰一つでもつた
女房

小歌聞きて後
[五]只《ただ》は往《い》なせじ
[六]菅笠姿《すげがさすがた》

[七]一つは又髪形なり
[八]よく結ひ馴《な》れて
この奉公人

一 町家で振袖の若い腰元を置かないのは。
二 妻の嫉妬《しっと》が治まったからではなく、経済上の便宜からである。
三 容姿は別として。
四 ものの言い振り（二九頁注一一参照）一つで、その表使いの女役（八一頁注一四参照）の職を保った女房。この職は対外の応接が主なので、物腰が大切である。
五 そのままで帰しはしない。
六 菅笠姿の女。歌比丘尼《びくに》のこと。勧進比丘尼ともいう。もと熊野信仰を諸国に伝える為、念仏歌を唱え、地獄極楽の絵解きをし、護符を売り歩いた尼僧だが、当時はその形を真似た売色。本文では加賀笠を被ったと記す。一〇一頁注一七参照。
七 女の容色の第一は髪の結い振りである。諺《ことわざ》に「女は髪形」とも「女は髪頭《かみがしら》」ともいう。
八 女髪を巧みに結うことができて、この奉公人に出た一代女。

好色一代女　巻三

目録

町人《ちやうにん》腰《こし》元《もと》

〽[九]養生知らずの命

[一〇]一代持つ男を気の短き女有り

[一一]人は知れぬ物ぞかし

[一二]腰元のお雪が仕掛け

[一三]妖孽《わざはひの》寛濶《くわんくわつ》女

〽[一四]表使《おもてづか》ひの女役をせし時

[一五]御《お》下屋《したや》敷《しき》の

[一六]悋気《りんき》講《かう》

さてもさても恐ろしや

[一七]御前様《ごぜんさま》の顔付き今に

忘れ難し

九　摂生をしないで縮める命。

一〇　一生連れ添うはずの男を気の短い女もあったものだ。本文の橘《たちばな》屋という紙屋の亭主が美人の妻の為早死した話を指す。八四頁参照。

一一　人間は見かけからは判定できぬものだ。

一二　おぼこ娘のふりした腰元お雪のたくらみ。

一三　わざわいの種となった派手な女。本文の美女の愛《あい》妾《しょう》を指す。

一四　武家の奥方に仕え、表の役人との応接、買物など対外的な職務に従う奥女中。

一五　別邸。奥方は平生は上屋敷の奥に住むが、この場合は保養の為に下屋敷に出向いたのであろう。三四頁注三参照。

一六　女が夫やその情婦の悪口を言ってうっぷんを晴らす集会。もと下賤《げせん》の女房どもの無尽講で夫のことをそしったのに始まるという。

一七　ここでは奥方のこと。二四頁注三参照。

〽大坂川口の浮かれ比丘尼《びくに》[一]
恋は連理の束《たば》ね薪《ぎ》[二]
比翼の刺鯖《さしさば》に代ゆる
浪枕もをかしき有様《船中の旅寝》
この津に《大阪の港に》

調謔《たはぶれの》歌《うた》船《ぶね》

〽面影は髪頭なるに《姿は髪形が第一》
つれなや《つらいことに》
猫にそばへられて《じゃれつかれて》
隠せし事の
あらはるるも
よしなや《致し方のないことだ》
御《お》[四]髪《かん》上《あ》げの女の時
悪心

金紙《きんがみの》七《はね》[三]元《もと》結《ゆひ》

一 歌比丘尼のこと（八〇頁注六参照）。「浮かれ」はうわついた比丘尼の意に、大阪の川口に舟を浮べる意を掛ける。
二 売色の代金を薪《たきぎ》や刺鯖で支払う。男女の深い契りを連理の枝・比翼の鳥（七三頁注九参照）にたとえるが、ここでは、連理の「枝」から薪へ、比翼の「鳥」から鳥をもち竿《ざお》で刺すことを介して刺鯖へと、枕詞的続け方をした。「刺鯖」は背開きにした塩鯖を二枚一《ひと》串《くし》に刺したもの。盆の贈答品に使う。
三 中に針金を入れて、結んだ端がはね上がるようにした元結。九二頁挿絵参照。
四 貴人の髪結役。
五 土用は年四回、立夏・立秋・立冬・立春の前十八日をそれぞれ春の土用・夏の土用・秋の土用・冬の土用というが、普通は夏の土用だけをいう。土の働きが盛んになる時である。その十八日の中に没日《ぼつにち》（凶日）がある時は、十九日を期日とする。これを十九土用といって、特に暑気が激しいという。
六 言うても仕方のないことを話しているところへ。
七 鉦《かね》・鐃鈸《にようはち》を打ち鳴らして葬式の行列が来た。六九頁注六参照。
八 棺の納めてある輿の側《そば》に付き添う近親者。
九 町内の旦那衆。三三頁注一五参照。
一〇 いやいやながら、袴・肩衣を着て。町人も吉凶の儀式用には袴・肩衣を着た。三三頁挿絵参照。

町人腰元

[五]十九土用（暑中の葬式）とて、人皆凌《しの》ぎかね、「夏なき国もがな」「汗かかぬ里もありや」と、[六]言うて叶《かな》はぬ処へ、[七]鉦《どら》・鐃鈸《ねうはち》を打ち鳴らし、[八]添へ輿《ごし》したる人、さのみ憂《うれ》ひにも沈まず。跡取り（相続人）らしき者も見えず。[九]町衆《ちやうしゆ》は[一〇]不請《ふしやう》の袴《はかま》・肩衣《かたぎぬ》を着て、数珠は手に持ちながら、[一一]掛目安《かけめやす》の談合《だんかふ》、或《ある》は又、米の相場、[一二]三尺坊《さんじやくばう》の天狗咄《てんぐばなし》。若い人は、後《あと》に下がりて、[一三]遊山茶屋《ゆさんぢやや》の献立《こんだて》、[一四]礼場《れいば》よりすぐに[一五]悪所落ち（へ出かける内々の相談）の内談。それより末々（後の方）は、[一六]棚借《たなか》りの者と見えて、裏付けの上《かみ》に、麻《あさ》の袴を着るも有り、木綿足袋履けども、脇指《わきざし》を差さず、手織縞《ておりじま》の帷子《かたびら》の上に、綿入れ羽織着るもをかし。取り交ぜての高声に、[一七]鯨油《くじらあぶら》の光りの善し悪《あ》し、[一八]判じ物団扇《うちは》の沙汰（評判）、少しは人の哀れも知れかし。何処《いづく》にもあれ、脇《わき》から聞くに、

一一 裁判を求めて差し出す告訴状。「目安」はもと箇条書の文書。近世では専ら告訴状の意。

一二 貞享《じようきよう》二年（一六八五）夏、今、静岡県周智《しゆうち》郡春野町領家《りようけ》の秋葉山の三尺坊天狗（地上三尺〔約九一センチ〕のところを飛行して奇跡を行うという真言僧）の信仰が大流行したので、これを禁じ、主謀者は罰せられた。

一三 物見遊山の茶屋と称して、私娼も置いた。その茶屋の献立にことよせて、女たちの噂話をしたか。

一四 火葬場に付属した建物。会葬者が焼香や拝礼をする。

一五 遊里と芝居を指す。町人の社交場として公界《くがい》とも呼ばれたが、女色・男色の場として、若者は身を誤ることも多かったので、悪所とも呼ばれた。ただ、その悪というのは道徳的な悪でなく、経済的な破綻《はたん》を来《きた》す所としての悪である点に、町人の思想がある。

一六 借屋人。自家を持つ町人とは階級的差別がある（三二一頁注七参照）。貧乏ゆえに礼装も整わない。裏付けの肩衣に麻袴、帷子《かたびら》に綿入れ羽織は夏冬混用、木綿足袋は礼装だが、脇差のないのは非礼。話の高声も、話の内容も下賤。

一七 燈火用として、植物油に比べて、鯨油は臭気があるが、安価。

一八 謎絵《なぞえ》や謎文字を書いた団扇。大阪の長町（日本橋の南の町筋。一六三頁注二四参照）で作る。価三文。

美人妻に命果した男

浅ましく《情けなく》思ひ侍《はべ》る。

あらまし、顔を見知りて《会葬者の顔触れを大体見知っていて》、「一御幸《ごかう》町通誓願寺上がる町《ちやう》の人」と言ふ。〔人があった〕それならば、この死人は、西側《にしがは》の軒《のき》に橘《たちばな》屋といへる有り、その亭主なるべし。子細は、その家の内儀《ないぎ》すぐれて美しさに、それ見るばかりの便《よすが》に、入りもせぬ二唐紙《からかみ》を調《ととの》へに行くなど、をかし。「一生の眺め物ながら、女の姿《美人》過ぎたるは悪《あ》しからめ」と、三祇園《ぎをん》甚太が申せしを、「四何、仲人口《なかうどぐち》」と思ひしに、男《夫》の身にして、〔美人の妻は〕心掛りなる事のみ《気がかりなことが多い》。只《ただ》、五留守を預くるためなれば、あながち改むるに及ばじ《しいて美人を捜し求める必要はない》。

美女も美景も不断に見ては飽く

美女・美景なればとて、不断見るには《常に見ていると》必ず飽く事、身に覚えて《体験していて》、一年《ひととせ》、松島に行きて、初めの程は、六横手を打ち、「見せばやここ、《見せたいものだここを》歌人《かじん》・詩人《しじん》に」と思ひしに、明け暮れ眺めて後《のち》は、七千島《ちしま》も磯臭《いそくさ》く、八末の松山の浪も耳にかしましく、九塩竈《しほがま》の桜も見ずに散らし、一〇金華山《きんくわざん》の雪の曙《あけぼの》に長寝、一一小島《をしま》の月の夕べも何とも思はず、入江なる白黒の玉を拾ひて、子供相手に一二六つむさし、気を尽す《〔に〕熱中する》事にもなりぬ。

一 今、中京区内。誓願寺通は六角通とも。
二 シナ渡来の紙に模して作った厚手の模様のある紙。
三 祇園町（一五頁注一八参照）の周旋屋か。
四 どうせ仲人口だ。仲人は話をうまくまとめようとする故、その言うところに信頼が置けぬ、との意。
五 美人や洒落《しやれ》た女を必要とする時は、遊里へ行けばよいという考え。『世間胸算用』巻二の三。
六 感心したり驚いたりした時など、思わず手を打つをいう。
七 今、宮城県松島湾の群島の景観も、ただ磯のにおいが鼻につくだけ。
八 今の多賀城市八幡にあったという歌枕。松島に近い砂丘。
九 今、塩釜市。歌枕。
一〇 牡鹿《おじか》半島東岸の島。今、牡鹿郡牡鹿町。その早朝の雪景色も朝寝して見ない。
一一 雄島とも。今、宮城郡松島町。歌枕。
一二 白・黒それぞれ三つずつの碁石を持って、九つの点を動かし、三石が連なった方を勝とする子供の遊戯。

たとへば、難波《なには》に住み馴《な》れし人、都に行きて、稀《まれ》に東山を見し心、京の人は又、浦珍しく《まれに》見てこそ、万《よろづ》面白からめ。このごとく、人の妻も、[一三]男の手前嗜《たしな》むうちこそ、まだしもなれ、後は髪をもそこそこにして、諸肌《もろはだ》を脱ぎて、脇腹《わきばら》にある痣《あざ》を見出だされ、或る時は、様《取り》子なし《繕わないで》に歩《あり》きて、左の足の少し長い知られ、一つ一つよろしき事はなきに、子といふ者生れて、なほ又、愛想を尽かしぬ。これを思ふに、持つまじきは女《妻》なれども、世を立つるからは《世間暮しをする以上は》、なくてもならず。

或る時、吉野の奥山を見しに《に行ってみたところが》、そこには花さへなくて、[一四]順の峰入りより外に、哀れしる人影《人間という情知るものの姿》も見ざりき。遥《はる》かなる[一五]岨伝《そばづた》ひに、一つ庵《いほ》、[一六]片庇《かたびさし》に結びて、昼は杉の嵐、夜は[一七]割松《わりまつ》の光り見るより、何の楽しみもなかりしに、「広き世界なるに、都には住まで、かかる所には」と尋ねしに、野夫《やふ》《野人》打ち笑ひて、「淋《さび》しさも、嚊《かか》《相手に》を頼りに忘るる」と語る。さも有るべき。捨て難く、やめ難きは、この道《色事》ぞかし。

女も、独り過ぎ《独り暮し》の面白からず。手習ひの子供《〔教えるのを〕》をやめて、[一八]大文字屋

一三 夫に対して身嗜みを心がける間は、まだよいが。

一四 修験者《しゅげんじゃ》が吉野大峰山に登って修行する場合、本山派の修験者が春熊野から大峰へ入って吉野へ出るのを順の峰入りといい、当山派の修験者が秋吉野から入るのを逆の峰入りという。

吉野の奥山に住む嚊が頼り

一五 険しい山路づたいに。

一六 庇が片方だけの粗末な家。一八頁注七参照。

一七 細かに割った松。燈火用。

一八 京の呉服所に大文字屋を名乗る者は数軒あった。西鶴は作品に現実感を持たせる為にしばしば実在の名前を用いたが、むろん事実とは何のかかわりもない。

＊ ここまでは、第三者的記述。

京の呉服所へ腰元勤め

といへる呉服所《ごふくしよ》[一]へ、腰元仕《こしもとづか》ひに出でぬ。昔は、十二三四五までを、腰元盛《こしもとざか》り《腰元に適した年齢》といへり。近年は勝手づく[二]にて、中女《ちゆうをんな》[三]を置けば、寝道具の上げ下ろし、乗物[四]の前後に連れても見よげなるとて、十八九より二十四五までなるを使へり。我、後《うし》ろ帯《おび》[五]は嫌ひなれども、それぞれの[六]風儀に替へて、黄唐茶《きがらちや》[七]に刻《きざ》み稲妻[八]の中形《ちゆうがた》、身狭《みせば》[九]に仕立て、平曲《ひらまげ》[一〇]の中島田に掛け捨て[一一]の元結、万《よろづ》初心《うぶ》にして《に見せかけて》、「雪といふ物には、何がなつて、あの如《ごと》くに降ります」と、家捌《さば》かる《管理》る《する》お乳母《うば》様に問へば、「もまた[一二]、その年も《よい年にな》年《って》なるに、あだなや[一三]、親の懐育《ふところそだ》ちぞ[一四]」と、その後は、万《よろづ》に心を許して使はれける。

広敷の老人にいどむ

一 大名・公家等御用の呉服商人。三〇頁注六参照。
二 便宜上。身の廻りの世話をするだけの少女の腰元を置くよりは、他の仕事も兼ねられるようなもう少し高年齢の女を置く方が、経済的にも都合がよい。
三 小女と大女（三二頁注一一参照）の中間の年齢の女。十八、九より二十四、五まで。
四 町人の妻の外出の際の乗物（二七頁注一二参照）には、見栄から美しく装った召使を供に連れる風があった。
五 堅気の素人女は帯を後ろで結んだ。野暮な風。二四頁注八参照。
六 それぞれの身の程に応じた風姿に替えて。ここでは、町家の腰元にふさわしい風姿に替えて。
七 楊梅《やまもも》の樹皮の煎《せん》じ汁で染めて灰汁《あく》留めした赤みがかった黄茶色。
八 稲妻を刻んだ中程度の模様。
九 身幅の狭い仕立て方。質実な風俗である。
一〇 低く平たく形のあまり大きくない島田髷《まげ》。遊女の高髷の大島田（三七頁注一三参照）に対して堅実な町家風の髪形。
一一 一度掛けただけで捨ててしまう元結。
一二 もはや。もう既に。
一三 あどけない。無邪気な。
一四 親が大事にしすぎて育てたからだ。

人、手を取れば上《のぼ》気《せあがり》をし、袖に触《さは》れば驚き、座興言ふにも《誰かが冗談を言っても》、態《わざ》と声上ぐれば、末々《後々には》名は呼ばで、美《容姿》しき姿の花は咲きながら《は美しくなりながら》、「梢《こずゑ》の一五生猿《きざる》生猿」と言ひ触れて、

性悪の旦那を手に入れる

まんまと《うまうまと》、素人女《しろとをんな》になしぬ《になりすました》。

をかしや、愚かなる世間の人、早や子ばかり八人下ろせしにと、心には恥《はづ》かはしく、お側《そば》近く勤めしうちに、夜毎に奥様のたはぶれ、殊更、旦那は一六性悪《しやうわる》、誰忍ぶともなくに《だれに遠慮するところもなく》、一七枕屏風《まくらびやうぶ》あらけなく、戸障子の動くに怺《こら》へかねて、用もなき自由に起きて、勝手《台所》見れども、一八男切れのないこそ、うたてけれ《面白くない》。

一五 飼い馴らされぬ野生の猿。恋情を解しない野暮な娘。「梢」は「花は咲き」の縁語。
＊ 西鶴は一代女に必ずしも一人の女の体験的発展を意図していないが、数えるなら、一代女はこの時三十歳を少し出たところである。六六頁注一参照。

主人夫婦のたわぶれに女の血が騒ぐ

一六 好色漢。浮気な、薄情な、性欲の強いなど、色情の方面で癖の悪いのをいう。
一七 枕元に立てる小屏風。枕屏風や戸障子が荒々しく動くのに、の意。
一八 男のきれはし。男と名のつく程のもの。男気《おとこけ》。

[一]広敷の片隅に、お家久しき《この家に長く勤める》親仁《おやぢ》、肴入《さかないれ》の番の為《ため》に、独り蹲《うづくま》ひて臥《ふ》しける。これになりとも〔昔の色事を〕思ひ出させん《この男にでも》と、覚えて、わざと胴骨《どうぼね》の中程を踏み越ゆれば、「南無阿弥陀《なむあみだ》南無阿弥陀」と申して、「火も燈《とも》してあるに、年寄りを、迷惑」と言ふ。「怪我に踏みしが《あやまって》、堪忍ならずば、どうなりともしやれ、科《とが》は《罪は》この足」と、親仁《おやぢ》が懐《ふところ》へ差し込めば、「これは」と、びくりして身を竦《すく》め、「[二]南無観世音、この難救はせ給へ」と、口早に言ふにぞ、この恋埒《らち》は明かず《ものにならず》と、横面《よこづら》をくはして、身を悶《もだ》えて帰り、夜の明くるを、待ちかねける。

やうやう[三]二十八日の空、星まだ残るより《早朝から》、「仏壇の掃除せよ」など〔旦那が〕仰せける。奥様は[四]夕気《ゆふべけ》にて、今に御枕も上がらず、旦那《だんな》は[五]強蔵《つよざう》にて、氷砕きて顔を洗ひ、[六]肩衣《かたぎぬ》ばかり掛けて、「[七]お仏供《ぶく》、まだか」と、[八]お文様《ふみ》を持ちながら問ひ給ふに、近寄り、「このお文は[九]濡《ぬ》れの一通《ひととほ》りで御入り候か」と言へば、主《あるじ》、[一〇]興覚めて、返事もなし。少し笑みて、「[一一]表《おもて》の嫌ひはなきもの」と、しどけなく《色っぽく》帯解き掛けて、ももやも《色情のき》

一 台所の上り口。半分を仕切って畳と板の間にしてある。八六頁挿絵参照。

二 「南無」は帰依《きえ》する意。観世音を信仰すれば淫欲を免れるという。『法華経』普門品《ふもんぼん》に「若有《シテ》二衆生一多《カラン》二於淫欲一常念《ジテ》二恭一敬《セバ》観世音菩薩一便《すなはチ》得レ離《ルルヲ》レ欲《ヲ》」とある。『法華経』は諸宗派にわたる最も流布した経文ゆえ、思わず下僕が唱えて、その意に当ったところが面白いのである。

三 十一月二十八日。親鸞《しんらん》の忌日。弘長二年（一二六二）十一月二十八日寂。浄土真宗では、二十二日よりこの日にかけて報恩講を行う。

四 昨夜の気。昨夜の疲れが残っていて。

五 精力の強い男。この反対が「弱蔵」。

六 真宗の信者が宗派の行事の際に着ける懐中肩衣のこと。八七頁の挿絵は誤って普通の肩衣を描く。

七 仏前の供え物。

八 蓮如《れんにょ》上人が信者に与えた消息集。東本願寺派はお文またはお文様、西本願寺派は御文章《ごぶんしょう》という。

九 色事の一通りを書いたものでございますか。

一〇 あまりにも物を知らぬので、気分が白けて。

一一 表の嫌いな人はございませんもの。西本願寺のことを表と言うにかこつけて、男色に対する女色の意をこめた。

性悪の旦那を手に入れる

懐中肩衣〔守貞漫稿〕

やの風情見せ《ざしたような様子を》ければ、主《あるじ》、堪《たま》りかねて、肩衣掛けながら、分《わけ》[一二]もなき事に仕なして、あらけなき所作《荒々しい振舞い》に、御真向様《まむきさま》[一三]を動かし、蠟燭立《らふそくたて》[一四]の鶴《つる》を亀《かめ》を転《ころ》ばせ、仏の事をも忘れさせて、それより、忍び忍びに《こっそり》旦那《だんな》を靡《なび》けて、おのづから奢り付きて《自然とおごりたかぶって》、奥様の用など尻《しり》に聞かせ《軽くあしらって》、後には、去らするたくみ《奥様を離縁させる計画》、心ながら《我が心ながら〔今に思えば〕》、恐ろしや。

呪詛が身に報いて発狂

さる山伏を頼みて、調伏《てうぶく》すれども《祈り殺そうとしたが》、その甲斐《かひ》なく、我と身を燃やせしが《自分で嫉妬に身を焼き苦しんだが》、なほこの事募りて、歯黒付けたる口に、漢竹《からたけ》[一五]の楊枝《やうじ》遣ひて祈れども、更に験《しるし》もなかりき。かへつて、その身[一六]に当り、いつとなく口走りて、そもそもよりの偽り《初めからの偽計》、残らず恥をふるひて《さらけ出して》申せば、亭主浮名《浮気の評判》立ちて、年月のいたづら《長い間の二人の色事》、一度に現れける《露顕した》。人たる人、嗜《たしな》むべきは、これ《色の道》ぞかし。

さめてはかなし女の恋

それより、狂ひ出て《狂乱して》、今日は五条[一七]の橋に面《おもて》を晒《さら》し、昨日は紫野《むらさきの》に身を窶《やつ》し、夢の如く浮かれて、「欲しや男、男欲しや」と、踊小町[一八]の昔を今に、歌ひける一節《ひとふし》にも、恋慕より外はなく《恋慕の情一筋で》、「情け知り[一九]の

一二　筋の通らぬおかしなことをしでかして。三三頁注二一参照。
一三　仏像・仏画の意だが、ここでは、浄土真宗の本尊。
一四　亀の背に鶴の立つ燭台。『好色五人女』巻二の五・『男色大鑑』巻四の五の挿絵。
一五　竹の楊枝を人をのろう時に使うのは、古来の風習だったらしい。「楊枝」は歯ブラシのこと。一三〇頁注七参照。
一六　我が身にふりかかり。相手をのろって効き目のないことのいらだちから、自分の精神状態の方がおかしくなって、心中のたくらみを、意識しないで口外するようになったのである。
一七　五条橋は今、東山区と下京区の境、五条通賀茂川に架《か》かる橋。紫野は北区大徳寺・今宮神社辺一帯の称。南に北に狂乱して、やつれた容姿をさらしたのである。
一八　謡曲『卒都婆小町《そとばこまち》』の狂乱の条による。小野小町が狂い踊って、「あら人恋しや、あら人恋しや」とうたったのを「欲しや男、男欲しや」と近世化したのである。
一九　恋におぼれた腰元の行きつく姿。この評言には、好色の戒めと、それ以上に、西鶴には女のこの種の狂乱をいとおしむ心がある。

腰元がなれの果て」と、舞扇[一]の風しんしんと[二]、杉群《すぎむら》のこなたは、[三]稲荷《いなり》の鳥居の辺《ほと》りにて、裸身を覚えて《に気がつき》、誠なる心ざし《正気を取りもどし》に変り、悪心去つて、さてもさても、我浅ましく《我が身が情けなく》、「人を呪《のろ》ひし報い、立ち所を《直ちにあらわ》去らず《れるもの》」と、懺悔《さんげ》して帰りぬ。女程、[四]はかなきものはなし。これ、恐ろしの世や。

妖孼《わざはひ》の寛濶女《くわんくわつをんな》

蹴鞠《しうきく》の遊びは、男の業《わざ》なりしに、さる御方に表使《おもてづか》ひ[五]の女役を勤めし時、浅草の御下屋形《[六]おしたやかた》へ、御前様《奥方》の御供仕うまつりて罷《まか》りしに、広[七]庭、[八]霧島の躑躅《つつじ》咲き初《そ》めて、野[九]も山も紅《くれなゐ》の袴《はかま》を召したる女臈《ぢよらふ》あまた、沓音《くつおと》静かに、[一〇]鞠垣《まりがき》に袖を翻《ひるが》へして、[一一]桜重ね・山越《やまごし》などいへる美曲[一二]を、遊ばしける。女の身ながら、女《蹴鞠の女が》の珍しく、かかる事ども初めて眺め

一　舞扇は狂乱の一代女の持ち物ではない。『卒都婆小町』の舞台を面影に、「風」の枕詞のように使われた。
二　風の身にしむ意と杉の木立の茂る意を重ねた。
三　今、伏見区深草藪ノ内町の稲荷大社。
四　最後には「浅まし」と反省するが、ふとしたきっかけから振り廻される性欲と妬情のすさまじさ、女のさがの悲しさのようなものが、そくそくと身に迫る。それを「はかなきもの」というのである。

一代女大名の奥方に仕える

五　対外的な職務に従う奥女中。八一頁注一四参照。
六　下屋敷のこと。三四頁注三参照。
七　庭園のこと。庭というだけでは、普通は土間を指す。ただし、四五頁五行目の「庭」は坪庭をいう。
八　しゃくなげ科の常緑灌木《かんぼく》。もと鹿児島宮崎県境の霧島地方に野生するつつじ。鑑賞用に栽培される。
九　庭園の平地も高みも、つつじの紅にまがうかの如き紅の袴をはいた大勢の奥女中たち。
一〇　蹴鞠の場所（砂利を敷き、四隅に松・柳・桜・楓《かえで》などを植える）を囲う垣。六間（約一〇・九メートル）四方。九二頁挿絵参照。
一一　共に曲鞠（高度の技術を要する蹴鞠）の一種か。
一二　優美な曲鞠。

し。

都にて、大内《おほうち》の官女《宮中》、楊弓《やうきゆう》[一三]ものし給ふさへ、変り過ぎたる慰みのやうに思ひしは、これは、そもそも楊貴妃《やうきひ》の弄《もてあそ》び給へると、伝へければ、今も、女中の遊興に似合はしき事にぞ。鞠は、聖徳太子[一四]の遊ばし初《そ》めてのこのかた、女の業《わざ》には例《ためし》なき事なるに、国の守《かみ》の奥方こそ、自由に花麗なれ。

奥方を慰める悋気講

その日も暮れ深く《夕闇深く》、諸木《しよぼく》の嵐烈《はげ》しく、心ならず横切れ《意に反して鞠は横にそれて》して、色を[一五]失ひけるに、〔奥方は〕装束[一六]ぬぎ捨て給ひておはしけるが、何か思《おぼ》し召し出だされける。俄《にはか》に、御前様の御面子《かほばせ》、あらけなく変らせ給ひ、御機嫌取り苦しく《とりにくくなり》、つきづき《側近の》の女﨟《ぢよらふ》達、おのづから鳴りを鎮めて《静かになって》、起居《たちゐ》振舞ひも身を潜め《ひそやかにした》しに、御家に年を重ねられし、葛井《かさゐ》の局《つぼね》と申せし人、軽薄なる言葉付きして、頭《かしら》を振り、膝《ひざ》を揺がせ、「今宵も亦《また》、長蠟《ながらふ》燭《そく》の立ち切る《燃え尽きるまで》まで、悋気《りんき》講《かう》あれかし《なさいませ》」と、勧め給へば、忽《たちま》ちに、御顔持ち《顔の様子がよくなり》よろしく、「それよそれよ」と、浮かれ出だ《浮き浮きなさる》させけるに、吉

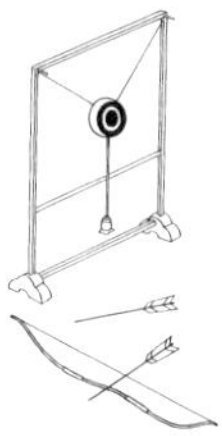

楊弓
〔和漢三才図会〕

一三　遊戯用の小弓。弓の長さ二尺八寸（約八五センチ）、矢の長さ九寸（約二七センチ）、的の直径三寸（約九センチ）、的への距離七間半（約一三・六メートル）。楊弓の名は、はじめ楊柳で作ったからだというが、楊貴妃に始まるという俗説もある。

一四　用明帝の時、聖徳太子のつれづれを慰める為に貴族の始めたという説がある。

一五　蹴上げた鞠の空に悠々と廻転するのを鞠色という。「色を失う」というのは、風の為に吹き飛ばされて、鞠の空に安定しないことをいい、「興味を失う意」に掛けた。二一頁注九参照。

一六　蹴鞠の服装。九二頁插絵参照。

岡の局、女﨟頭《ぢよらふがしら》なりけるが、廊下に掛りし唐房の鈴の緒《唐糸の房のついた鈴の緒》を引かせ給ふに、御末女《おすゑをんな》[一]・渡し女[二]に至るまで、憚《はばか》りなく、三十四五人車座に見《集まって来て》え渡りし中へ《輪になって坐った中へ》、我も打ち交じりて、事の様子を見しに、吉岡の御局、各《おのおの》に仰せ聞けられしは《申し渡されたのは》、「[三]何によらず、身の上の事を懺悔《さんげ》して、女を遮《さへぎ》つて憎み、男を妬《ねた》ましく誹《そし》りて、恋の無首尾《ぶしゆび》を御悦喜」とありしは、各別なる御事とは《特別に変ったこと》思ひながら、何事も主命《しゆめい》なれば、笑はれもせず。

その後、枝垂柳《しだれやなぎ》を書きし真木《まき》[四]の戸を明けて、[五]形を生き移しなる女人形、取り出だされけるに、[六]いづれの工《たくみ》か作りなせる、姿の婀娜《やさし》くも、面影

浅草の下屋敷に女の蹴鞠

一 水仕事その他雑役に従事する女。召使女の中で最も身分が低い。

二 主人の食膳を取り次ぐ女。お三の間女か。奥方のお居間の次をお次、その次をお三の間という。そこで働く女。お目見え以下。お末の上。

三 何でもよいから、我が身の上のことを告白して、他の女が自分の夫と逢うのを妨げて憎み、その女のことで夫に嫉妬して悪口し、夫と相手の女との色恋の破れる話をするのをお喜びになる。

悋気講の相手は美女人形

四 檜戸《ひのきど》。杉戸をいうこともある。

五 生きている形そっくりに作られた女の人形。

六 どんな名工が完成したのか。他に「いづれの細工の削りなせる」（一九三頁一行目）ともあり、謡曲『山姥《やまうば》』の「いづれの工《たくみ》か　青巌《せいがん》の形を　削りなせる」が出所である。謡曲は、西鶴の熟知の世界で（金春流《こんぱる》か）、その文句や調子が、彼の俳諧から散文にかけて流露するところが多い。なお、珍しい古典の章句の西鶴文中に見えるものには謡曲種が多い。

七 美花を欺《あざむ》き、見しうちに、女さへこれに〔この人形に〕〔心を〕奪はれける。それより、一人一人、思は《思うと》く《ころ》を申しき。

その中にも、八 岩橋殿といへる女﨟は、九 妖孽《わざはひ》招く顔形、さり

とは醜《みにく》かりし。この人に、一〇 昼の濡《ぬ》れ事は思ひも寄らず、一一 夜の契りも絶えて、久しく男といふ者見た事もなき女房、人より我勝ちに《真先に》差し出で、「自《みづか》らは、生国一二 大和の十市《とをち》の里にして、夫婦の語らひせしに、その男《夫》め、奈良の都に行きて、一三 春日《かすが》の禰宜《ねぎ》の娘に、すぐれたる艶女ありとて、通ひける程に、潜《ひそ》かに胸轟《とどろ》かし、行きて立ち聞きせしに、その女、切り戸《くぐり戸》を明けて、〔我が夫を〕引き入れ、『今宵は頻《しき》りに一四 眉根《まゆね》掻《か》きぬれ

七 花にもまがう美しさ。

八 役《えん》の行者に葛城山《かつらきやま》と金峰山《きんぷせん》との間に岩橋を架けることを命じられた一言主神《ひとことぬしのかみ》は、容貌の醜い神であったという伝説から、岩橋という名の醜女を作り出した。

九 その顔では不幸になる他はない醜い容色。

岩橋という女﨟の懺悔話

一〇 昼間の色事は無理。一言主神は容貌の醜さを恥じて昼間は出て働かなかったということから発想。

一一 一言主神の架けかけた岩橋の中絶を男女の契りの中絶になぞらえた発想。「岩橋の夜の契りも絶えぬべし明くるわびしき葛城の神」(『拾遺集』)という有名な歌もある。

一二 今、橿原《かしはら》市十市《とおいち》町。『伊勢物語』から『大和物語』に展開する「龍田山《たつたやま》」の歌の女の妬情を押えた説話を裏返したか。

一三 春日神社の神官の娘。このあたりの文章は『伊勢物語』初段のもじりか。

一四 眉がかゆいのは恋人に逢える前兆という俗説は古く、『万葉集』にも「暇《いとま》なく人の眉根を徒《いたづ》らに掻かしめつつも逢はぬ妹かも」など二、三の例がある。

明石の女の懺悔話

ば、よき事に逢《あ》ふべき例《ためし》ぞ』と、恥ぢ交はす風情《互いに恥じあう様子》もなく、細腰豊かに、靠《よりかか》りをる所を、『それは、おれが男ぢや』と言ひさま、鉄漿《かね》《歯黒》つけたる口を明いて、女に喰ひつきし」と、かの姿人形《美女の人形》にしがみ付きけるは、その時を今のやうに思はれ《今目の前に見るように思われ》、恐ろしさ限りなかりき。

これを悋気《りんき》の初めとして、我を忘れてによろによろと進みて、女心のはかなや《定めなくて》、言へば言ふ事とて《言えば言えるもので》、「私は若い時に、[一]播磨《はりま》の国明石にありしが、姪《めひ》に[二]入縁《いりえ》を取りしに、その聟《むこ》め、[三]何ともならぬ性悪《しやうわる》、末々の女まで《下々の女まで》只置かねば《放っておかぬので》、昼夜分ちなく〔疲れて聟は〕、居眠りける。それを奇麗に捌《さば》き、そのままに《悋気もせずに》置きける姪《めひ》が心底のもどかしさ《じれったくて》に、夜毎に我行きて吟味して《よく調べて》、寝間の戸鎖《とざ》しを、外《そと》から[四]肱壺《ひぢつぼ》打たせて、姪と聟とを入れ置きて、無理に『宵《よひ》から寝よ』と、錠を下ろして帰りしに、姪、程なく窶《やつ》れて、男の顔を見るも恨めしさうに、『とかくは、命が続かぬ』と、身震ひしける。然《しか》も、[五]丙午《ひのえうま》の女なれども、それにはよら《それとは関係なく》ず、男に喰はれて心地悩みしに《病みついた》、その強蔵《精力の強い男》めを、この女に掛けて《この人形の女にあてがって》、

一 『源氏物語』明石の巻のもじりか。
二 入聟《いりむこ》。
三 どうしようもない好色漢。八七頁注一六参照。
四 壺形の金具を柱に取り付け、戸に付けた肱金を掛けて戸締りをする。
五 干支《かんし》の上で火に火を加えた激しい気をあらわすので、夫を食い殺すという俗説がある。

間なく殺させたし《すぐにも殺させたい》」と、かの人形を突き転《ころ》ばし、姦《かしま》しく立ち騒ぎて、やむ事なし。

又、袖垣《そでがき》殿といへる女臈は、本国[六]伊勢の桑名の人なるが、縁付き《嫁入りも》せぬ先から《しないうちから》悋気《りんき》深く、下女どもの色作る《めかす》さへ塞《せ》かれて《禁止して》、鏡なしに髪を結はせ、身に白粉《はくふん》を塗らせず、[七]卑しからぬ生れ付きを、悪《あ》しくなして召し使ひしを、世間に聞き及びて、人疎《うと》み果てければ、是非なく、[八]生《き》女房にて、ここ《江戸》に下りぬ。「[九]こんな姿の女《美女》めが、気を通し《気を利かし》過ぎて、男の夜泊り《夫の外泊》するをも、構はぬ物《平気なもの》ぢや」と、科《とが》もなきかの人形を痛めける。

銘々《めいめい》に言ひ勝ち《我先にと言い立てたのだが》なれども、中々、[一〇]こんな悋気は、御前様の御気に入る事にあらず。それがし《私（一代女）》が番《の順番》に当る時、件《くだん》の《例の》人形を、頭《あたま》から引き伏せ、その上に乗りかかつて、「おのれ、[一一]手掛けの分《ぶん》として、殿の気に入り、本妻を脇に《のけ者にして》なして、思ふままなる[一二]長枕、おのれ、只《ただ》置くやつにあらず」と、白眼《にら》みつけて、歯切り《歯ぎしりして》をして、[一三]骨髄通して恨み

袖垣という女臈の懺悔話

六 今、三重県桑名市。名物「桑名の焼蛤《やきはまぐり》」の連想で、岡焼女を出したか。
七 下女は貧しい階級の出身だが、その生れ付き以上に卑しげに醜くさせて使った。
八 生娘。
九 美女は男には不自由しないという誇りを示す。

一代女奥方の気持に的中

一〇 悋気話をせよと言われると、自分の身に応じた日頃の鬱憤《うっぷん》が先立ち、奥方の気持を察するところがなくて、気に入らぬのである。
一一 妾《めかけ》の身分でありながら。
一二 男女共寝用の長い枕。
一三 骨の髄にしみて。恨みに徹すること。

し有様、御前様の不断[一]思《おぼ》し召し入りの、直中《ただなか》へ持つて参れば、「それよそれよ、この人形にこそ子細《わけがある》あれ。殿様、我をありなし[二]に遊ばし、御国元より、美女取り寄せ給ひ、明け暮れ、これに泥《なつ》ませ《執着し》給へども、女の身の悲しさは、申して甲斐なき《恨み言を申すわけにもゆかず》恨み、せめては、それめ《その女め》が形を作らせて《の姿を人形に作らせて》、この如《ごと》く苛《さいな》む《いためつける》」と、御言葉の下より、不思議や、人形眼《まなこ》を開き、左右《さう》の手を差し延べ、座中を見廻《みまは》し、立ち上がりぬる気色《けしき》、見とめる人もなく《見極める人もなく》、踏み所定めず《夢中で》逃げ去りしに、御前様の[三]上《うは》がへの褄《つま》に〔人形が〕取りつきしを、〔私は〕やうやうに引き分け《やっとのことで引きはなし》、何の事もなかりし。

これゆゑか《これが原因でか》、〔奥方は〕後の日悩ませ給ひ《神経症になられ》、凄《すさ》まじく、[四]口ばしせらるるは、「人形の一念にもあるやらん」と、〔奥女中たち〕いづれも推量して、「このままに置かせ給ひなば、なほ、この後〔人形の〕執心[五]すかぬ事ぞ。とかくは、煙になして捨てよ」など、内談極め、御屋敷の片陰《片隅》にて焼き払ひ、その後《あと》、灰も残さず、土中に埋《うづ》みし。いつとなく、その[六]塚の、恐るるに従ひ《人の恐れる気持に応じて》、

一 平生思い詰めていらっしゃる図星を当てたので。

二 あってなきが如くに、無視して扱い。

三 衣装の上前の裾の端。

＊ 西鶴がここで怪を描いたのは、人間の集団感情の異常さを表現したので、意のあるところは「立ち上がりぬる気色」「見とめる人もなく」「何の事もなかりし」「恐るるに従ひ」などというところにうかがわれる。

姿人形の怪御屋敷を揺がす

四 口端《くちばし》す。口の端に乗せる。うわ言をいう。

五 透かぬ。引き続く。後を断たぬ。

六 「喚き叫ぶ」に掛る。「恐るるに従ひ」は挿入句。

殿様の裁断

七 別邸。上屋敷という本邸、下屋敷という別邸の外に、大藩には中屋敷を持つものもあった。

八 国御前、国上臈《じょうろう》とも。大名の国元に置かれた側室。だが、このように江戸に伴われることも多かった。三四頁六行目参照。

＊ この大名の裁断には、女の妬情を表面だけから見て否定し、美女に傾く男の一般的見解が示される。

妬情の悲しさ

九 うんざりして。いや気起して。

＊ 女の身にも恐ろしく思われるような妬情の激しさを描く。妬情は女の置かれた歴史的社会的立場に根ざし深いものなので、一見何不自由のない大名の奥方が、実は最も不自由で、一種孤独地獄に陥った妬情を描き出した西鶴の目は鋭い。

夕暮れ毎《ごと》に、喚《わめ》き叫《さけ》ぶ事疑ひなく、これを伝へて、世の嘲《あざけ》りとはなりぬ。

この事、御[七]中屋敷に洩れ《伝わって》聞えて、殿様、驚かせ給ひ、あらまし《概略》を御尋ねなさるべきとて、表使ひの女を召されけるに、〔私は〕役目なれば是《ぜ》非《ひ》もなく、御前に出でて、今は隠し難くて、ありのままに、人形の事を申し上げしに、〔驚いて〕皆々横手を打たせ給ひ、「女の所存《思うところ》程《ほど》うたてかる《いやな》物はなし《ものはない》。定めて国女[八]も、その思ひ入れに《奥方の執念に》、命を取らるる事、程はあらじ。この事《この事情を》〔国女に〕聞かせて、国元へ帰せ」と、〔殿様は〕仰せける。

この女、嬋娟《たをやか》にして跪《ひざまづ》ける風情《ふぜい》、最前の姿人形の、及ぶべき事にはあらず。それがしも、少しは自慢《器量自慢》をせしに、女を女の見るさへ眩《まばゆ》くなりぬ。これ程の美女なるを、奥様御心入れ一つにて《奥方の御執念だけから》、悋気《りんき》講《から》にて呪《のろ》ひ殺しける《殺そうとした》。殿も女は恐ろしく思《おぼ》し召し入れられて《思いしみられて》、それよりして、奥に入らせ給はず。〔奥方は〕生き別れの後家分《後家同様の身分》にならせ給ふ。これを見て、この御奉公にも気を懲《こ》らし[九]、御暇《いとま》申し請けて、出家にもなる程の思ひして、又、上方に帰る。さらさら、せまじき物は悋気、これ女の嗜《たしな》むべき一《第一》つなり。

調謔《たはぶれ》の歌船《うたぶね》

一多くても見苦しからぬとは、書きつれども、人の住家《すみか》に塵《ちり》・芥《ごもく》の溜《たま》る程、世にうるさき物なし。難波津《なにはづ》や、入江も次第に埋もれて、二水串《みをづくし》も見えずなりにき。都鳥《かもめ》は三陸《くが》に惑ひ、蜆《しじみ》取る浜も四撮菜《つまみな》の畠とはなりぬ。

昔に変り、五新川《しんがは》の夕眺め、六鉄眼《てつげん》の釈迦堂《しやかだう》、これぞ七仏法の昼に過ぎ、芝居の果てより《終ってから》八御座船《ござぶね》をさし寄せ、呑《の》み掛けて酒機嫌、やうやう九戎《えびす》橋より西に、行く水に連れて、半町ばかり下げしに、早や、この舟坐りて《浅瀬に乗り上げて》、さまざま動かせども、その甲斐《かひ》なく、今日の慰み浅く一〇なり

塵芥難波津の入江を埋む

一「多くて見苦しからぬは、文車《ふぐるま》の文、塵塚の塵」(『徒然草』七十二段)。

二 水脈《みお》つ串。水路標識。

三 謡曲『玉葛《たまかずら》』の「なほや憂き目を水鳥の陸《くが》にまどへる心地して」の口拍子。

四 間引き菜。

五 貞享元年(一六八四)河村瑞軒《ずいけん》が、淀川の川口の九条島の西端を南北に掘り割って、長さ十五町幅四十間の新川を通じた。この川は、後、元禄十一年(一六九八)安治川と称す。前段を承《う》けて、大阪の新名所として、次の「鉄眼の寺」と並べたので、「新川の夕眺め」は以下の文とは直接の関係はない。

六 今、浪速区元町二丁目にある慈雲山瑞龍寺の俗称。もと、薬師寺。寛文十年(一六七〇)改称して鉄眼を中興の祖として迎えた。

七 鉄眼寺の繁栄を「仏法の昼」(諺。仏法繁栄の時。六六頁注六参照)といい、それに、「昼過ぎ」を掛けた。昼過ぎ(実際は夕方に近い)に鉄眼寺の眺められる道頓堀川で乗船。

道頓堀川の遊山船

八 船遊びに使う屋形船(一〇〇～一〇一頁挿絵参照)。この遊山船の客三人に町代《ちょうだい》が供をしていること後述。

九 今、南区心斎橋筋道頓堀川に架けた橋。

一〇 原本「あさなくりて」と誤る。川底の浅さから慰みの浅さを引き出す。

て、面白からず。ここに潮時待つとや《上げ潮時を待つとするか》、心当てなる料理もばらりと《すっかり当て外》違ひ《れになり》、[一一]三五の十八、[一二]焼き物の頭数《あたまかず》読みて、膳出し前に、下ろし鱠《なます》の子もなく和《あ》へて、「先の知れぬ《当てにならぬ》[一三]三軒屋より、ここでくうて仕舞へ」と、夕日の影細くなりしに、竿《さを》さし連れて、[一四]棚《たな》なし舟の限りもなく急ぐを見しに、「これかや、今度の[一五]芥《あくた》捨て舟、よき事を仕出し、人の心の深く、川も埋まらず、末々かかる遊興の為ぞ」と、喜ぶ折ふし、この芥《ごもく》の中に、わけらしき《わけありげな》[一六]文反古《ふみほんご》ありしに、その舟へ手の届くを幸ひに、つい取りて見しに、京から〔大阪へ〕銀借りに遣はせし文章、をかしや。「銀八十目に差し詰り《の工面に窮し》、[一七]内証借りにして、その代りには、朝夕念ずる、弘法大師の御作の[一八]如来を、済ますまで《借金を完済するまで》預け置くべし。浮世の恋は互ひ事、さる女を久しく騙《だま》した代りに、いやと言はれぬ首《今更あとに引けぬ事態とな》尾になりて《って》、子を産ますうちの入り目《入費》、是非に頼み奉る。[一九]平野屋伝左衛門様参る。賀茂屋八兵衛より」「この文の届け賃、この方にて十文〔を〕、[二〇]魚荷《うをに》に相渡し申し候」との断り書き。「よくよくなればこそ《余程困っておればこそ》、

一一 勘定の合わぬこと、転じて、当ての外れること。

一二 焼き物（魚鳥をあぶり焼きしたもの）を人数だけ揃えて膳を出そうとして、又思いついて残った材料で鱠《なます》を作った。鱠は鮒《ふな》・鯉《こい》などを三枚に下ろし、身を薄く作り、煎《い》った子（卵）とかき合せ、芥子酢《けしず》・山葵酢《わさびず》にあえるのがよいのだが、急場しのぎ故、魚の子がなかった。

一三 木津川川口の三角洲。今、大正区三軒家。西国廻船の停泊地。茶屋が多かった。

一四 舟棚（両舷にわたした板）のない小舟。

一五 新川開発の際河村瑞軒が案出した芥運び舟。

一六 不用になって捨てられた手紙。

一七 正式の借用証書（預手形《あずかりてがた》）を入れないで、お互いの信用だけで借金すること。

一八 阿弥陀如来像。弘法大師御作というのは、むろん贋作《がんさく》。

一九 平野屋と賀茂屋の屋号から、大阪の人に宛てた京の人の手紙であることを示す。

二〇 魚荷舟。当時京大阪十三里（約五一キロ）の間を通う魚荷飛脚宿があり、魚荷を運ぶ外、手紙も運んだ。片便十文、返事取り十五文であった。郵便料十文は自分の方から魚荷問屋に払ったとことごとしく添え書きしながらも、返事の欲しい手紙に返信料を添えなかったところに、京人のけちくささがあると共に、この便りを捨てて顧みぬところに大阪人のガメツさがある。

[一]目安書くやうなる様《さま》書きて、遥々《はるばる》十三里の所を、無心《無理な願い》は申し遣はしけるに、知らぬ事ながら《関係のない人の話だが》、これは[二]貸しても取らさいで、京にもない〔京は金持が多いのに〕所にはない物は銀《かね》ぞ」と、各《遊山船の人達》腹抱へて大笑ひ、暫《しばら》くやむ事なし。

[三]人を笑ふ人々を、[四]町代《ちやうだい》、金杓子《かなじやくし》・吸物椀《すひものわん》を持ちながら、身代の程〔笑った人たちの〕を思ひ遣《や》るに、京の銀借る者よりは《京の借金の手紙の主よりは》、いづれも、身の上の危《あぶ》なし。一人は、[五]来月晦日《つごもり》切りに、家質《いへじち》の流るる人。又一人は、[六]安札《やすふだ》にて普請する人。今一人は、[七]北浜の[八]はた商ひする人。「年中、嘘《うそ》と横《無理》と欲とを元手《資本》にして、世を渡り、それにも、色道のやまぬはよい気や」と呟《つぶや》くを聞きて、皆々心

遊山船と姿舟

一 告訴状（八三頁注一一参照）に書くような「様」の字を書いて。様の字は九種の書き方があるが、告訴状には二番目に鄭重《ていちよう》な「様」（永様《えいさま》）を書く。相手に敬意を表したのである。

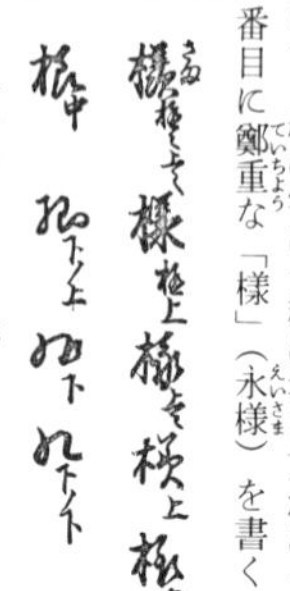

九種の様〔手本重宝記〕

二 貸してもやらないで。貸してやればよいのに。

三 借金を頼む手紙の主を笑う遊山船の乗客。

四 町年寄（三二頁注七参照）・月行事（町内の町人で交代制）の下にあって町会所の事務に従う有給補助員。書役ともいう。

五 借金の抵当に当てた家屋敷を、借金の利息が払えなくて、来月末日を期限に明け渡さねばならぬ人。

六 安値の入札で建築を請け負う人。

七 米市（米相場）の立つ所。十三人町（今、東区大川町）淀屋橋南詰。

八 米相場に限らず、現物の売買でなくて、小額の保証金で空《から》売買すること。利益も損失も多く、投機的商いである。

九 今後、身代不相応な色遊びはやめにしよう。

一〇 大阪の両川口、木津川口と安治川口をいう。諸国の廻船が停泊してにぎわい、ここから小舟で五穀・雑貨を中之島辺の問屋へ運んだ。

一一 主に九州地方から物産を運ぶ廻船。

一二 「濡れ」は「浪」の縁語。その男たちに色を売る

の恥かしく、「向後《きやうこう》、[九]身にあまりての色をやめ分《ぶん》」と、思ひ定めしうちにも、なほやめ難きこの道ぞかし。

そもそも川口[一〇]に、西国船《さいこくぶね》[一一]の碇《いかり》下ろして、我が古里の嚊《かか》思ひ遣《や》りて、淋しき枕の浪を見掛けて（さびしく船中に旅寝する男たちを目当てに）、その人に濡《ぬ》[一二]れ袖《そで》の歌比丘尼《うたびくに》とて、この津（大阪の港）に入り乱れての姿舟[一三]、艫《とも》（船尾に年輩の男）に年構へなる親仁《おやぢ》、居ながら楫《かぢ》取りて、比丘尼は、大方浅黄[一四]の木綿布子《ぬのこ》に、龍門《りゆうもん》[一五]の中幅帯前結びにして、黒羽二重《くろはぶたへ》[一六]の頭《あたま》隠し、深江[一七]のお七刺し《しちざ》[一八]の加賀笠、畝足袋《うねたび》[一九]はかぬといふ事なし。絹の二布《ふたの》の裾《すそ》短く、采体《とりなり》[二〇]一つに拵《こしら》へ、文台《ぶんだい》[二一]に入れしは、熊野[二二]の牛王《ごわう》・酢貝《すがひ》[二三]・耳がしましき四つ竹[二四]、小比丘[二五]

歌比丘尼。八〇頁注六参照。

一三 美女舟。比丘尼舟とも勧進舟ともいう。

一四 たいていは薄藍色（一七五頁注一八参照）の木綿の綿入れに。

一五 地質厚く強く光沢を押えた絹織物。シナ・朝鮮産。この場合は京都西陣の模造品（四二頁注一〇参照）。「中幅」は男や老女などの用いる幅の狭い帯（一八頁注一五参照）。

一六 歌比丘尼は頭を黒布で巻いた。下図参照。

一七 今、東成区深江。菅笠《すげがさ》を産す。深江笠という。菅笠は加賀金沢の産を上品とするゆえに加賀笠とも言う。

一八 お七はもと笠作りの固有名詞が普通名詞化したものか。

姿舟の歌比丘尼の活躍

一九 糸を浮かして畝のように刺し縫うた木綿足袋。

二〇 同じ身なりに作って。

二一 もと小机。ここでは、比丘尼の携える小箱。

二二 熊野権現から出す護符。宝印に烏《からす》を配してあり誓詞を書くに用いる。

二三 きさご・しただみなどと称する海水産の小巻貝。酢に浸すと旋廻する。児女のおもちゃとする。

二四 平たい竹片を両手に二枚ずつ持ち掌を開合して鳴らす。

二五 歌比丘尼の供をする年少の比丘尼。一升柄杓《びしやく》を携えるのも、「勧進」と呼ぶのも、米銭の寄進を求めた古い姿を残すものである。

一 親船。本船。ここでは西国船のこと。一〇〇頁注一一参照。
二 売色した後。三三頁注二二参照。
三 銭ざしに銭九十六文をつないだもの。百文に通用。
四 仁徳帝の皇居、高津《たかつ》の宮にちなんで仁徳帝を祭神とする高津《こうづ》神社。六五頁注一九参照。
五 今、南区瓦屋《かわらや》町。高級品の瓦を産した。
六 「笹」は、ささやかな、粗末なという意。実際は、草葺き（『西鶴織留』巻二の四の插絵）、又は、ささ板（小さい幅の狭い板）葺き（『好色一代男』巻二の五の插絵）の屋根をいう。一九六頁一四行目の「笹葺き」も插絵（二一頁参照）では草葺き。

一代女歌比丘尼となる

七 歌比丘尼の頭《かしら》。夫に山伏を持ち、その家に抱え置く歌比丘尼を弟子と称する。
八 歌比丘尼一人につき。
九 麦の収穫期。陰暦四、五月。
一〇 綿の収穫期。陰暦七、八月。
一一 浅瀬に乗り上げた遊山船。
一二 休憩・身支度・男女の密会などに、手軽に利用できる家。私娼を隠し置いたりもした。
一三 一夜三匁くらいの僅かな費用が何だ。「露」は小

尼に定まりての一升柄杓《びしやく》、「勧進《寄付してください》」といふ声も引き切らず《長く引かず》、はやり節《ぶし》を歌ひ《流行歌で男の気を引き》、それに気を取り、外《ほか》より見るも構はず《平気で》、[一]元舟《もとぶね》に乗り移り、[二]分《わけ》立てて後、[三]百繋《つな》ぎの銭《ぜに》を袂《たもと》へ投げ入れけるも、をかし。或《ある》は又、割り木《薪》をその価《あたひ》に取り、又は、刺鯖《さしさば》にも換へ《交換し》、同じ流れ《同じ色を売る身でも》とは言ひながら、これを思へば、すぐれて《大変に》さもしき業《わざ》なれども《仕業だが》、昔日《そのかみ》より、この所に目馴れて《見なれて》、をかしからず。

人の行く末は、更に知れぬものぞ《一向にわからぬものだ》。我もいつとなく、いたづらの《随分と身をもち》数尽《くずし》して、今、惜しき黒髪を剃《そ》りて、[四]高津《たかつ》の宮の北にあたり、[五]高原といへる町に、[六]軒は笹《ささ》に葺《ふ》きて、幽《かす》かなる奥に、この道に身を経れ《この職業に年功を積んだ》し[七]御《お》寮《れう》を頼み《頼って》、勧めて《歌比丘尼になって》、かくも浅ましく《卑しくも》なるものかな、雨の日・嵐の吹く日にも許さず、[八]かうした頭役《あたまやく》に、白米一升に銭五十《銭五十文》、それより下《しも》づ方の子供《連れ歩く小比丘尼》にも、定めて五合づつ《一日米五合の雇い賃》、毎日取られければ、おのづと卑しくなりて、昔は《〔歌比丘尼は〕以前は色売る職業ではなかったのに》かかる事にはあらざりしに、近年、遊女の如くなりぬ。

安物の色遊びにもかさむ費用

これも麗しきは《美しいのは》大坂の屋形町《武家屋敷》廻り、思はしからぬは《器量のよくないのは》河内《かはち》・津の国《摂津》里々を廻《めぐ》り、[九]麦秋《むぎあき》・[一〇]綿時《わたどき》を恋の盛りとは《恋の最盛期として色を売った》契りぬ。我、どこやらに、仮初めの縁《ふとした縁》過ぎにし時の様子《昔の高級な遊女の時の面影》も残れば、[一一]かの舟より招かれ、それにして、後は[一二]小宿のたはぶれ《色事》、[一三]「一夜を三匁、少しの露を何ぞ」と思へど、[一四]恋草の茂くして、間もなう、三人ながら[一五]叩《たた》き上げさせて、[一六]後《あと》は知らぬ小歌節、辛《つら》や、冷《つめ》たや、そのはずの事、いかなる諸分に《どんな色遊びにも》も、使へば嵩《かさ》の上がる物《金額はかさむもの》、その心得せよ。浮気八助、合点か《御承知か》。

金紙《きんがみ》の匕元結《はねもとゆひ》

[一七]烏羽玉《うばたま》の[一八]髪の落ち、[一九]乱れ箱、[二〇]十寸鏡《ますかがみ》の二面《ふたおもて》、見しや化粧部屋の風情《ふぜい》、[二一]女は髪頭《かみかしら》、姿の上盛《うはもり》といへり。我、いつとなく、人の形振《なりふり》を見習ひ、当世の《流行の》[二二]下げ島田、惣釣《そうづり》といふ事を結ひ出し、さる御方へ御髪《おかん》

粒銀（小額銀貨）と僅かなことの例え、の意を掛ける。
一四 頻繁《ひんぱん》に逢引しているうちに。露→草→茂と縁語仕立て。
一五 資産を使い尽させて。この三人の経済はもともと不安定だった。一〇〇～一〇一頁参照。
一六 以下小歌節の文句にからめた文章。「後は知らぬ」と小歌節の文句にある如く、男たちのその後はどうなろうと自分の知ったことではない。それを、辛いの冷たいのと恨んでみても、金がすべての色遊びにはそれも当然のこと、これも小歌節の文句の通りだ。
一七 「髪」の枕詞。
一八 落ち髪。抜け毛。
一九 「髪の落ち」の「乱れる」と「乱れ箱」とを掛ける。「乱れ箱」は髪を入れる蓋のない浅い箱。
二〇 澄んだ鏡が二面。当時の鏡は銅製。一〇七頁挿絵参照。
二一 「女は髪頭」（八〇頁注七参照）の諺《ことわざ》の通り、女には髪恰好が容姿の中で最も大事だという。「上盛」は最上のものの意。
二二 根を低く結うた島田髷《まげ》。「惣釣」は髷を上へ釣った髪風。

乱れ箱
〔女用訓蒙図彙〕

惣釣
〔好色貝合〕

当代女房気質

上げに宮仕ひを仕うまつり《女髪結役として奉公した》ける。

〔流行は〕その時に変り、[一]兵庫髷《まげ》古し、[二]五段髷も見にくし。昔は、律義《りちぎ》千万なるを、人の女房気質《かたぎ》と申し侍《はべ》りき。近年は、人の嫁御も大人しからずして、遊女・[三]歌舞伎者《かぶきもの》の形様《なりさま》を移し、男の[四]すなる袖口広く、[五]据《すゑ》腰《ごし》、蹴出《けだ》しの道中、我が身を我がままにもせず《自由に振る舞わず》、人の見るべくを《外見を重んじて》大事に掛け、脇顔《横顔》に生れ付きし痣《あざ》を隠し、足首の太きを裾長《すそなが》にして包み、口の大きなるを俄《にはか》にすぼめ、言ひたい物をも言はず、思ひの外なる苦労をするは、今時の女ぞかし。連れ添ふ男《夫》さへ堪忍せば、[六]歪《ゆが》みなりに、やれさて、浮世と思へども、[七]二つ取りには、見よきにしかじ。

惣《そう》じて、[八]九所《ここのところ》ともに揃《そろ》うたる女は稀《まれ》なるに、見よく大方《普通の》なる娘に、敷銀《持参金》付けての縁組、いつの世に始めて《始めたのか》、これほど無分別はなし。その容儀次第《容姿に応じて》に、[九]男の方《かた》より、〔女の方が〕金銀取るはずの事なるべし。

勤めの間何事も洩らさぬとの誓紙

[一〇]我、[一一]四度の御仕着せに、八十目に定め、一年《一年契約とした》勤めし。初《はつ》の日、

兵庫髷
〔女用訓蒙図彙〕

一 慶長以来の髪形。遊女に始まり後一般に流行したが、当時は古風で廃《すた》っていた。
二 未詳。兵庫髷に似た髪形か。
三 この場合は歌舞伎役者。二六頁注七参照。
四 『土佐日記』の「男もすなる日記といふものを女もしてみむとてするなり」をもじる。男風に袖口を広く。一四七頁注二一参照。
五 腰を据え着物の裾をちらつかせて歩くのは遊女の道中の真似。
六 整っていなくても、すむものを、まあまあ、そんなところが、この世の実情と思われるのだが。
七 二つのうち一つを選ぶとすれば、見た目に美しい女の方がよい。
八 容姿の九つの重点。足容重。手容恭。目容端。口容止。頭容直。気容粛。立容徳。色容荘。声容静。という。
九 遊女並みに容姿を飾ることばかりに熱中するなら、いっそのこと男から金を取るべきだという西鶴の皮肉。

[一二]二月《きさらぎ》二日に、曙《あけぼの》早く、その御屋形《勤め先の武家屋敷》に罷《まか》り《参上したところ》しに、奥様は朝湯殿《あさゆどの》に入らせられ、しばらくあつて、自《みづか》らを小深き[一三]納戸《なんど》に召させられ、御目見え致しけるに、その御年頃は、いまだ二十《はたち》にも足り給ふまじ。さり《大変に》とてはやさしく、御物腰《身のこなしが控えめで愛らしく》しほらしく、「又、世の中にかかる女﨟《ぢよらふ》もあるものか」と、女ながら、羨《うらや》ましく見とれつるうちに、親しき御《うちとけた話》事ども仰せられて後《をなさって後》、「近頃申しかねつれども《まことに言いにくいことだが》、内証《この家の内情は》の事ども何によらず、外《ほか》へ洩らさじと、日本《にっぽん》の諸神を書き込み、[一四]誓紙《せいし》〔を書け〕」との御望み、[一五]末々《後々はどうなるかわからぬが》の様子は知らぬ事ながら、「主人に頼み《と頼み》、身をまかせつる上は、それを洩るるにあらず《内情をもらすことはない》、御心に従ひ」、筆執りて書きつるうちにも、「我、定まる男《夫》もなければ、いたづら《浮気》は仏神も許し給へ」と、心中に観念して、思《おぼ》し召さるるままに、書き上げける。

「この上は、身の程《身の上》を語るべし。人に劣らぬ我《器量は人に負けぬ》ながら、髪の少なく、枯れ枯れなる事《薄々としか生えていない》の歎かし。これ見よ」と、〔髪を〕引き解《ほど》き給へば、[一六]髢《かもじ》いくつか落ちて、「地髪《自分の髪》は[一七]十筋《とすぢ》右衛門」と、恨めしさうに、御涙に袖く《袖も涙に曇り》

一〇 以下の文は一〇四頁一行目から続く。一〇四頁二行目から一〇四頁一三行目までは脱線的插入文。
一一 年四回の衣服給与に加えて、給料は銀八十匁にきめ。
一二 一年や半年の短期奉公人の出替《でかわ》り日は、初め二月・八月だったが、寛文九年（一六六九）以後三月・九月に改められた。大阪は元禄六年（一六九三）に改まる。
一三 衣類・調度などを納めて置く室。
一四 誓約書。武家奉公に、内部事情を口外しないという誓紙を入れるのは普通だが、この「日本の諸神を書き込み」というのは、主に遊女が客を相手に書く形式（一九三頁注一一参照）。その紛れから、「いたづらは仏神も許し給へ」などと、その誓紙の内容を外れる。
一五 「末々の様子は知らぬ事ながら」は地の文が言葉に重なり、「御心に従ひ」は言葉が地の文に吸収される。このように言葉と地の文の重なり合って続くのは、俳諧的手法の流露。

十筋右衛門の悲しみ

一六 添え髪。
一七 二筋右衛門・六筋右衛門ともいう。頭髪の少ないのを擬人化した言い方。

れて、「早や四年《よとせ》も、殿とは馴染み参らせ、折ふし《時折》は夜更けての御帰り、只事《ただごと》にあらねば、少し腹立ちて、枕遠のけて《夫婦の枕を離して》、空寝入《そらねい》り仕掛け、口舌《くぜつ》[一]の種とはなしけれども、もしや、髪解《と》かれては、恋の覚《さ》め[二]際《ぎは》を悲しく、思へば口惜し。年久しく隠しぬるせつなさ《心の苦しさ》、構へて沙汰する事なかれ《決して人に話してはくれるな》。女は互ひ[三]」と、打ち掛け給ひし《着ていられた》地なし[四]の御小袖を、下し給はりし。

一代女女髪結となり奥様の髪を結う

「よくよく恥ぢ給へばこそ」と、ひとしほ、御いとしさまさりて、影身[五]に添ひて、万《よろづ》[六]をくろめ見せざりしに、その程過ぎて[七]、筋なき[八]悋気《りんき》遊ばし、我が髪のわざ[九]となら

妬情からの無理難題

一 言い争い。特に男女間の痴話口論をいう。
二 恋の覚めるその時が悲しく。
三 「女は相互《あいたがい》」「武士は相見互い」などいう表現の最も早いもの。女同士は助け合いたいもの、との意。
四 布地の表全面に絞りと刺繡《ししゅう》と摺箔《すりはく》が施してある小袖。この場合は、打掛け小袖（衣服の上に掛けて着る小袖）。一〇七頁挿絵参照。
五 影が身に添うように、いつも奥様のお側《そば》にいて。
六 万事を取り繕ってぼろを見せなかったのに。「くろめ」は黒める。取り繕う。ごまかす。
七 一時期をすぎると、我儘《わがまま》が出て。
八 筋の通らぬやきもち。
九 自然と。生れつき。

ず長く麗しきを、猜《そね》み給ひ、「切れ」とは、迷惑ながら、主命是非なく、見苦《みっとも》しき程になしけれども《ないほどに短くしたが》、「それも亦《また》、昔の如く、やがて、なりやすし。額《ひたひ》の薄くなる程、抜き捨てよ」とは、仰せながら《主命とはいえ》、情けなく、とかくは《たえかねて》、御暇《いとま》乞ひしに、それも御ひま出されずして、明け暮れ苛《さいな》一〇み給へば、身は窶《やつ》れて恨み深く、よからぬ事のみたくみ《悪計をめぐらし》、「いかにしてか、奥様の髪の事を、殿様に知らせて、飽かせまして《おいやにならせて》」と思ふより、飼《か》ひ猫懐《ねこなつ》けて、夜もすがら〔私の〕結ひ髪にそばへかしける程に《じゃれつかせているうちに》、後は夜毎に、肩へしなだれける《甘えかかった》。

一〇 いじめられたので。

或る時、雨の淋《さび》しく、女交じりに、殿も、宵より御機嫌のよろしく、琴の連弾《つれびき》遊ばしける時、かの猫を仕掛けけるに（放ったところが）、何の用捨もなく（遠慮もなく）、奥様のお髪《ぐし》に掻《か》きつき、簪《かんざし》・[一]小枕落せば、五年《いつとせ》の恋、〔殿は〕興覚《さ》まし、〔奥様の〕美しき顔ばせ（顔色）変り、[二]衣《きぬ》引き被《かづ》き、[三]もの思はせける。その後は、[四]契りも疎《うと》くなり給ひ、[五]余《よ》の事になして、御里へ送らせける。

その後《あと》を、〔私は〕我が物にして（思い通りに振る舞って）、[六]首尾を仕掛ける。雨をだやみなく（小やみなく）、人稀《まれ》なる暮れ方に、旦那は、物淋しげに、御居間の[七]床縁《とこぶち》を枕にし給ひ、心よく夢を見かかり給ふ折ふしを、「濡《ぬ》れの始めの今日こそは」（色事をしかけるには今日がよい機会）と思はれ、〔殿様が〕呼びも遊ばさぬに、「あいあい」と御返事申して、お側《そば》近く行きて、「申し申し」と起し奉り、「御呼びなされましたが、何の御用」と申せば、「己《おれ》は呼ばぬが」と仰せける程に、「さては、私の聞き違へました」など申して、そのままは帰らず、しどけなく（たあいなく）見せ掛け、お後《あと》へ（足もとへ）お蒲団着せまして、本《ほん》の（本当の）御枕に仕替へさせ参らせければ、「そこらに人ないか」と尋ねさせらるる時、「今日に限つて、

一代女の報復の執念

一　髻《もとどり》を締めやすくする為に使う小さな円筒状の付け木。
二　打掛けを引っ被り。
三　もの思う身となられた。
四　夫婦の契りも途絶えがちになられて。
五　他に理由をつけて、離縁なさった。

一代女空閨の殿様にいどむ

六　殿様を手に入れる計画を練った。
七　「とこがまち」とも。床の間の前端の化粧横木。

誰もをりませぬ」と申せば、我が手を取り給ふより、手に入れて、
こちの物になしける。

お取りになったのをきっかけに

＊身分ある女の、自分を押えられないで、我儘《わがまま》になりつのる妬情のすさまじさ（巻三の二の大名の奥方に先例がある）と、弱い立場の女の報復の執念のすさまじさ（巻二の四の筆道指南の女に類例がある）とを重ねて、女の否定面を深刻に描いた。むろん、そこに追いつめられる女の身のはかなさを十二分に承知の上のことである。

入絵

好色一代女

四

巻四

[一]同じ女に生れながら
　[二]人のたはぶれ　聞き耳　立つるも
　　[三]よしなき世や
[四]糸による恋
　物縫ひ女も
　　[五]自慢の袖口《そでぐち》
明け暮れ
　[六]胸の燃ゆるは
　　[七]ふじといへる[八]茶の間
契りの
　[九]中通りの女半季に
　　六十目のかねの別れ

一 同じ女に生れながら介添女となって。

二 新婚夫婦の契りに。

三 あじけない世の中だ。

四 糸を手づるの恋。裁縫女という名目で色を売り歩くことを言う。

五 袖口は目立つところ故、そこを奇麗に仕立てるのが自慢だという意に掛けて、裁縫女という名目で色を売り歩くのを、うまい手口というのであろう。

六 男を思い焦がれるのは。

七 「ふじ」は「燃ゆる」の縁の「富士」から、女名の「ふじ」に転じた。

八 茶の間女の意。もと宮中で雑用をする身分低い女。武家では将軍や大名の奥向きに仕えて、諸道具取り捌《さば》き役の女。

九 「中通り」は、中等・中間の意。ここでは、「中通りの女」に、契約の中途で勤めをやめた意をこめる。「中通りの女」は中居のこと。中居はもと公家や武家では、茶の間女とほぼ同じ職務で、並称されたが、民間では混同した。主婦の外出の供、使者、客あしらい、室の掃除などをする。半年銀六十匁の契約で中居女になったが中途で破約した、との意。

好色一代女　巻四

目録

〽それぞれに母親の自慢娘
嫁入りは一年の花（大事にされるのは一年くらいのもの）
眺め飽く物ぞかし
介添《かいぞへ》女をして
これを見及ぶ

一〇 身《み》代《がはりの》長《なが》枕《まくら》

〽一二 お物師女となりて
一三 針の道筋より
思ひの綻《ほころ》ぶる程
我が宿の思ひ出に
濡《ぬ》れ衣《ごろも》

一一 墨《すみ》絵《ゑの》浮《うは》気《き》袖《そで》

一〇 結婚の初夜花嫁の身代りとなって介添女が花聟《はなむこ》と共寝すること。長枕は男女共寝用の長い枕。

一一 若殿様の下着の墨絵から浮気心をそそられたこと。

一二 縫物師。裁縫女のこと。

一三 「お物師女」の縁で、「針の道」「綻ぶ」「衣」の語を用いた。裁縫の仕事に携わるうち、つい思い乱れることがあって、我が家で色事に耽《ふけ》るようになった、の意。

一　武家屋敷の奉公人の垢抜けせぬこと。
二　相手にしてくれる人もない。「水」と「茶」は縁語。
三　「藪入り」は、正月と盆に雇主より休暇をもらうこと。男を珍しがるのは武家勤めだからである。
四　表裏共に黄色の無地の中着は昔をしのぶ唯一のもの。
五　この題は一見「贅沢《ぜいたく》な願いを持つ男」くらいの意に思わせて、実は「男になりたいという贅沢な願い」、次の世には男に生れたいと願う女の贅沢、の意だったという本文の終り（一三八頁）に明かされる意外性を伏せる。
六　「恋の」はこの中居の職が、恋に関したものであったことを示唆するくらいの語。

[一]屋敷琢渋皮《やしきみがきのしぶりかは》

〽[二]水のさしてもなき
　茶の間女
[三]殿珍しき藪入《やぶい》り姿《すがた》
[四]黄無垢《きむく》は昔を
　残してこれ一つ

[五]栄耀願男《ええうのねがひをとこ》

〽[六]恋の中居女をして堺に
ありし時
　御隠居の上《かみ》様に
　なぶりものとなりぬ
世にはをかしき
　事こそあれ
沙汰なし《内緒にしておきたい》

身代りの長枕《ながまくら》

今時の縁組《嫁入り》、末々《身分の低い》の町人百姓まで、上づ方《上流階級》の栄花《華美》を見及び聞き伝へて、それぞれの分限[七]より奢《おご》りて、衣類・諸道具、美を尽して仕付[八]ける。これ、当世の風俗、身の程を知らぬぞかし。

惣《そう》じて、母の親、鼻の先[九]智恵にて、大方《普通に》に生れ付きし娘自慢、早や十一二より、各別に色作り[一〇]なし、おのづから肌理細《きめごま》かに、褄外《つまはづ》れ[一一]麗しく、人の目立つ采体《とりなり》[一二]とぞなりける。移り変る《変るたびの》芝居の噂、狂言の[一三]うまい仕組を実《まこと》に見なし、一切《いっさい》の嫁御《よめご》浮気になりて、外なる心[一四]もこれより起りぬ。

なほ、風俗もそれ《芝居》を見習ひ、一丈二尺の帯結ぶも、気の尽きる《うんざりする》事ぞ。昔は、女帯[一五]六尺五寸に限りしに、近年長うしての物好き《趣味》、見よ

身分不相応の当世風俗

七 分際。身分。資産状態。転じて、資産家の意にも用いる。

八 仕立てる。馴《な》らす。教育する。ここでは、嫁入りさせる意。

九 諺《ことわざ》「女の知恵は鼻の先」。女は目前のことに捉《とら》われて先の見通しに欠ける、という意。

一〇 めかし立て。

一一 着物の裾さばきの意から、取り廻し。身のこなし。態度。

一二 なりふり。風采《ふうさい》。

一三 うまく作られた筋書。

一四 道に外れた心。邪心。

＊ このあたりの文意、『好色五人女』巻二の四に「されば一切の女移り気なる物にして、うまき色《いろ》咄《ばなし》に現《うつつ》をぬかし、道頓堀《だうとんぼり》の作り狂言をまことに見なし、いつともなく心を乱し」とある外、西鶴のしばしば繰り返すところである。

一五 近世初期女帯は幅三寸（約一一センチ）長さ七尺五、六寸（約二・八〜二・九メートル）から次第に幅も広く長さも長くなったとの説もある。

豪勢な女衣装

げになりぬ。小袖の紋柄《もんがら》[一]も、この程《近頃の》の仕出し[二]に、縫ひ切り[三]の桜鹿子《さくらがのこ》、脇よりは《よそ目には》染着る《そめぎ》物《もの》のやうに見せて、中々《実は》百色《ももしき》の美糸を尽しける。この一表金子《ひとおもてきんす》[四]五両づつにして出来ぬ。万《よろづ》の事この如く、人知らぬ物入り、次第に至り《いた》[五]穿鑿《ぜんさく》の世なり。

この程《先日》、下寺町《したでらまち》[六]にて、[七]南都東大寺大仏の縁起[八]読み給ふ《語り》に、貴賤袖《きせんそで》[九]を連ねける中に、女の盛り[一〇]は過ぎゆく、花も香もなき人《色香の失われた人》、然も馬顔[一一]にして、横へ広がりし面影、一つ一つ見る程に、耳世間並みにて、その外は皆いやなり。されども、[一二]よろしき所へ出生《しゆつしやう》して、風流なる出立ち《装い》、肌に綸子《りんず》[一三]の白無垢《しろむく》、

当世嫁入り風俗

一 模様。
二 新工夫。新趣向。
三 鹿子絞りで桜の模様を作り、それを全部刺繡《ししゆう》にしたもの。
四 表地一枚。四五頁注一六参照。
五 徹底的に吟味すること。選び抜くこと。最高の贅《ぜい》沢《たく》。
六 今、大阪市天王寺区・浪速区にまたがる。寺が多い。
七 奈良東大寺龍松院の公慶上人は、大仏修復の勧進を願い出て、貞享《じようきよう》元年（一六八四）許可、翌二年から縁起を読み聞かせて諸国を勧進、元禄五年（一六九二）修理完成、開眼《かいげん》供養を行った。
八 社寺の由来や霊験などの伝説。
九 謡曲『熊野《ゆや》』の「老若男女貴賤都鄙《とひ》、色めく花衣、袖を連ねて」の口拍子か。
一〇 謡曲『百万』の「誠に浮世の嵯峨《さが》なれや、盛り過ぎ行く山桜」の口拍子か。
一一 馬面顔。俗に「一瓜実《うりざね》に二丸顔三平顔に四長顔五まで下がった馬面顔」という。
一二 相当な家。裕福な家。
一三 厚く滑らかで光沢と粘り気のある絹の高級紋織物。シナ産。京都西陣でも模造。
一四 表裏同一生地の衣類。
一五 「菖蒲《あやめ》」は紫系統の色をいうので、「菖蒲八丈」は

紫みの強い紫鳶《むらさきとび》の変八丈か、紫色を主調にした擬《まがい》八丈をいうか。「八丈」は八丈島産の高級絹織物。四二頁注一三参照。

一六 人目につかぬ胴裏や袖裏などにつけた紅絹。近世には身分に応じた衣類の禁止令がしばしば出され（四五頁注一六参照）、豊かな経済力を誇示したい町人は、裏地や下着に贅沢をこらし、それを粋《すい》とか通とか称して自慰した。

一七 横縞のことか。『好色五人女』巻四の一に、梧《きり》と銀杏《いちょう》の二つの紋を並べた並べ紋というのが見える。

一八 女帯のこと。幅二尺五寸（約九五センチ）ほどの帯地を二つ割りにしたもの。一八頁注一五参照。

一九 仕入値段という説もあるが、一般の購入値段か。

二〇 その方面の知識、ここでは、呉服の専門知識を持っていて。

二一 船場の北端の北浜を北脇というのに対して、その南端長堀をいうかとの説もあるが、長堀はそんなに安価ではない。むしろ長町（一八八頁注六参照）辺か。

二二 やったな、この伊達《だて》者め。

二三 春の出替り日より秋の出替り日までの間をいう。

二四 今、東区から南区にかけて横堀一丁目から七丁目までである。

一代女嫁入りの介添女となる

二五 小宿を連絡場所として。一〇二頁注一二参照。

中に紫鹿子《がのこ》の一四両面、上に一五菖蒲八丈《あやめはちじやう》に一六紅《もみ》の隠し裏を付けて、一七並《なら》べ縞《じま》の一八大幅帯、いづ《すべて》れか、女の飾り小道具《女の身を飾る品々と》、残る所もなし《して素晴らしいものばかり》。折ふし、呉服商売の若き者《手代》が、これを見

て沙汰しける《話したところでは》は、「あの身の廻《まは》りを、一九買値打ちにして、一貫三百七十目が物」と、二〇その道覚えて、申しき。「さても、奢《おご》りの世の中や、この衣装の代銀にては、二一南脇《みなみわき》にて、六七間口《けんぐち》の家屋敷を求めけるに《が買えるのに》、二二したりしたり寛濶者《くわんくわつもの》め」と、人皆打ち眺めける。

我、二三夏季《なつき》より奉公をやめて、難波津《なにはづ》や二四横堀のあたりに、二五小宿を頼みて、住むにはあらず、あなたこなたの御息女嫁入りの介添女に雇

一 上傾《うわかぶき》。華美軽薄。二六頁注七参照。
二 あとあと経済状態がどうなろうと一向に構わないで。
三 屋根の棟木の高い立派な建物。裕福な家の意。
四 結婚によって生じる親戚《しんせき》。同一家系の親戚をいう一門一族に比べて軽い親戚である。
五 急に家屋の新改築をすること。
六 見栄張りの女ばかりで相談すると、思いがけぬ失費になることをいう。
七 家財一切を計上して銀百貫目の資産の中から。
八 京阪で正月の贈答品とする。冬は脂がのって美味。丹後《たんご》（今、京都府）産を最上とし、その一番大きなもの、五、六尺（約一・五〜一・八メートル）に及ぶ。
九 盆の贈答品。能登（今、石川県）産を最上とする。八二頁注二参照。
一〇 大きいように。大袈裟《おおげさ》に。立派に。

無用の外聞ばかりの婚礼

はれしに、大坂は、思ふより人の心[一]はかぶきにして、[二]末の算用合ふも合はぬも、縁組花麗を好めり。

娘の親は、相応よりよろしき（身代相応より立派な）聟《むこ》を望み、息子の親は、我より[三]棟《むね》の高き[四]縁者を好み、取り結ぶより（縁談がととのうと）無用の外聞ばかりを繕ひ、聟の方には[五]俄《にはか》普請、嫁の方には衣類の拵《こしら》へ、一門の女談合《だんかふ》、[六]万《よろづ》思はく違ひ、[七]内証振うて、百貫目の身代の中より、敷銀（持参金）十貫目、入用銀（婚礼の費用）十五貫目、それのみならず、末々の物入り（結婚後の出費）、年中の取り遣《や》り（一年中の贈答）、[八]鰤《ぶり》も丹後の一番、[九]刺鯖《さしさば》も能登《のと》の優《すぐ》れ物を調へ、何かに付けて、気にやるせなく（気疲れし）、又、その妹《いもと》も遣り時（嫁入らせる時期）になり、初めの拵へ（姉の時の嫁入り支度）程こそなけれ、大方に仕付けられしに、その弟《おとと》に呼び時（嫁を迎える時期）になり、早や初産して（嫁を迎えたかと思うとすぐ）ぎやつと言ふより、守り刀・産着《うぶぎ》を重ね、親類つきあひ、かれこれ隙《ひま》なく、いつともなしに、目には見えずして、金銀減《へ》らして、娘縁に付けてより（娘を嫁入りさせたことから）、身上《しんしやう》潰《つぶ》す人数を知らず。

聟《むこ》の母親も、その如く（同様で）、分際《ぶんざい》より[一〇]大体《おほてい》に見せかけ、日頃はそこそ（〔嫁が来ると〕或る程度）

こに気を付けて申せし始末《節約》も言ひやみ、[一一]油火《あぶらび》の所を蠟燭《らふそく》になし、炬《こ》燵《たつ》も木綿蒲団《もめんぶとん》を掛けず、それにつれて、聟殿も、一生連るる女を《連れ添う妻を》、[一二]遊女など、仮初めの契りのやうに思ひなして、隠すまじき事を包み、欲徳外になし《男振りをよく見せる為に無駄な浪費もし》、男振り見よげに、我が女の手前《我が妻に対しての》の[一三]全盛こそ、愚かなれ。

自《みづか》ら、幾所《いくところ》か介添へして見及びしに、恋の外《ほか》、[一四]さまざま心の恥かしき世間気《せけんぎ》、いづれの人も変る事なし。或る時、[一五]中の島何屋とかやへ介添へせしが、この子息ばかり、我に近寄り給はず《介添女の私に手出しせず》、[一六]見掛けより諸事を内端《うちば》にして、初枕《はつまくら》の夜も、何の繕ひなしに《少しの気取りもなく》、首尾調ひけるを《夫婦の契りを結んだのを》、さもしく思ひしが《けちくさく思ったが》、この家、今に変らず《〔繁盛しているが〕》、その外は、皆その時より《私が介添えした時》は浅ましく《落ちぶれて》、奥様も、[一七]乗物なしに見えける。

墨絵の浮気袖

一一 行燈《あんどん》よりは蠟燭の方が高くつくが、嫁に対する見栄から仕替えたのである。五五頁注二一参照。

一二 遊女との契りは、社交場でのその時限りのものなので見栄を張るが、妻に対してもそれと同様に考えて。

一三 見栄を張った奢《おご》り。

＊ 女の奢り、特に婚礼をめぐる見栄・浪費について西鶴は記すところが多いが、『日本永代蔵』巻一の五にも、こことほとんど同じ記事が見られる。

見栄を張らぬ唯一の例外

一四 いろいろと、見ているこちらが恥かしくなるような、世間に対する見栄。

一五 今、北区中之島。堂島川と土佐堀川との間の小洲。諸藩の蔵屋敷と出入りの富商の家が多かった。『日本永代蔵』巻一の三。

一六 外見よりは万事を控え目にして。

一七 自家用の乗物もなくしたように見受けられた。二七頁注一二参照。

＊ この章は、「我」とか「自ら」とか、一代女の回想体になるところもあるが、作者が顔を出して、客観的記述になるところが多い。

女の衣服の縫ひやうは、[一]人皇《にんわう》四十六代孝謙天皇の御時、初めてこれを定めさせ給ひ、和国の風俗見よげにはなりぬ。惣《そう》じて、貴人の御小袖など仕立て上げけるには、そもそも《はじめに》、針刺しの数を改め置き《針山の針の数を点検しておいて》て、仕舞ふ時、又針を読み《数え》て、万《よろづ》を大事に掛け《万事に気をつけ》、殊更に身を清め、障りある女《月経中の女》は、この座敷《針仕事の座敷に》、出づべき事にあらず《出てはならぬことになっている》。

自《みづか》らも、いつとなく、手の利きければ《裁縫が上手だったので》、お物師《裁縫女》役の勤めをせしに、心静かに身を修め、色道は[二]気散じにやみて、[三]南明りの窓を楽しみ、[四]石菖蒲《せきしやう》に目を喜ばし、[五]仲間買ひの[六]安倍《あべ》茶、[七]飯田《いひだ》町の鶴屋《つるや》が饅頭《まんぢゆう》、女ばかりの一日暮し、何の罪もなく、[八]心にかかる山の手の月も曇りなく、「これが仏、[九]常楽我浄《じやうらくがじやう》の身ぞ」と思ひしに、若殿様の御下《した》に召すとて、[一〇]練縞《ねりじま》の裏形《うらかた》《裏模様》に、いかなる絵師か筆を動かせし、男女の交はり、裸身《はだかみ》の肉置《しし》き《肉付き》、女は妖娙《うつく》しき肌《はだへ》を白地《あからさま》になし、跟《きびす》を空《そら》に、指先屈《かが》め、その戯《たはぶ》れ、見るに眩《まばゆ》くなつて、さながら人形とは思はれず《絵に描いただけのものとは》、動

女服制定の始め

一 女の衣服の制定は『続日本紀《しよくにほんぎ》』に元正帝養老三年（七一九）「始《メテ》制《シテ》定《ム》二婦女《ノ》衣服《ノ》様《ヲ》一」とあり、聖武帝天平二年（七三〇）の詔に「自《リ》レ今以後、天下《ノ》婦女改《メテ》二旧《キ》衣服《ヲ》一施二用《ヒヨ》新様《ヲ》一」とある。孝謙帝をいうのは俗伝か。

二 裁縫に気をまぎらして。さっぱりと。

一代女お物師となる

三 南向きの窓辺の明るい日ざしの下で仕事をするのを楽しみ。

四 てんなんしょう科の多年生草本。水辺に自生。初夏、葉間の花茎に黄色の小花を開く。菖蒲《しようぶ》に似て香気がある。葉は剣状で繁茂し、眼の疲れた時や眼病の人が見て楽しんだ。一五六頁挿絵参照。

五 裁縫女の仲間で共同に買い入れた。

六 今、静岡市足久保産の銘茶。

七 今、東京都千代田区九段北一丁目辺。浅草の鶴屋の米饅頭は有名だが、その支店か誤記か。

八 気にかかることは何もなく、山の手に住んでいた、との意。「出づるとも入るとも月を思はねば心にかかる山の端もなし」（『風雅集』夢窓国師）によって

かぬ口から睦言《むつごと》をも言ふかと疑はれ、もやもやと上気《じやうき》して、しばし針箱に靠《よりかか》りて、殿心《とのごころ》[一一]の発《おこ》り、指貫《ゆびぬき》・糸巻も手につかずして、御小袖縫ふ事は外になし《ほったらかして》、うかうかと思ひ暮して《心落ちつかず日を暮し》、まだ可惜夜《あたらよ》[一二]を、今から独り寝も淋《さび》しく、ありこしぬる《過ぎ去った》昔の事、一つ一つ思ふに、我が心ながら《我が心から発したことながら》哀れに悲しく、潸然《なみだぐ》[一三]みしは実《まこと》、笑ふは偽りなりしが、虚実の二[一四]つともに、皆憎からぬ男の事のみ。愛《いと》しさあまりて《可愛さのあまり》、契りの程なく《契りを結ぶとすぐに》、婬酒《いんしゅ》・美食に身を捨てさせ《命を縮めさせ》、長き浮世を短く見せしを《終らせた男もあったことを》、今思へば、うたてし《つらいことであった》。

子細《わけ》ありて思ひ出す程の男も、数ふるに尽きず《数え切れぬ程だ》。世には一生の間に、男一人の外を知らず、縁なき別れ《離縁されて》に後夫《ごふ》を求めず、無常の別れ《死別して》に出家となり、かく身を固めて、愛別離苦[一五]の理《ことわり》を知る女も有るに、我、口惜しき心ざし[一六]、今までの事さへ限りのなきに《ひどすぎたのだから》、是非堪忍と[一七]、心中《決心した》を極めしうちに、夜も曙《あけぼの》になりて、同じ枕[一八]の女傍輩《はうばい》も目覚まして、手づから寝道具を畳み揚げて、一合飯《いちがふめし》[一九]を待ちかね、宵《よひ》の燃杭《もえぐひ》捜

仕立てた。「山の手」は下町に対して、江戸城西方の高台の地。今、文京区（小石川辺）から港区（赤坂辺）にわたる。武家屋敷が多かった。ここでは、気楽で色欲を離れた生活をいう。
九 涅槃《ねはん》の四徳をいう。
一〇 経《たて》は練糸、緯《よこ》は生糸で織った純白光潤《こうじゅん》な絹布。いわゆる縞柄《しまがら》の布ではない。
一一 男恋しい心がきざし。
一二 無為に過ごすには惜しい今夜。
一三 真実の恋に泣き、たわむれの恋に笑ったが。
一四 うそにしろまことにしろ、共に皆恋しい男に関しての事ばかり。

愛欲押えがたく宿下り

一五 仏教でいう八苦の一。愛する者と別れる苦しみ。
＊「女の一生に男は一人」という考えは、『西鶴諸国はなし』（巻四の二）、『好色五人女』（巻二の四）などに繰り返し述べられている。
一六 愛欲に振り廻される気持をいう。
一七 ここは何としても我慢しようと。
一八 枕を並べて寝ていた。
一九 当時の扶持米（支給米）は一日男五合（約〇・七キロ）女三合（約〇・四三キロ）であった。

して〔火をつけ〕、煙草はしたなく《品悪く》呑《の》み散らし、誰に見すべき姿にもあらぬ《その姿を見せる男もあたりにはいないので》黒髪の乱れしを、そこそこに取り集めて《いい加減に束ねて》、古元結かけて、忙し[一]業《わざ》に歪《ゆが》むも構はず、鬢水《びんみづ》[二]を捨つる時、窓の呉竹《くれたけ》の陰より覗《のぞ》けば、長屋住居《ずまひ》[三]の侍衆《さぶらひしゅ》に召し使はれし中間《ちゅうげん》[四]と見えしが、朝の買物、芝肴《しばざかな》[五]を籠《かご》に入れ、片手に酢徳利《すどくり》・付け木[六]を持ち添へ、人の見るをも知らず、立ちながら紺《こん》[七]のだいなしの褄《つま》を捲《ま》くり上げて、逆手《さかて》に持ちて、小便《しと》をする。

武家屋敷内で物縫う女たち

音羽《おとは》[八]の滝の如く、溝石《みぞいし》を倒《こ》かし、地の掘るる事、思ひの淵《ふち》[九]となりて、「ああ、あの男め、可惜鑓先《あたらやりさき》を都の島原陣[一〇]の役にも立てず、何の高名《手柄も》もなく《立てず》、そのままに

一 せわし紛れに。
二 髪の乱れをととのえる為に用いる伽羅油《きゃらあぶら》又はさねかずらを刻んで浸した水。鬢水入れに入れる。
三 諸藩の上屋敷の中に建てられた藩士の住居。
四 武家の奉公人。身分は足軽の下、小者（最下級）の上。短期の奉公人で、木刀一本を差す。
五 江戸芝の海辺（今、埋め立てて、港区芝浦辺）で捕れた磯魚。新鮮で美味。
六 薄い木片の端に硫黄を塗ったもの。火を移しつける。
七 紺無地の筒袖。中間の服装。
八 京都清水寺（一五頁注一四参照）の奥の院の下にある滝。
九 その様子を見て男恋しの思いが深くなって。「淵」は「滝」の縁。
一〇 京都の島原遊里（一四頁注一〇参照）での遊びを、寛永十四、五年（一六三七～三八）の島原の乱になぞらえた。
* 江戸の話の例えに音羽の滝や島原の遊里を不用意に持ち出すところに、一代女の京生れのせいもあろうが、西鶴の江戸に対する馴染みの浅さも見られる。

一一 奉公の契約期間中に。出替りの時期を待たず。

一二 本郷六丁目の裏通り続横町《つづきよこちょう》（今、文京区本郷五丁目）にある借屋。

一三 奉公人が暇をもらって、親元または請人（身元引請人）のところへ帰ること。

一四 諺。一町に三か所。すなわち、間隔の粗《あら》いこと。稀少なこと。ここでは、縫い目のひどく粗いこと。

一五 心中に欲情がきざすが。

一六 常盤橋東詰から東に本町一丁目から四丁目まで。江戸の中心商店街。今、中央区日本橋本石町・室町・本町各二、三丁目。

年の寄りなむ事」を、惜しみ悔みて、忽《たちま》ちにこの事募つて《色欲が盛んになって》、御奉公もなり難く、一一季《き》中《なか》に、病《やまひ》作りて、御暇《いとま》請けて、一二本郷六丁目の裏棚《うらだな》へ一三宿下《やどお》りをして、露路口の柱

に「この奥に万物《よろづ》縫ひ仕立屋」と、張り札をして、それはかりに身を自由に持ちて《色欲を満たしたいばかりに》、「いかなる男なりとも来るを幸ひ《仕立物を頼みに来たら手に入れよう》」と思ひしに、無用の女﨟衆《ぢよらふしゆ》ばかり訪ね寄りて、当世衣装《流行衣装》の縫ひ好み、いやながら請け取りて、一四一町三所《みところ》に絎《く》けて遣《や》りしも、無理なり《無茶なことだ》。

明け暮れ、一五心魂《こころだま》にいたづら起れど、さながらそれとは言ひ難く《そのまま口に出しても言えず》、或る時、思ひ出して、下女に小袋持たせて、一六本町に行きて、我、〔武家に〕勤

一 越後屋の江戸支店は延宝元年（一六七三）に本町一丁目に開店したが、天和三年（一六八三）に駿河町《するが》（今、室町一、二丁目）に移った。
二 公家・武家などの御用商人でもある呉服商。三〇頁注六参照。
三 武士ばかりでなく、一般の失業者もいう。
四 うこぎ科の落葉灌木《かんぼく》。幹は鋭い刺《とげ》を持つ。生垣とする。
五 諸撚糸《もろよりいと》で織った加賀産の高級絹布一反（一五〇頁注六参照）。遊客の褌《ふんどし》や遊女の腰巻にもしたが、ここでは裏地にしたらしい。一二五頁注一四参照。
六 紅絹の片袖分。越後屋は客の望み通りに布地を切売りした。『日本永代蔵』巻一の四。
七 厚く強くつや消しの絹織物。四二頁注一〇参照。
八 この私に情にからまれ。
九 代金のことなど考えないで、品物を渡した。
一〇 九月九日重陽《ちょうよう》の節句の前日は、五節季の一で、重要な決算日。五節季は、他に、三月二日（上巳《じょうみ》の節句の前日）・五月四日（端午《たんご》の節句の前日）・七月十四日（盂蘭盆《うらぼん》の前日）・大晦日《おおつごもり》（年末）をいう。
一一 下が引出しになっており、その上に硯が掛けてあるもの。
一二 大黒鼠ともいう。大黒天の使いであり、ちゅうと鳴くゆえ、主家に忠実な番頭をたとえる。

めし時、屋形へお出入り申されし、[一]越後屋といへる[二]呉服所《ごふくしょ》に尋ね寄りて、「自《みづか》ら、[三]浪人の身となり、今程は《ただ今は》独り暮せしが、内には猫もなく、東隣は不断留守、西隣は七十余りの婆《ばば》、然《しか》も耳遠し、向ひは[四]五加木《うこぎ》の生垣にて人《人け》切れなし。あの筋の屋敷へ《あの道筋の武家屋敷へ》、商ひにお出でならば、必ずお寄りなされて、休みてござれ」と申して、[五]諸加賀半疋《もろかがはんびき》・[六]紅《もみ》の片袖・[七]龍門の帯一筋取りて行く。棚商ひに掛けは固くせぬ事なれども《店頭販売に掛売りは固く禁止されていることだが》、[八]この女に絆《ほだ》され、若い口からいやとは言ひかねて、[九]代銀の頓着《とんぢゃく》なしに、遣《つか》はしける。

堅物の番頭をまるめ込む

その程なく、[一〇]九月八日になりて、「この売掛け《売掛代金》取れ」など言ひて、十四五人の手代、この物縫ひ屋へ行く事を争ひける《行きたがった》。その中に、年構へなる男《年輩の男》、恋も情けも弁《わきま》へず、夢にも十露盤《そろばん》、現《うつつ》にも[一一]掛硯《かけすずり》を忘れず、京の《〔本店の〕》旦那の為《ため》に[一二]白鼠《しろねずみ》といはれて、[一三]大黒柱に寄り添ひて、人の善悪を見て《人柄のよしあしを見分けて》、その賢さ又もなき人なるが、各《おのおの》が沙汰するを聞きてもどかしく《若い手代どもが言い争うのを聞いてじれったく》、「その女の掛銀は、我にまかせよ。済まさずば《支払わなかったら》、首引き抜いても取つて帰らん」と、怺《こら》へず《我慢できず》、尋ね行きて、荒けなく言葉をあらせば《荒々しく言いののしると》、かの女、騒ぐ気色《けしき》もなく、「少しの事に、遠く歩ませまして、近頃《大変に》近頃迷惑なり《お気の毒》」と、言ひも敢《あ》へず、[一四]梅返しの着る物を脱《ぬ》ぎて、「物好きに染めまして《私の好みのままに》、昨日今日、二日ならでは、肌につけず、帯もこれなり」と、投げ出し、「さし当りて《今急に》、銀子《ぎんす》もなければ、御《ご》[一五]不請《ふしやう》ながらこれを〔持ち帰ってください〕」と、涙ぐみて、丸裸になつて、紅《くれなゐ》の二布《ふたの》ばかりになりし。

その身の麗しく、白々と肥えもせず痩《や》せもせず、灸《きう》の跡さへなくて、脂《あぶら》ぎつたる有様を見て、随分物堅き男、[一六]じたじたと震ひ出し、「[一七]そもやそも、これが取つて帰らるる物か。風がな引かうと思うて《風邪でも引こうかと心配で》」と、かの着る物を取りて着するを、早や《はやくも》女手に入れて〔男を〕《ものにして》、「[一八]神《しん》ぞ、情け知り様《さま》」と、もたれかかれば、この親仁《おやぢ》[一九]そそり出して、[二〇]久六呼びて、[二一]挟箱《はさみばこ》を明けさせ、[二二]細銀《こまがね》五匁四五分抓《つか》み出し、「これを汝《なんぢ》に取らするなり。[二三]下谷《したや》通に行きて、[二四]吉原を見て参れ。しばらくの隙《ひま》を出す」

一三 家を支える中心の柱。中心人物であることをほのめかす。「鼠」と「大黒」は縁語。

一四 梅染の裏地を袖口や裾など表に折り返して縫った着物（二四頁注四参照）。「梅染」は、梅の心材の煎《せん》じ汁で藁《わら》の灰汁《あく》を媒染剤に染めたもの。赤みがかった薄茶色。肌の温《ぬく》もりも冷めぬまま、裏を外にざっと畳んで、男に突きつけたところに、この女の手管がある。

一五 おいやでしょうが。お気の毒ですが。

一六 湿っているさま。又は、たじろぐさま。ここでは後者。たじたじ。

一七 一体全体。何が何でも。

一八 もと神に誓う言葉。神かけて。誓って。本当に。

一九 そわそわして。浮かれ出して。

二〇 下男などの通名。

二一 衣類などを入れて運ぶ箱。一一七頁挿絵参照。

二二 豆板銀。小額銀貨のこと。六〇頁注一五参照。

二三 今、台東区上野四、六、七丁目から下谷一、二丁目を経て竜泉一丁目の大音寺前から吉原へ行く道があった。

二四 新吉原の遊里。元吉原（元和三年〔一六一七〕市内に散在する遊女町を集めて開基。今、中央区日本橋堀留町・富沢町・浪花町・人形町・芳町辺）から、明暦三年（一六五七）日本堤下三谷《さんや》（今、台東区千束三、四丁目）に移る。

と言へば、久六、胸轟《とどろ》かし、更に真実《まこと》とは思はれず、赤面して、お返事も申しかねつるが、やうやう合点《がってん》ゆきて、さてはこの人、遣り繰りの間（女と密会の間）、我を邪魔とや、日頃の細かさ（平生けちな人に）、ねだる折を得て（今こそねだる機会と）、「いかにしても、[一]分里《わけざと》へ、木綿《もめん》褌《ふんどし》にてはかかられず[二]」と言ふ。「さもあるべし（それもそうだろう）」とて、[三]日野絹の幅広を、[四]中積《ちゅうづも》りにして、取らせければ（与えたところが）、端（端を）縫ひなしに（縫いもしないで）、先づかきて（褌に締めて）、心の行くにまかせて走り出でける。

その後《あと》は、戸に掛金《かけがね》、窓に菅笠《すげがさ》を蓋《ふた》して、媒《なかだち》もなき恋を取り結びて、その後《のち》は、欲徳外になりて（〔男は〕経済観念をなくして私に夢中になり）取り乱し、若気の至りとも申されず、江戸棚（江戸支店）散々にし[五]惚《ほ》うけて、京へ上されける（京本店に移された）。女も、御物師と名に寄せて（という名にかこつけて）、あなたこなたの御気を取り（男の御機嫌を取り）、[六]一日一歩に定め、（〔供の者に〕）針箱持たせて行きながら、終《つひ》にそれは（縫物は）せずして、[七]手をよく世を渡りけるが、これも[八]尻《しり》を結ばぬ糸なるべし。

一 遊里。四九頁注一二参照。
二 取り掛れない。行きかねる。「かかる」は褌を「かく」の縁。
三 今、滋賀県蒲生《がもう》郡日野町辺原産の絹織物。当時日野絹と呼んだのは、多くそれと地質の似た上州絹（今、群馬県藤岡市辺産）のことであった。幅九寸（約三四センチ）。幅広というのは幅一尺一寸五分（約四三・六センチ）くらい。夜着蒲団地または下帯地とする。
四 おおよその見当で。「積る」は計算する、の意。
五 仕損ねる。しくじる。
六 一日金一歩に売色値段を決めて。
七 縫物が上手だ、との意から転じて、ここでは、うまい手段で、要領よく、の意。
八 諺。端を結ばないで縫う糸。後始末をちゃんとせぬこと。締りのないこと。こんな生活もどうせ満足な結果をもたらさないだろう、との意。
＊ この章は、「この女」「かの女」「女」などと主語が使われ、客観的記述になっているところが多い。

屋敷琢《みが》きの渋《しぶ》り皮

時花《はや》ればとて、今時の女、[九]尻桁《しりげた》に掛けたる[一〇]端紫《はしむらさき》の鹿子帯《かのこおび》、目に沁《目につき》み渡《すぎて》りて、さりとては、いや風《いやな感じ》なり。自《みづか》らも、寄る年に従ひ、身を《身を落》持《して》ち下げて、茶の間女となり、一年切り《一年の年季で》に勤めける。不断は下《した》に洗[一一]ひ小袖、上に木綿着る物になりて、[一二]御上台所《かみだいどころ》の御次《次の間》に居て、見え渡《日常使用の》りたる諸道具を取《と》り捌《さば》きの奉公なり。[一三]黒米《くろごめ》に[一四]走らかし汁《じる》に朝夕送れば、いつとなく艶《つや》らしき形を失ひ、我ながら、かくも亦《また》采体《とりなり》卑しくなりぬ。

　されども、[一五]藪入《やぶい》りの春秋を楽しみ、宿下《やどお》りして、隠し男に逢ふ時は、[一六]年に稀《まれ》なる織姫の心地して、裏の御門の[一七]棚橋《たなばし》を渡る時の嬉《うれ》しさ、足早に出て行く風俗も、常とは仕替へて《平常着とは着替えて》、[一八]黄無垢《きむく》に[一九]紋縞《もんじま》を[二〇]一つ前に

九 尻のこと。桁は接尾辞。帯を尻に掛けるようにずり下げて結ぶこと。
一〇 端だけを紫色の鹿子絞りにした帯。
一一 洗いざらしの古小袖。
一二 殿様や奥方の食事を調理する台所。
一三 玄米。
一四「走らかす」は煮立たせる意。ざっと煮立たせただけで手軽に調製した汁。

一代女茶の間女となる

一五 一月と七月の十六日、もしくはその前後の一日二日、召使が主家から暇をもらって、家に帰り又は遊びに出掛ける。
一六「あだなりと名にこそたてれ桜花年に稀なる人も待ちけり」(『伊勢物語』十七段)による。年に一度七夕《たなばた》の夜に彦星に逢う織姫のような気持がして。武家の奥勤めの女中は、平生男の顔も見ることができなかったこと、三四頁九行目参照。
一七 板を棚のように並べた仮橋。七夕の夜織姫を渡す為に翼を並べた鵲《かささぎ》の橋に比す。
一八 表裏共に黄色の無地の中着。一一四頁注四参照。

楽しみは春秋の藪入り

一九 奥州産の厚手の絹織物。花や唐草模様がついている。
二〇 上着と中着と前を一つに重ねて着ること。伊達《だて》な風。三七頁注一八参照。

供に連れた中間の思わく

重ね、紺地《こんぢ》の[一]今織後ろ帯、それが上を[二]小取り廻《ま》しに、紫の[三]抱帯《かかへおび》して、髪は[四]引き下げて、[五]匕元結《はねもとゆひ》を掛け、額際《ひたひぎは》を[六]火塔《くわたふ》に取つて、[七]置き墨濃く、[八]奇特頭巾《きどくづきん》より目ばかり現し、年構《年輩の》へなる中間《ちゆうげん》に、[九]継ぎ継ぎの袋を持たせり。その中《うち》に、[一〇]上扶持《うはぶち》はね三升四五合、[一一]塩鶴《しほづる》の骨少し、[一二]菓子杉《すぎ》重《ぢゆう》の殻《から》までも取り集めて、[一三]小宿の嬶《かか》が機嫌取りに、心を付くるもをかし。

一代女茶の間女となり中間を供に藪入り

[一四]桜田の御門を通る時、我、袖より端銭《はしたぜに》取り出し、召し連れし親仁《おやぢ》が今日の骨折思ひ遣《や》られて、「僅《わつ》かなれども、煙草なりとも買うて呑《の》みやれ」と、差し出しけ

一 京都西陣から織り出した模造品の金襴《きんらん》。
二 取り廻しよく。気の利いた風に。きりりと。
三 外出の際、着物の裾をたくしあげるために用いる腰帯。一二九頁挿絵参照。
四 髷《まげ》の根を低く結うて。一五〇頁注一参照。
五 中に針金を入れて、結んだ先がはね上がるようにした元結。九二頁挿絵参照。
六 上が狭く下が広い方形の火燈という燈火具に似た額口。

火塔口
〔女用訓蒙図彙〕

七 又、際墨《きわずみ》。菰《まこも》の芽の中にある黒煤か、菰の茎を陰干しにしたものを焼いて灰にして油を混ぜたもので、額口を濃くくっきりと描くこと。眉を描くことにもいう。
八 目のあたりだけ出した黒覆面。一二九頁挿絵参照。
九 小切れを継ぎはぎにしたしゃれた袋。
一〇 主人の飯米をごまかした三升四、五合（約四・九〜五キロ）の貯え。膳部の関係者には色々の役得があったが、一代女もそれに関係したか。
一一 塩漬にした鶴の肉付きの骨。骨は黒焼にして血の道その他の薬ともする。
一二 杉の薄板で作った菓子折。
一三 密会宿。一〇二頁注一二参照。
一四 江戸城内郭門の一。外桜田門。城の西南内堀内にある。皇居から千代田区霞が関に通じる衢《しょう》に当る。

るに、「いかにお心《御祝儀》付けなればとて、思ひも寄らず。下され[一五]ました御同然。私事は、主命[一六]なれば、御供仕《つかまつ》りませねば、外に水汲《く》む役あり。更に御心に掛け給ふな」と、下々《したじた》には奇特《きどく》《感心な》なる道理を申しける。

それより、丸の内[一七]の屋形屋形《武家屋敷》を過ぎて、町筋《町家の通り》にかかり、女の足の捗《はかど》らず、心せはしく縹《たど》[一八]り行くに、この中間、我が小宿の新橋[一九]へは連れ行かずして、同じ所を四五返《へん》も、右行左行《びらりしゃらり》[二〇]と、連れて廻《まは》りけれども、町の案内《地理》は知らず、うかうかと歩《あり》きて、うち仰《あふ》のきて見れば、日影も西の丸[二一]に傾《かたぶ》くに驚き、気を付け見るに、召し連れし親仁《おやぢ》、何

一五 頂戴致しましたも同様でございます。

一六 主命だからお供をしているので、でなければ。

一七 江戸城東外堀内一帯の地。大名屋敷が多かった。今、千代田区皇居外苑・大手町・丸の内・有楽町辺。

一八 この振り仮名、原本は「たより」。一八頁三行目に「たどり」とあるのに従った。

一九 芝口橋（新川に架けた橋）辺。今、中央通の中央区銀座八丁目と港区新橋一丁目の境辺。

二〇 目立つ身振りの形容語。びらしゃら（一六〇頁注一二参照）の類。

二一 江戸城本丸の西方にあって、前将軍や世継ぎが居住した。今、千代田区千代田。「日影も西に傾く」に「西の丸」を掛ける。

やら物を言ひ掛りたき《言い掛けたい素振り》風情、皺《しわ》の寄りたる鼻の先に現れし。さては
と、人の透き間[一]を見合せ、[二]釘貫木《くぎぬきこ》隠《がく》れにて、かの中間耳近く《の耳元で》、「我
等に何ぞ用があるか」と、小語《ささや》きければ、中間嬉《うれ》しさうなる顔付き
して、子細は語らず、[三]破鞘《われざや》の脇指《わきざし》をひねくり廻《まは》し、「君の御事なら
ば、それがしめが命惜しからず、国方《国元の妻》の婆《ばば》が恨みも顧みず、七十二
になつて、嘘《うそ》は申さぬ。大胆者《横着者》と思し召《おぼ》さば、[四]それからそれまで。
[五]神仏は正直、[六]今まで申した念仏が無になり、人様の[七]楊枝《やうじ》一本、[八]それ
はそれは違《ちが》ようとも思はぬ」と、[九]上髭《うはひげ》のある口から、長言《ながこと》言ふ程こ
そ、をかしけれ。
「そなた、我等に惚《ほ》れた、といふ一言《いちごん》にて済む事ではないか」と言
へば、親仁《おやぢ》潸然《なみだぐ》みて、「それ程、人の思はく推量なされましてから《思うところを推量なさっていながら》、
[一〇]難面《つれな》や、人にべんべんと《だらだらと》口説《くど》かせられしは、聞えませぬ《ひどすぎます》」と、無理
なる恨みを申すも、早や憎からず、律義《りちぎ》千万《せんばん》なる年寄りの思ひ入れ《執心》
も痛ましく《かわいそうで》、移り気になつて《出来心を起して》、〔目的の〕小宿に行けば、したい事するに、そ

一 人通りの絶え間を見はからい。
二 「釘貫」は町境の木戸のこと。通常亥《い》の刻（標準時刻で夜十時）に締めて卯《う》の刻（朝六時）に開く。その陰で。
三 鞘の破れたのを繕った脇差。
四 それまでのこと。やむをえない。
五 「神は正直」とも「神は見通し」ともいう。自誓の語。神に誓《ちか》って。
六 長年称えた念仏が無効になっても。これも自誓の語。
七 打ち楊枝。房楊枝。歯磨楊枝。四寸（約一二センチ）から六寸（約一八センチ）くらいの木の先を打ち砕いて房のようにした歯磨用具。
八 決してごまかそうとは思わない。
九 口の上のひげ。
一〇 薄情や。

女の気紛れ

一一 数寄屋橋門から江戸城外堀（今、千代田区有楽町二丁目から中央区銀座五丁目の間）に架けた橋。「河岸端」はその外堀に沿うた河岸の地。今、銀座五丁目。
一二 うどん・そば・飯などを煮て売る店。一二九頁挿絵参照。
一三 梯子段《はしごだん》。階段。
一四 渋紙で壁の裾《すそ》を張り巡らしてあり。
一五 あやしげなところ。
一六 うんざりする程。
一七 一向に事がはかどらず。
一八 あわてるな、落ち着け、の意だが、一二九頁一四行目に「日影も西の丸に傾《かたぶ》くに驚き」とあるに対照して、一代女の焦慮・狼狽《ろうばい》があざやか。
れを待ちかね、数寄屋橋《すきやばし》[一一]の河岸端《かしばた》なる煮売《にう》[一二]り屋に、恥を捨てて駆け込み、「饂飩《うどん》少し」と言ひさま、亭主が目遣《めつき》ひ見れば、階《はし》[一三]の子《こ》教へける。

二階に上がれば、内儀が「お頭《つぶり》、お頭」と気を付けけるに、何事ぞと思へば、軒低うして、立つ事不自由なり。畳二枚敷の所を、渋[一四]紙にて囲《かこ》ひ、片隅に明り窓を請けて、木枕二つ置きけるは、今日に限らず、曲物《くせもの》[一五]と思はれける。

思わぬ不首尾

かの親仁《おやぢ》に添臥《そひぶし》して、嬉しがりぬる事を、限りもなく、気の尽き[一六]ぬる程語りぬれども、身を竦《すく》めて上気する折ふしを見合せ《のぼせるその時を見はからって》、固い帯の結び目なりと、解きかけぬれば、親仁少しは浮かれて、「下帯む《汚い》さきと思《おぼ》し召すな、四五日後《あと》に洗ひました」と、無用の言分《いひわけ》をかし。耳捉《とら》へて引き寄せ、腰の骨の痛む程撫《な》で擦《さす》りて、もやもや仕掛けぬ《興奮の体でもちかけたが》れども、さりとは[一七]不埒《ふらち》、かくなるからは、残り多く《ここまでくると片付かぬのが残念で》、[一八]「まだ日が高い」と、言うて聞かして、脇《わき》の下へ手を差し込めば、親仁《おやぢ》むくむく

一 諺。昔は剣だったものが今は菜切り包丁にしか使えない。衰え廃ったことをいう。
二 諺。折角の好機に会いながら、その望みを達することの出来ないことをいう。
三 煮売り屋の亭主。茶屋は誤記。
四 月代《さかやき》を広く剃り、鬢《びん》を細く、髷《まげ》を小さく低く結うた頭つき。糸鬢後下《いとびんあとさ》がりといって、伊達《だて》な髪風。
五 若衆髷（二四頁注一二参照）のこと。十四、五歳までの髪形。

剃り下げ頭
〔人倫訓蒙図彙〕

逢引宿のあわただしさ

六 色事とははっきりわかって。奴と草履取（ともに武家の卑職）の男色関係。
七 ねじ袱紗ともいう。袱紗をねじって金銭などを入れる。
八 小額銀貨。六〇頁注一五参照。
九 諺。事実でないことに疑いをかけられること。ここは、不首尾を思い遂げたかのように疑われたこと。
一〇「河岸端」に「穴の端」を掛け、「穴」は墓穴に女陰の意をこめる。女に接して遂げられなかった老中間に私（一代女）は人生のはかなさを感じながら河岸端を行く、の意。

人生無常

一一「あり様」ともいう。下賤の者の使う二人称。お前さんの可愛がってくださった。

と起き上がるを、「首尾か」と待ちかねしに、「一昔の剣《つるぎ》今の菜刀《ながたな》、二宝の山へ入りながら、空しく帰る」と、古いたとへ事言ひさま、帯するを引き倒《こ》かし、なんのかの言葉重なるうちに、三茶屋の阿爺《とと》、階子《はしご》二つ目《二段目》に上がりて、「申し申し、可惜《あたら》饂飩《うどん》が延び過ぎますが」と、せはしく言ふにぞ、なほ、親仁思ひ切りける。

下を覗《のぞ》けば、四頭《あたま》剃り下げたる奴《やっこ》が、二十四五なる五前髪の草履取を連れ来て、これも六濡《ぬ》れとは見え透きて、座敷入ると聞えて《入用とわかり》、「さて《それで》こそ」と思はれ《催促するのだ》、七ひねり袱紗《ぶくさ》より八細銀《こまがね》取り出して、丸盆の片脇《片隅》に置きて、「忝《かたじけ》ならうござる」と、そこそこに言ひ立ち《急いで礼を言って立ち去ったが》、いまだ門《かど》へも出ぬに、「今の親仁めは、夢見たやうなる仕合《しあは》せ、広い江戸ぢや」と、〔煮売り屋の主客が〕大笑ひする。

「九痛うもない腹探られて、口惜しや。何事も若い時、年寄りてはならぬ《うまくゆかぬ》物ぞ。親仁も科《とが》でない《責任はない》」と、一〇穴《あな》の端《はた》近き無常観じ行くに、新橋の小宿に入りて、「何事もござらぬか《変ったことはないか》」と言へば、「一一あれ様のかはゆがりやつたこちのお亀《かめ》が、冬年《去年の冬》、二三日煩《わづら》うて死んだが、小母《をば》は小母はと、そなたの事を、息引き取るまで言うた」と、泣き出す。「まだ男心を知つた子ではなし。[一二]ままでござる。おれは、そんな事はた[一三]またまの隙《ひま》に聞きには来ませぬ。[一四]先度《せんど》逢《あ》うた[一五]歩行《かち》の人より若い男はござらぬか」。

泉州堺にて中居奉公

栄《え》耀《えう》願ひ男

女ながら、[一六]渡り奉公程をかしきはなし。我、久々《ひさびさ》江戸・京・大坂の勤めも、[一七]秋の出替りより、泉州堺《さかひ》に行きて、「この所にも住まば、又、珍しき事もや」と思ひ、[一八]錦《にしき》の町の中浜《なかばま》といふ西側に、[一九]人置きの善九郎といへる有りしに、この許《もと》に頼み居て、一日[二〇]六分《ろくふん》づつの[二一]集礼《しゆらい》せはしく、日数を経《ふ》るうちに、[二二]大道筋《だいだうすぢ》の何某殿《なにがしどの》の御隠居とかや、中[二三]

一二 どうなろうとかまわない。
一三 たまの外出の機会に。
一四 この前の藪入りに。
一五 徒士《かち》。武家の供先の警備を職掌とする軽輩の士。譜代も臨時雇いもある。装飾だから大男を選ぶ。

歩行
〔人倫訓蒙図彙〕

＊ 章末の薄情らしい口吻《こうふん》に、年に二度しか男に逢えぬ屋敷勤めの女のあせりといら立ちが生々しい。

一六 転々と奉公先を変えて渡り歩くこと。
一七 九月五日。一〇五頁注一二参照。
一八 堺の中央南北の大通りを大道筋といい、その西の通りを中浜通り、それと交わる東西の通りを錦の町という。今、堺市錦之町西一丁。
一九 周旋屋。三一頁注一八参照。
二〇 一分は銀一匁の十分の一。
二一 諸費用。ここでは宿料と食費。「せはしく」はうるさく取り立てられ、の意。
二二 堺市中央部南北の大通り。
二三 中居女の待遇。一一二頁注九参照。

居分にして、御寝間近く、夜の道具の上げ下ろしばかりに、召し抱[一]へられしとて、尋ね来《きた》りて、自《みづか》らを見しより、「これぞ、年の程《年恰好》、外《はづ》[二]れ麗しく、身[三]の取り廻《まは》し、一つとして悪《あ》しき所なく、御気に入り給ふ女房衆《しゅ》なり」と、取替銀《とりかへぎん》[四]も値切らず、そのお家久しき乳母らしき人、喜びて連れ帰る道すがら、早や、我がためになる〔奉公の〕心得を言うて聞かされける。

中居分に雇われ乳母に伴われて奉公先に行く

奉公先の内情を聞く

その顔は憎さげな《醜いが》れども、優《やさ》しき心入《心づかい》れ、「世[五]間に鬼はなし」と、嬉しく、耳を澄まして聞くに、「第一、内方《うちかた》[六]は悋気《りんき》深し。母屋《おもや》[七]の若い衆と物言ふ事も嫌ひ給

一 召し抱えられるのだ、の意。過去の助動詞は現在や未来の強意に用いられることがある。例えば九七頁一二行目「呪《のろ》ひ殺しける」。

二 褄外《つまはず》れのこと。様子。

三 身のこなし。身の処置。

四 前渡し金。給金の中から支払われる前借。一四頁注八参照。

五 諺「渡る世間に鬼はなし」。世の中には親切な人もいるものだ、の意。

六 自宅・住居などの意の外、召使が主家・主人、特にお内儀を指していう語。この場合はお内儀の意だが、一三六頁六行目の「内方」は当家の意。あと（一三六頁一一行目）でこのお内儀を指して「御隠居様」とも言うが、「内方」「隠居」共に、女とは限らぬ曖昧《あいまい》な表現で、そこに乳母の配慮があり、一代女の誤解の因があった。勤め先に着いて初めて「上様《かみさま》」（一三七頁注一七参照）とわかるのである。

七 店の手代。

ふなり。それゆゑ、人の情けらしき《人の色恋の噂》噂《うはさ》は、申すまでもなし、鶏の[八]分《わけ》もなき事も、見ぬ顔をするぞかし《したがよい》。[九]法花宗《ほつけしゆう》なれば、仮にも念仏を申さぬがよし。首玉の入りし《首輪をつけた》白《しろ》

猫《ねこ》、御秘蔵《ごひさう》なれば、たとへ、肴《さかな》を引くとても、追はぬ事なり。[一〇]表《おもて》の奥の[一一]大きに出られて、[一二]横柄《わうへい》なる言葉は、[一三]尻《しり》に聞かし給へ。初めの奥様の召し連れられし、しゆんといふ腰元めを、奥様[一四]時花風《はやりかぜ》にてお果てなされました後、旦那《だんな》物好きにて〔後妻にされた〕。あれが好《よ》い女でもあれば別だが《別だが》なり、今は、成り上がり者の癖《くせ》に、我儘《わがまま》をぬかして、[一五]乗物に重ね蒲団《ぶとん》、腰の骨が折れぬが不思議」と、散々に訕《そし》り行く。[一六]耳の役に聞く程をか

八 馬鹿げたこと。交尾。三三頁注一二参照。
九 法華宗と念仏宗の信者は、特に仲が悪かった。
一〇 母屋《おもや》にいる当主の奥様。
一一 尊大に構えて。大きな顔をして。
一二 偉そう振った。
一三 よい加減に聞き流しなさい。
一四 流行性感冒。
一五 自家用の乗物。二七頁注一二参照。
一六 耳があるので聞いていると、大変に面白い。諺に「耳は聞き役目は見役」というのがある。

しや[illegible]
「[illegible]余所《よそ》は皆、二赤米《あかごめ》[illegible]れども、こちは三播州《ばんしう》の天守米《てんしゅまい》、味噌《みそ》も入
[illegible]聟殿《娘の嫁入り先の酒屋から》が酒屋にて[illegible]る。毎日、四湯風呂《ゆふろ》は焚《た》く、その身《自分が》無精で
[illegible]損。五大節季《おほぜつき》に一門[illegible]から寄る餅《届けられる餅も肴も》なら肴物なら、それはそれは《〔大変なもので〕》、
[illegible]けれども、六大小路《おほせうぢ》[illegible]つて南に、こちの銀借らぬ者は一人もな
し[illegible]れから二町行きて七鬼門角《きもんかど》も、内方《当家から出た元手代》から出た手代衆。こなた、
八住[illegible]祭りを、見さしや[illegible]た事が有るまい。長い事ぢやが《まだ大分間があるが》、その時
は、[illegible]まつて宵宮《よみや》《前夜祭》から、[illegible]内《うち》行く所がある。それより《そんな遠い話より》、追つ付け《やがて》、
九湊《みなと》の藤見に、大重箱に南[illegible]を敷きて、赤飯山のやうにして、行きま
す。とても奉公をする身《どうせ勤める身なら》[illegible]、こんな内方《主家》に居ますが仕合せ、この内
から世帯持つて出ようと《世話してもらって嫁入りしよう》[illegible]はしやれ。只《ただ》、御隠居様お一人の御気に
入りて、何事を仰せられま[illegible]とも、少しも背《そむ》かず、内証《内部の事情》の事、一〇努々《ゆめゆめ》
外《そと》へ洩らし給ふな。もつとも、[illegible]年寄られたれば、物事気短なれど
も、それは水の一一出端《でばな》の如《ごと》く、跡も[illegible]く《すぐ跡もなく》、御機嫌直るなり。随分御心

一 朝夕の食事。食事は一日五合を二食が定めであったが、明暦（[illegible]）前後から中食を加えて三食となり、夜勤に対しては夜[illegible]。
二 シナ伝来の品種。大唐米《たいとうこめ》とい[illegible]い。九州に多く産す。早稲。下等米。
三 「天守米」は、事有る時に大名の食用として天[illegible]櫓《やぐら》に貯え置く米の払い下げと称して売り出された高級米。播州（今、兵庫県）明石・姫路・竜野の天守米は、大阪諸蔵米の中では最上に格付けされていた。
四 蒸風呂・塩風呂などに対し、水を沸かしただけの風呂。水風呂とも言い、据風呂《すえふろ》とも訛《なま》る。茶の湯の風炉《ふろ》に似せて、下部に焚《た》き口を設ける。
五 大晦日《おおつごもり》。年に五度の決算日を五節季（一二四頁注一〇参照）というが、大晦日はその最大のものとして、大節季という。
六 堺市中央部東西の大通り。
七 十字路の東北角の家。角家は家格が高い。
八 今、大阪市住吉区住吉町の住吉神社の御祓祭《はらいまつり》。陰暦六月晦日。この日神輿《みこし》は住吉から今、堺市宿院町東二丁の御旅所《おたびしょ》まで渡御する。
九 今、堺市東湊町・西湊町。「湊の藤」は不明。「金光寺の藤」が有名。
一〇 決して。内証を外へ洩らさぬということは、巻三の四（一〇五頁六行目）にもあった。
一一 事の始めの勢いの盛んなことをいう。

に叶《かな》ふやうにし給へ。人は知らぬ事、一二隠居銀《いんきよがね》大分ござれば、明日《あす》で
も目を塞《ふさ》ぎ給はば、いかなる果報にかなるべし《どんな幸運が舞い込むかもしれぬ》。も早、七十に及び、
身は皺《しわ》だらけにして、先の知れたる年寄り、何を言うても、一三心ばか
り。馴染《なじ》みはなけれど、そなたをいとしさに《あなたをいとしく思うので》〔と〕」、万事《よろづこと》を底叩いて語
りける《すっかりさらけ出して》。

ざらりと聞いて合点して《あらあら聞いて納得して》、「そんな年寄り男は、この方《はう》のあしら
ひ一つなり《取扱い一つで[illegible]でもなる》。縁あつて年を重ねば、透《す》き間を見て、脇《他に》に男を拵《こしら》へ、
腹が難しうなりなば、その親仁様《おやぢ》の子に被《かづ》けて《押しつけて》、御隠居の一四跡を我《自分の》が
物に書き置きさせまして《物になるように遺言を書かせまして》、末々世渡り《後はそれで生活しよう》」と、分別《考えを決めて》落ち着けて行く程
に、「さあ、ここぢや。はひり給へ」と、乳母先に立ちて入りける。

一五中戸《なかど》に、草履ぬぎて、一六広敷に廻《まは》りて、腰掛けけるに、年は七十ば
かりにて、なる程堅固に見えし《いかにも丈夫》一七上様《かみさま》、出でさせ給ひ、我が姿を穴の
明く程見させ給ひ《熟視して》、「どこも尋常にして嬉しや《不足なくて》」と、仰せける。「これ
は、思うたと各別《大変な》の違ひ、上様《かみさま》への奉公ならば、来《こ》まいもの」と悔

一二 隠居する時、家産の中から分割した隠居料。

一三 心に思うだけで何も出来ぬ。後のしつこい御隠居のたわぶれの伏線。それに閉口して逃げ出した女が何人もあったろうので、乳母は一代女に必要以上の親密ぶりを示したのである。

一四 跡式。遺産。動産・不動産とその家名のもつ一切の権利。

当て外れの奉公

一五 商家の店と家族の住む奥との間の通路の戸。

一六 台所の上り口。半分を仕切って畳と板の間にしてある。八六頁挿絵参照。

一七 江戸では若い女にもいうが、上方では年寄った女の敬称。

しかれども、情けらしき《情け深そう》御言葉に、「半季《半年》の立つは、今の事《すぐのこと》。この浦《地》の塩[一]をも踏んだがよい」と、ここに心を留めける《この御言葉に心ひかれ〔て勤め〕た》[二]。表向きは、京に変る事なく、内はせはしく、下男は台唐臼《だいがらうす》[三]、下女は刺し足袋[四]に暇《いとま》なし。惣《そう》じて、仕付《しつ》[五]け方《かた》正しき所なり。

このお家に、五七人も召使の女ありしが、それぞれの役有り。自《みづか》らはかかり隙《ひま》あり顔に、様子を見合せけるに、夜に入りて、「お床を取れ」と有りける。これまでは聞えしが《理解できたが》、「上様《かみさま》と同じ枕に寝よ《一緒に寝よ》」とは、心得難し《理解しがたい》。これも、主命なれば、いやとは言はず。「お腰など撫でさすれ」かと思へば、さはなくて、我を女にして、お主《ぬし》様は男になりて、夜もすがらの御調謔《たはぶれ》、さても、気の毒なる《迷惑な》めにあひぬる事ぞかし。

浮世は広し、さまざまの所に勤めける。この上様《かみさま》の願ひに、「一《ひと》度《たび》は女の《浮世には》世に男と生れて、したい事を《〔したい〕》」と、仰せける。

一 諺「塩を踏む」。世の中の苦労を経験する。「浦」の縁でこの諺を用いた。
二 当時京も王城の地の住人らしい豊かな見せかけとは違って、内情は相当に切り詰めた生活であったが、堺の大町人も、見せかけは京風に大様ながら、内情は京よりは一層細かく、召使を厳しく働かせた。
三 臼を地に埋めた地唐臼に対して、台をつけて動かぬようにした踏み臼。一三五頁挿絵参照。
四 木綿足袋の畝《うね》刺し。一〇一頁注一九参照。
五 召使の訓練のきちんとしたところ。

絵入

好色一代女

五

巻五

[一]打ち洩らされの大臣
[二]悪いは知りながら
[三]折ふしは八坂へ
[四]上がり湯もぬるい女
かかる迷惑なれど
[五]垢《あか》掻かす背中に　腹を替へて
[六]丸尽しの
扇　[七]大方似せを
つかます女
[八]仕切りあつて
出舟までの
情け女

一 島原の遊里を島原の軍陣に掛け（一二二頁注一〇参照）、島原の戦に打ち洩らされて、抜け出した、という意から、島原の馴染みの太夫の目を盗んで茶屋遊びする大尽に転じた。この類は巻二の二にも見られる。

二 隠れ遊びは太夫に悪いの意と、茶屋女の質の悪いの意に掛けた。

三 時には八坂（今、東山区円山町の円山公園の南から清水坂辺りまでの称）へ茶屋女相手の遊びに行く。

四 風呂の上がり湯にぬるい湯を浴びるのは気持がよくない如く、鈍な風呂屋女を相手に遊ぶのも面白くないが。「ぬるい」は、湯の熱くない意に、女の頭の働きの鈍い意を掛け、「かかる」は、湯にかかる意と、女の相手になる意を掛ける。

五 諺《ことわざ》「背に腹は替えられぬ」（大切なことの為には他の損害は顧みるゆとりのないこと）を逆用して、背中の垢を流させる風呂屋女を相手に色遊びをする意。

六 当時の小袖や帯に「丸尽し」という流行模様があり、いくつかの丸を描きその中に十二支・大小・いろは・数字・絵模様などを入れる（『好色五人女』巻二の三）。扇面にもこの類の模様を描いたか。

七 たいていは安物の扇を高く売りつける女。

八 仕切金。取引決算の支払金。その金を目当てに、問屋に逗留《とうりゅう》の客の出発までの間情を交わす女。

好色一代女　巻五

目　録

石《いし》垣《がけの》恋崩《こひくづれ》[九]

〽京[一〇]といふ気色《けしき》ここなるべし
大鶴屋[一一]　海老《えび》屋　山屋
姫路屋　胡桃《くるみ》屋
二階[一二]の色弾きて騒ぎ踊り　このこの
やつこのやつこのこの女

小《こ》歌伝受女《うたのでんじゆをんな》[一三]

〽西[一四]の板付き[一五]に聞い[一六]たお声
ざつと一風呂浮名の《ざっと一風呂浴びて浮いた噂の》
立たぬうちに
濡《ぬ》れてみてをかしきもの《さらっと遊ぶと面白いもの》
一夜切りに思ひも残らぬ残らぬ

九　京都賀茂川両岸の四条から南の町筋を東石垣《いしがき》町（今、東山区宮川筋一丁目）・西《さい》石垣《せき》町（今、下京区西石垣通）という。茶屋女と称する私娼を置く色茶屋が多かった。「崩れ」は石垣の縁語で、身を持ち崩して石垣町で茶屋女となった、という意。

一〇　京都の見どころはここだといってよい。

一一　以下五軒すべて色茶屋の名。

一二　二階の色遊びに三味線を弾いて騒ぎ踊るこの茶屋女。「やつこのやつこの」は囃子詞《はやしことば》。

一三　和歌の古今伝授三木三鳥の一の呼子鳥を猿という説があるのに掛けて、風呂屋女はあだ名を猿ともいうので、伝授女と洒落《しやれ》た。小歌は風呂屋女の歌う歌。なお、風呂屋というのは、本文に見られるように、風呂屋女という私娼を置いて遊興を兼ねる場所で、男女それぞれに入浴するだけの湯屋（銭湯）とは異なる。

一四　大阪道頓堀に対立する操座《あやつりざ》の、豊竹座を東、竹本座を西という。

一五　幕明きの時初めから舞台に出ている出演者。蒲鉾《かまぼこ》ともいう。

一六　今日の客は竹本座の舞台で聞いた声の主。

美《び》扇《せんの》恋《れん》風《ぷう》

〽一商ひ口のすあひ女
二乱れかかる糸屋もの
三扇屋は裏表《うらおもて》ある心
四隠し絵を
男も合点《夫も見ぬふり》

五濡《ぬれの》問《とひ》屋《や》硯《すずり》

〽六中宿《なかやど》の楽寝
七蓮葉女《はすはをんな》は八知らぬ
身のうへ
紛《まぎ》れものは
異名《いみやう》つけて呼ぶ

一 商売上手のすあい女。「すあひ」は仲買人の意だが、ここでは、呉服の取次商いをする女。

二 色を売る糸屋の売子。「乱れ」は「糸」の縁語。

三 扇に裏表があるように、扇屋の妻となった一代女は客にも夫にも裏表のある心を示した。

四 絵の中に他の絵を目立たぬように描き込んだもの。本文に「隠し絵の独り笑ひ」とあるように、ここでは春画の隠し絵の意。その種の絵を売ることに託して一代女の少々浮気する意をこめた。

五 「濡れ」は硯の濡れに色事の濡れを掛ける。問屋に抱えられた色売る女の話。問屋には売問屋（本問屋）と買問屋(仲買い）があり、本問屋は商品の取扱いを主とし、仲買いは本問屋と生産者または小売商との間に介在して、流通をはかる。ただし、業種により地方によって、この形式は必ずしも整っていない。

六 奉公人の身元引請けの宿でもあり、男女密会の宿でもある。小宿（一〇二頁注一二参照）・人置き（三一頁注一八参照）も似通った機能をもつ。

七 問屋に抱えられて客の身の廻りの世話をする女。売色もした。本文に詳しい。

八 蓮葉女の身の上の実情を世間は知らぬ、という意と、その女どもが我が身の上を、身持ちの怪しげな女として蓮葉女というあだ名で呼ばれていることを知らぬ、という意を掛ける。

石垣《いしがけ》の恋崩れ

一代女茶屋者となる

色勤めにふつふつと《すっかりいやになったが》飽き果てしが、ならぬ時には元《もと》[九]の木阿弥《もくあみ》、胡桃《くるみ》屋の二木《にぼく》[一〇]が遣《や》り繰《く》りを見習ひ、身をそれになして、都の茶屋者とはなりぬ。又、脇明《わきあ》[一一]け着る事もいやながら、小作りなる《小柄な》女の徳は、年は経《ふ》れども、昔になり返りぬ《昔の若い姿に》。

色茶屋の遊びあれこれ

唐土《もろこし》・本朝ともに、若いを好く事、変る所なし。さてこそ東坡《とうば》[一二]も、二八佳人巧様粧《にはちのかじんからやうよそほふ》[一三]と作れり。まことに、一双玉臂千人枕《いつさうのぎよくひせんにんのまくら》[一四]、昼夜の限りもなく首尾床のせはし《閨中の契りが忙しい》。されども、好女《かうぢよ》[一五]はをかしき勤め、或る時は、人手代、職人、なほ出家衆《しゆつけしゆ》、又は役者、客の品《客種》変りて戯《たはぶ》るるをも、殊更に嬉しき事なく、諸人に逢ひ馴れし暫しの間を思へば《いろいろな人と契り交わした短時間のことを思うと》、好いた人も心に乗らぬ人《気乗りしない人》も、舟渡[一六]しの岸に着くまでの心ざしなり。

九 諺。元の身分に戻る意。ここでは、生活に困ると馴れた色勤めに安直に帰った、という意。

一〇『好色一代男』巻一の七には「似卜《にぼく》」とある。給仕女が一転して売色女に変る茶屋女をいう。

一一 振袖のこと。六六頁注四参照。

一二 蘇軾《そしよく》の号。宋代の詩人。

一三 十六歳の美女が巧みに化粧して。「二八ノ佳人巧様ノ粧ッ 洞房ノ夜夜換ニ新郎ヲ 一双ノ玉臂千人ノ枕 半点ノ朱唇万客嘗《なム》」の詩句は、『円機活法』に見え、よく知られた句だが、蘇東坡の詩集には見当らぬ。

一四 美しい両の腕は千人の男の枕となり。

一五 色好みの女にはいやな勤めでもないが、といって。四〇頁注四参照。

一六 渡し舟で向う岸へ届ける程度の気持である。

我が気に入れば咄《はなし》を仕掛け、それも打ち解くるにあらず《心から親しくなる程ではない》、いやな男には顔振《かほふ》つて《顔をそむけて〔客に〕》、一つの埒《らち》明けさすまでは、天井の縁《ふち》[一]を数へて、外《ほか》なる事に心をなして《気を紛らして》、浮世に濁りて[二]、水の流るる如《ごと》く身を持ち、石垣《いしがき》町に在りし時は、色白にして全盛の男[三]、忍び慰み[四]の花車《きやしや》座敷、伽羅《きやら》[五]で固めし御肌《はだへ》、豊かなる風情《ふぜい》、後《あと》にて事知り《事情通》に尋ねしに、あれは都の分《わけ》[六]ある大臣と聞くに、我ながら[七]恥ぢける。折ふし《時には》は、形艶《けいえん》[八]なる風俗して見えさせ給ふ《お越しになる方があっ》[九]が《たが》、これもいかなる御方なるべし。

　茶屋とはいへど、この所には一軒に七[一〇]八人づつも有りて、衣類[一一]の仕出し、よき人相手に、分里《わけざと》[一二]の事

石垣町の色茶屋の内外

一　竿縁《さおぶち》。天井の桟《さん》。
二　遊び女を流れの女という縁で、「濁り」といい「水の流るる如く」といった。身を汚して、成行き任せに暮して。

石垣町の色茶屋

三　奢《おご》った男。羽振りのよい男。
四　人目を忍ぶ遊びながら、品よくしゃれた一座。
五　高級品の香木（五〇頁注二参照）。衣類に焚きしめた伽羅のその身から薫るゆかしさを、伽羅で固めた豊かな肌とたとえた。
六　事情があって隠れ遊びをしている大尽。三三頁注二二参照。
七　つたなく落ちぶれた我が身をそんな人の目にさらしたのを恥かしく思った。
八　優美な容姿。
九　立派なお方だったのだろう。これも例の反語形式で書く文章のくずれたもの。
一〇　一軒に七、八人ずつも茶屋女という色売る女がいて。
一一　衣類に趣向をこらし、身分のよい人を相手に。
一二　遊里。ここは島原郭のこと。
＊　このあたりも茶屋女の一般論になっていて、一代女の記述を外れる。一代女は島原で太夫以下の諸職を勤《と》めたので、このようなことはない。
一三　盃の取り遣《や》りも少しはうまく扱えて。

も聞き覚えて、[一三]盃の廻《まは》りも少しは捌《さば》きて、上京の[一四]歴々にも、「[一五]気の尽きぬ奴《やつ》」と言はれて、[一六]願西《ぐわんさい》に揉《も》まれ、神楽《かぐら》に太鼓を見習ひ、乱酒《らんしゅ》に付け差し、鸚鵡《あうむ》に軽口、

おのづから移して、この道は賢くはなりぬ。

[一七]これ又、いつとなく醜き姿となりて、隙《ひま》出されて、[一八]同じ流れもかく変る物ぞ。[一九]祇園町・八坂はせはしく、簾《すだれ》越しに色声《色っぽい声》掛けて、「よ《お寄》らしやりませい《りください》」と、言ふもよしなや《無意味に呼び込みをしている》。ここを又心掛けて《こんな所でも目指して》、[二〇]清水《きよみづ》より坂の下まで下《くだ》りて上がり、五七度も見較《くら》べて、草臥《くたぶ》るる足の棒組《ぼうぐみ》客《きゃく》は、白銀《しろがね》細工〔職人の〕の気晴らし、屋根葺《やねふ》きの[二一]雨日和《あまびより》に申し合せて、宿《自宅》を

一四　身分の高い人。格式のある家。町人にあっては、代々の資産家をいう。『諸艶大鑑《しょえんおおかがみ》』巻六の四によれば、上方では、資産家に能衆《よいしゅ》・分限《ぶんげん》・銀持《かねもち》の三種の別があった。能衆は表向き商いをやめ、分限は家業を手代に任せ、ともにその身は風流事に日を送る代々の資産家を言い、これを歴々と称し、銀持と称する一代成金を差別して卑しんだという。

一五　気の利いたやつ。面白い女。

一六　願西弥七に仕込まれ、神楽庄左衛門に客の機嫌の取りようを見習い、乱酒与左衛門に盃や煙管《きせる》に女が口をつけて客にさす仕草を、鸚鵡吉兵衛に軽快な洒落《しゃれ》を、自然に学び取って。この四人は末社四天王といわれた京の有名な太鼓持。

一七　茶屋女の職業に従っているうちに。

一八　祇園《ぎおん》町・八坂の方に住み替えたが、同じ茶屋女でも随分と風儀は変るもので。

一九　祇園町は八坂神社の西の通りの北側と南側に(六〇頁注八参照)、八坂は塔(今、東山区八坂上町)の前の南側に色茶屋があった。

祇園・八坂・清水の色茶屋

二〇　三年坂下の東側・西側、三年坂を上り清水坂の東側に色茶屋があった。祇園町・八坂から、更に三年坂下・清水坂の茶屋女まであれこれ物色して歩き廻って疲れた客仲間。「棒組客」は「足の棒」に「棒組」(仲間)を掛ける。

二一　雨降りの日に打ち合せて。

出るより、[一]一人前を二匁、千年に一度の遊山《ゆさん》、[二]岩に花代ぞかし。

二人あるよね《女》に客五人、座に着くより早や[三]前後の鬮《くじ》取り、酒より先に、[四]塩貝喰うて仕舞ひ、手元に[五]塵籠《ぢんこ》もあるに、[六]栢《かや》の殻《から》煙草盆に捨て、花生けの水に[七]鬢櫛《びんぐし》を浸し、飲んで差せば《一杯飲んで盃を差すと》、[八]正月やうに元の所へ戻し、捌《さば》けぬ《気の利かぬ》人の長座敷、欠伸《あくび》も思はず出で、さりとては《大変に》、うたて《うんざり》かりしに《させられたのに》、又、次の間へ客を揚げて、「奥の衆《しゆ》は追つ付け立つ人、先づこれへこれへ」と、嚊《かか》《内儀が》がもてなし、又、一《ひと》連れ、[九]茶釜の辺《ほと》りに腰掛けて、「お内儀、これは御繁昌《はんじやう》」と申せば、「あれは苦しからぬ《遠慮の要らぬ》お客、さあこれへ」と、[一〇]中二階へ揚げ置く。又、門《かど》から二三人立ち寄りて、「[一一]霊山《りやうぜん》へ参る程に、下向に《帰りに立ち寄る》」と、知らせて行く。

さても忙しき遊興、角《すみ》に[一二]形付き屏風《びやうぶ》引き廻《まは》し、差し枕《箱枕》二つ、〔女は〕立ちながら帯解き捨て、「[一三]辛《つら》きながらも勤めとて」〔と〕、[一四]節所《ふしどころ》を口早に語り、少し[一五]位《くらゐ》を取る男を、耳引き、「銭の入る事でもないに、ここら《耳のあたり》をちと、洗はんせ。こちらへござんせ《いらっしゃい》。さてもうたてや《いやなこと》、冷たい足手」

一　一人前を銀二匁で遊ぶつもり。
二　「岩に花」は「石に花咲く」ともいう。稀《まれ》なことのたとえ。それに「花代」（遊興費。一七二頁注三参照）を掛けた。千年に一度といった稀な遊び故、疲れ果てるまで女を物色したのだが、その精一杯の予算が二匁というところに、いささか誇張めかした表現ながら、職人の生活の貧しさがある。
三　順番を決める抽籤《ちゆうせん》。
四　貝の抜き身を塩漬にした酒の肴《さかな》。
五　もと屑籠《くずかご》。このころは唾壺。屑物も入れる。
六　いちい科の常緑喬木《きようぼく》。実を殻のままあぶり焼きし白い核を食す。酒の肴とした。
七　鬢をなでつける櫛。「鬢」は一三三頁注四参照。
八　儀式ばって。野暮ったく。
九　土間の茶釜《ちやがま》。
一〇　天井の低い二階。高二階に対す。
一一　東山三十六峰の一。霊鷲山正法寺《りようじゆせんしようぼうじ》一名霊山寺《りようぜんじ》。遊山地。今、東山区清閑寺霊山町《りようざん》。
一二　決り模様を印刷した安物屛風。
一三　近松作『世継曾我』第二に「夜毎にかはる憂き枕、辛きながらも勤めとて、朝な夕なの化粧坂《けはひざか》」と大磯の遊女少将の身の上を述べたところがある。
一四　聞かせどころの曲節。
一五　もったいをつける。気取る。

と、そこそこに身動きして《事を済まし》、その男起き出づれば、「どなたなりともござんせ」といふ言葉の下より、半分寝入りし、鼾《いびき》かくを又撲《こそぐ》り起され、その人の心まかせになりて、やうやう手水《てうづ》使へば、すぐに待つ客へ押し出され、そこを仕舞へば、二階からせはしく手を叩《たた》きて、「酒が飲まれぬ《酌する女なしでは》が、せめて、一人なりとも出ぬか。ただし《それとも》、帰れといふ事か。同じ銀遣《つか》ひながら、淋《さび》しきめを致すは迷惑。恐らく、我等百十九軒[一六]の茶屋いづれへ参つても、蜆《しじみ》[一七]やなどの吸物、唐海月《たうくらげ》[一八]ばかりで、酒飲んだ事はない。一代に、悪銀《わるがね》[一九]つかまして、立つた事《立ち去った》もなし。傘《かさ》借つて、返さぬ事もなし。襟付《えりつ》[二〇]き見立てらるるが、口惜しい。木綿布子《ぬのこ》でこそあれ、継ぎの当つたを着た事はござらぬ」と、[二一]八寸五分の袖口《そでぐち》をひけらかして《見せびらかして》、腹立つるを、とやかくこれを宥《なだ》めるうちに、「お亀殿、干してありし脚布《きやふ》《腰巻》が落ちた」と、どやく《どなる》。「猫が、今出す鮒鮨《ふなずし》[二二]を引いた」と、わめく。奥からは、最前の客、立ちながら一包《ひとつつみ》[二三]置きて出て行く。手ばしかく《手早く受け取りながら》取る内に、大方銀目《かねめ》[二四]引きて、

一六 祇園町・八坂・清水あたりの色茶屋の概数。
一七 しじみ程度の吸物。
一八 一名肥前海月《ひぜんくらげ》。明礬《みょうばん》に塩を混ぜて揉《も》んで黄白色になったのをよく洗って食べる。
一九 品質の粗悪な銀貨から贋《にせ》銀貨までを含む。ここでは粗悪な銀貨。
二〇 襟元は最も目立つところなので、衣装の様子から人の貧富を判断することをいう。ここでは、木綿の綿入れを着ていて見くびられたのが残念だ、という意。
二一 袖口の広いのは当時の伊達《だて》な風で、女もその風を真似た。一〇四頁注四参照。
二二 近江《おうみ》の名産。鮒の鱗《うろこ》・臓物などを取り去り、塩を少しまぶして、一夜押しをして、水気を拭き取り、冷飯を中に入れて、桶《おけ》に貯《たくわ》えて発酵《はっこう》させる。
二三 金額を表記した銀貨の一包み。銀貨は紙包みにして、その目方と数量を上書するのが作法。
二四 大体の銀の目方を手で量ってみて。

いまだ面影《その客の姿》の見ゆるうちに、[一]秤《はかり》の上目《うはめ》に掛け、[二]隣へ見せに行くなど、[三]独り狂言よりは忙し。

いかに世を渡る業《わざ》なればとて、これ程まで[四]身を懲《こ》らし、浅ましき《情けない》勤め、もつとも、[五]給銀は、三百目・五百目・八百目までも、段々取りしが、それぞれに手前拵《こしら》へ《自費の》の衣類・[六]上下《うへした》の帯・二布物《ふたの》・鼻紙・差櫛・楊枝《やうじ》一本・髪の油までも、銘々に買ふなれば、〔多額の給銀も〕身に付くる事にはあらず。それのみか、親の方《かた》へ遣《つか》はし、隙《ひま》の夜の[七]集銭《しゆせん》出し、万《よろづ》に物の入る事のみ。

何始末して、縁に付く《嫁入る》べき[八]仕覚《しがく》もなく、年月[九]酒に暮れて、更に、[一〇]身の程を、我ながら覚えず、〔年月を経て〕美形衰ひて後、若女房の煩ひ《若い女が病気の間》のうち、客繁き内へ《客の多い茶屋へ》、三十日切り《三十日の契約で》に雇はれて、色は作れど《めかしてみても》、筋骨《すぢほね》立つて、[一一]鳥肌に触《さは》りて、人の聞くをも構はず《人前もはばからず》、[一二]「あの女は賃でもいや」と言はれては、身に応《こた》へて悲しく、「これより外に身過ぎはなき事か」と、[一三]愛染明王《あいぜんみやうわう》を恨み、[一四]次第に萎《しを》るる恋草《こひぐさ》なるに、又、[一五]蓼《たで》喰ふ虫有りて、

一 銀秤《ぎんばかり》（釐等具《れいてんぐ》の一種）の秤竿《はかりざお》の上面の目盛《めもり》。十五匁（約五六グラム）までが正式の目盛。他に、下面の目盛で前目で五十匁（約一八八グラム）、向目《むこうめ》で百六十匁（約六〇〇グラム）まで量れる。ただし、竿《さお》の長さによって余分の目盛若干あるのが普通。
二 隣家へ悪貨でないか品質を見てもらいに行く。
三 独り芝居。役者一人で数人の役を演じる芝居。
四 我が身を痛めつけ。
五 半年分の給金か。
六 「下の帯」は、女の場合、腹帯をいう。一八六頁三行目参照。
七 仲間が銭を出し合って飲食すること。
八 工夫才覚の意。
九 酒の相手をして。酒宴に。
一〇 我が身の行く末が我がことながらわからず。

拾われて妾奉公

一一 毛をむしりとった鳥の肌ようなざらざらした私の肌。
一二 あの女を相手にするのは銭をもらっても断る。
一三 真言密教で愛欲をつかさどる仏。外相は憤怒の情を現す。恋の願いを掛ける。
一四 次第にやつれて色恋には縁遠くなったのに。萎る→恋草→蓼喰ふ虫と縁語で仕立てた。
一五 諺「蓼喰ふ虫も好き好き」。人の好みはさまざまの意。物好きな人もあって。

古き我に思ひ付きて《昔の私を思い起して》、情け重ねて、[一六]黒茶宇《くろちやう》の着る物をして下され、思はくの外なる仕合せ、なほ見捨て給はずして、この勤め《茶屋勤め》やめさせて、[一七]門前町の御下屋敷《しもやしき》[一八]に置かれ、折ふし《時折の》の[一九]御通ひ女とはなりぬ。

その御方様は、広い京にも隠れなき[二〇]分《わけ》知り大臣にして、今に[二一]高橋に逢《あ》ひ給ひて、太夫に不断肩骨打たせて《肩をたたかせて》、したい事しておはせしに、我、縁有りての嬉しさ《この方と結ばれたことの嬉しさ》、どこぞに、お気に入つた所ありしや。「殊《こと》に京都は、女自由なるに《美女が自由に手に入るのに》、我又余らぬ事は《拾われたことは》、[二二]よき目利き《めきき》のないか」と思はれし。[二三]新茶入れ《あらぢや》・新筆《しんぴつ》の絵を被《かづ》きながら、その家にて、よき物になりぬ。[二四]吟味するは、売物にする女なり。

小歌の伝受女

一夜を銀六匁にて[二五]呼子鳥《よぶこどり》、これ伝受女なり。覚束なくて《その意味がはっきりしなくて》尋ねける

一六 茶宇縞《ちやうじま》。インドのチャウル原産の高級絹織物。薄く滑らかで多くは細い縦縞がある。南京・福建・広東や京都西陣にも産した。
一七 知恩院の門前町。今、東山区古門前通。町人の別宅が多かった。
一八 もと武家の別邸の意（三四頁注三参照）。ここでは町人の別宅すなわち妾宅。
一九 囲い女。
二〇 男女の情、特に色里の事情に精通した大尽。
二一 島原下之町大坂屋太郎兵衛抱えの太夫。
二二 立派な鑑定家のいないせいかと思われた。鑑定の誤りだったと、自嘲《じちよう》の語。
二三 古物めかしただけの新作の茶入れや新作の絵を立派な骨董《こつとう》品と買いかぶると同様に、ただの老いぼれにすぎない私を、その家では貴重な女と扱った。
二四 余程念を入れて調べないと、色売る女にはごまかされる。
二五 「呼ぶ」に「呼子鳥」を掛け、風呂屋女を「伝授女」と洒落《しやれ》た（一四一頁注一三参照）。又、「覚束なくて」の語は、『古今集』のその「呼子鳥」の歌「をちこちのたづきも知らぬ山中に覚束なくも呼子鳥かな」（読人知らず）から出た。

風呂屋女の風俗

に、風呂屋者を猿といふなるべし《いうからだろう》。この女の心ざし《心意気》・風俗《身なり》、諸国ともに大方変る事なし。

身持ち《身繕いは職業柄得意のもので》は手のものにて、日毎に洗ひ、押し下げて[一]大島田、幅畳《はばだた》み[二]の元結《もとゆひ》を菱結《ひしむす》びにして、その端をきりきりと曲げて、五分櫛《ごぶぐし》[三]の真魚《まな》板《いた》程なるを差し、暮れ方より人に[四]被《かづ》ける顔なればとて、白粉《はくふん》に窪溜《くぼたま》[五]りを埋《うづ》み、口紅用捨なく塗りくり、おのづから薄鼠《古びて薄よごれた》となりし加賀絹[六]の下紐《したひも》《腰巻》を、小取り廻し《きりりと》に裾《すそ》短く、柳に鞠五所絞り《まりいつところしぼ》[七]、或《ある》ひは袖石畳[八]、思ひ思ひの浴衣《ゆかた》、踉《きびす》[九]らつて裄《ゆき》短かに、龍門[一〇]の二つ割りを後ろに結び、番手《交代に》に板の間[一一]を勤める。

入り《〔風呂に〕》に来る人の名を口早に、「ござんせ」《〔呼んで〕いらっしゃい》と、夕べ夕べ[一二]の濡《ぬ》れ気色、《〔客が〕》座を取つて、風呂敷[一三]の上に直《なほ》れば、分《わけ》《馴染み客にも未知の客にも》のある方へもなき人にも、揚り場《脱衣場》の女近寄りて、「今日は芝居へお越し《お行きでしたか》か、色里のお帰りか」など、外の人聞く程《外の人に聞えるように》に、御機嫌取れば、何の役にも立たぬ贅《ぜい》[一四]に、鼻紙入れより、女郎の文出して、「太夫[一五]が文章、どこやら各別」と、

一 大ぶりの島田髷《まげ》を後ろに下げて結うのは当世風。一五一頁挿絵参照。
二 幅広に畳んだ平元結を菱形に結んで。
三 櫛の背の厚さが五分（約一・五センチ）程もある梳《す》き櫛。
四 客をたぶらかす。
五 厚化粧すること。「窪溜り」は窪んだところ。
六 加賀産の絹。生糸のまま京都へ出して加工する。諸撚糸《もろよりいと》の加賀絹は高級品。
七 鞠垣（九〇頁注一〇参照）の柳に鞠を配した模様を五か所絞り染めしたもの。一五一頁挿絵参照。
八 袖に石畳模様を染め出したもの（一五一頁挿絵参照）。挿絵の画工は誤って、柳に鞠と袖石畳を一人の浴衣に合せ描いた。
九 着物の裾は踵に届く程短く、肩ゆき短く仕立て。

遊客の見栄

一〇 京都西陣製の模造龍門（四二頁注一〇参照）。普通の帯地なら二つ割りは大幅帯となるが、龍門は幅一尺六寸（約六一センチ）なので、二つ割りは中幅帯となる。一八頁注一五参照。
一一 風呂の板の間。洗い場。一五一頁挿絵参照。
一二 「言ふ」に「夕べ」を掛ける。毎夕の色っぽい様子。

見せかくる。[一六]荻野・吉田・藤山《ふぢやま》・井筒・武蔵《むさし》・通路《かよひぢ》・長橋・三舟《さんしう》・小太夫が筆跡やら、三笠・巴《ともゑ》・住《すみの》江《え》・豊等《とよら》・大和・歌仙・清原・玉葛《たまかづら》・八重霧・清橋・小紫・

風呂場風景

志賀が手《筆跡》をも見知らず。[一七]端局《はしつぼね》の吉野に書かせたる文、見せらるるにしてから、[一八]犬に伽羅《きやら》聞かす如く、一つも埒《らち》は明かず。逢《あ》ひもせぬ太夫・天神の[一九]紋櫛《もんぐし》など持つ事、心恥かしき事なれども、若い時には、遣《つか》ひたき金銀は儘《まま》ならず、[二〇]僭上《せんしやう》はしたし、我も人も必ずする事ぞかし。それぞれに又、[二一]供を連れざる若き者も、新しき下帯を見せかけ、[二二]預り浴衣《ゆかた》を拵《こしら》へ、思はく女《思いを掛けた女が》、銘々に出し入れをするも、相応の楽し

一三 湯に入る時衣類を包んでおき、浴後その上に坐って衣類を着、足を拭うもの。転じて、一八一頁一三行目の風呂敷は現在の意。

一四 見栄。

一五 太夫の文章はどこかに他の者とは全然違った気品がある。ちなみに、太夫の手紙を手に入れるには、馴染み客である上に、直接に大判三枚程の費用を要した（五六頁注五参照）ので、この程度の男が太夫の文を持っていると言っても、誰も本気では相手にせぬ程の、はかない見栄なのである。

風呂敷〔女用訓蒙図彙〕

一六 荻野以下おおむね新町の太夫・天神の名。

一七 最下級の公娼。六二頁注九参照。

一八 犬に嗅《か》ぐ能力はあっても高級な香木の香を嗅ぎ分けることが出来ぬように、目は見えてもその筆跡はわかりもしない。

一九 遊女は客を喜ばせる為に、遊女自身の定紋や、客と遊女の比翼紋を蒔絵《まきえ》にした櫛を作らせて、客に贈った。

二〇 見栄。奢《おご》り。自慢。

二一 供の者もなくて遊びに行くのは肩身が狭いのだ（六四頁四行目参照）が、それなりに見栄を張る手段を講じるのである。

二二 自分用として風呂屋に預けておく浴衣。

風呂屋女遊興の次第

み、これ程の事も、優し。

上《〔湯から〕》がれば、煙草《〔女は〕》盆片手に、[一]散らしを汲《く》みて、一しほ[二]水際《みづぎは》を立てもてなす風情《ふぜい》、[三]似せ友禅絵の扇にして、涼風《すずかぜ》を招き、後ろに廻《まは》りて[四]灸《きう》の蓋《ふた》を仕替へ、鬢《びん》のそそけを撫《な》で付け、[五]当座入りの人は鼻《軽く扱う》であしらふなど、仮なる事《その場限りのことながら》ながら、[六]これを羨《うらや》ましく、[七]恋の中宿《なかやど》を求めて、この君達を呼ぶに、[八]仕舞風呂に入りて身を改め、色作《めかす》る間《ま》に茶漬飯《ちやづけめし》を拵《〔食事終って〕》へ、箸下に置くと、貸着る物、始末に構《大事に扱いもしないで》はず引き緊《し》め、[九]久六挑燈《ちやうちん》ともせば、揚り口よりばたばた歩み、[一〇]宵は綿帽子、更けては[一一]地髪、夜歩《あり》き足音軽く、その宿に入りて、恥《恥かし気もなく座席に着き》ぢず座敷に直り、「許さんせ、[一二]着る物三つが過ぎた」と、肌着は残して、抜き掛けして、「これ、こなた、奇麗《きれいな器で》にして、水を一つ飲《飲ましてください》まさしやれ。今宵程気の詰る事はない。屋根に煙出し《〔窓の〕》のない所は悪い」と、用捨《何の遠慮もなく好き勝手を言って》もなく物好みして、身を自由に寛《くつろ》ぎしは、さりとは、それと《風呂屋女としてはその程度と》思ひながら、あまりなり《ひどすぎる》。されども、[一三]菓子には手を掛けず、[一四]盃を浅う持ち習ひ、[一五]肴《さかな》も生貝《なまがひ》・焼

一 香煎《かうせん》のこと。糯米《もちごめ》・陳皮《ちんぴ》・山椒《さんしよう》・茴香《ういきやう》などの粉末を混ぜ合せ白湯《さゆ》に入れて飲む。

二 際立って。特別に。「湯」の縁語。

三 友禅染・友禅扇の創始者である京都の画工宮崎友禅の似せ絵の扇。

四 灸のあとの消毒や治療の為に貼《は》る膏薬《かうやく》を塗った紙。

五 その日限りの馴染みでない入浴客。

六 馴染み客の好遇がうらやましく。

七 男女密会を媒介する家。一四二頁注六参照。

八 風呂屋の営業終了は初夜(標準時刻は午後八時)で、貝を吹いて知らせ、その後召使女を入浴させた。

九 下男などの通名。

一〇 真綿のかぶりものをかぶって気取るが。

一一 もとは入れ毛に対して自分の髪をいうが、ここでは、かぶり物なしの髪をいう。

一二 三枚重ねの着物は余計だった。と言って、その着物をひけらかすように、肌着はそのままだが、上は襟元を広く抜いて。三七頁注一八参照。

一三 食膳外の食べ物。果物や米麦粉の加工食品。

一四 盃の縁に指を浅くかけて持つ洒落《しやれ》たたしなみ。

一五 遊女は遊客の前では肴に手をつけぬのもたしなみの一つ。生貝や焼玉子をさけて、煮豆や山椒の皮程度にとどめて置くのはその為である。

玉子はありながら、煮染《にし》め大豆《まめ》・山椒《さんせう》の皮など〔箸で〕挾《はさ》むは、色町《遊里の作法を》を見たやうに思はれて、しほらしければ、〔酒を勧めてみると〕盃の来る度々《たびたび》に、「ちと[一六]押へましよ」「是非触《さは》ります」と、[一七]お仕着せの通り、百座の参会《何度会って遊んでも》にも、少しも色《様子》の変りたる事なし。

事欠《間に合せ》けなればこそ、堪忍すれ。これを思ふに、難波《なには》に住み馴《な》れて、[一八]前の鯛《たひ》を喰ひ馴れし人の、熊野に行きて、[一九]盆の刺鯖《さしさば》を、九月の頃《ころ》も珍しき心になる如《ごと》く、傾城《けいせい》見たる目を、ここには《風呂屋女と遊ぶ時には》忘れ給へ。[二〇]煩悩《ぼんなう》の垢《あか》を掻かせて、水の流るるに同じ遊興なり。

世間にはやる言葉を言ひ勝ちに《皆が流行語を競ってしゃべっているうちに》、〔誰かが〕夜半の鐘に気をつけ《真夜中の鐘の音に気づいて》、「皆寝さんせぬか」。こちらは毎夜の働き、身は鉄《かね》でした物《作った》でもなし。夜食も望みなし《あてはない》」とは言へども、蕎麦切《そばき》り、〔が出ると〕「これよし」と、取《と》り据《す》ゑの膳の音《膳を並べる音》。その後《あと》は床入り。女三人に縞《しま》の蒲団《ふとん》一つ、[二一]布子《ぬのこ》二つ、木枕さへ足らぬ貧家の寝道具。恋は外に《色恋の話は弾まず》、[二二]川掘りの咄《はなし》、身の上の親里。後はいつとても、芝居の役者噂。〔客が〕肌に添へば《女の肌に》、思ひなしか、手足冷

一六「押へる」は差された盃を押し留めて、更に相手に勧めること。「触る」も同意だが、言い方がやさしい。『好色盛衰記』巻三の四。

一七 もと主家の召使に与える衣服。ここでは、教えられた通り。型の通り。

一八 西宮戎《えびす》神社（今、兵庫県西宮市社家《しゃけ》町に鎮座）の前の海で捕れる鯛。広くは堺から明石にかけての大阪湾内で捕れる鯛をいう。

一九 盆の祝儀の刺鯖を時節外れの九月の頃に出されても、珍重する気になるように。「刺鯖」は八二頁注二参照。

二〇 人間の尽きぬ欲念を「煩悩の垢」というが、ここでは男の性欲を指す。男の欲望を「垢掻き」ともいう風呂屋女相手に処理するのは、背中を掻かせた垢が水に流れるごとき手軽な遊びである。

風呂屋女相手の遊興のわびしさ

二一 木綿の綿入れを夜着代りに使った。

二二 安治川開鑿《かいさく》の話。九八頁注五参照。

え上がりて、鼾《いびき》甚だしく、我が身を人《客》にうちまかせ、男女[一]の婬楽《いんらく》は、互ひに臭骸《しうがい》を抱《いだ》く、といへるも、かかる乱姿《寝乱れ姿》の風情なるべし。[二]我も亦《また》、その身《風呂屋女に》になりて、[三]心の水を濁しぬ。

美《び》扇《せん》の恋《れん》風《ぷう》

くすし。この如く看板掛けて、[四]四条通新町下がる所に、女ながら医者をして住みける。表に竹格子を付けて、奥深に小暗き家作り、盆山《ぼんさん》に[五]那智石《なちいし》を蒔《ま》きて、[六]石菖蒲《せきしやうぶ》の根がらみ青々とした葉末を眺め、淫酒《いんしゆ》の二つを固くやめさせ、[七]楽寝をさせず、壁に寄り添ひ、目の養生する女、ここに集まる。常の声《普通の声》にして[八]角太夫節《かくだいふぶし》・[九]佐夜之助《さよのすけ》が歌[一〇]を移し、「立居《動作》も急がず、腹立てず、万事心長う《気持をゆったり》」と、申し渡しぬ。淋《さび》しき折ふし、銘々身の上の事を語りし。一人は、[一一]室町の[一二]数間女《すあひ》、

一 伝蘇東坡（一四三頁注一二参照）の「九相詩」序に「紅粉翠黛《すいたい》ノハ唯綵《いろどル》ニ白皮ヲ一男女淫楽ハ互ニ抱クニ臭骸ヲ一」とある。
二 この章は、男性の見た第三者的記述に終始し、ここで初めて一代女が登場する。
三 心を汚した。「水」は風呂屋女の縁。
＊ この章は『好色一代男』巻一の六に類するところが多い。
四 今、京都市下京区。
五 那智黒とも。今、和歌山県東牟婁《ひがしむろ》郡那智勝浦町辺に産する黒色の粘板岩。試金石・盆石・碁石・硯石《すずりいし》などに用いる。
六 石菖蒲の根のはびこって葉の青々としたもの。一二〇頁注四及び一五六頁挿絵参照。
七 気楽に横にならせない。前文に続けて、自堕落な生活を禁止する意と、後文に続けて、待合室で自堕落な態度をさせない意を掛ける。

女眼医者の待合室

八 京の山本角太夫の始めた上方浄瑠璃《じようるり》の一。延宝（一六七三〜）から元禄（一六八八〜）にかけて流行。
九 延宝頃の江戸の名女形。元禄中頃廃業。中山万太夫と名乗り、長唄の名手として中山流を称す。
一〇 待合客は角太夫節や佐夜之助の歌を真似て口ずさみ。その歌い振りの悠長さから医師の申し渡しの内容に転じた。
一一 室町には呉服商が多かった。

身の上話その一・数間女

これは諸国の人、遊山《行楽》・作病《仮病》の逗留《とうりう》、借座敷を心掛け《目ざし》、さまざまの染衣《そめぎぬ》売りしが、男《夫》ありなしに限らず、目に立たぬ色作りて《おめかしをして》、相手次第の御機嫌を取りて、浮気を見すまし《浮気な人と見抜くと》、酒の友にもなりて、その後《あと》は、首尾によりて《都合によっては》分《わけ》[一三]もなき事、世を渡る業《わざ》とて《手段》、胸算用《むねざんよう》して、例《たと》へば、[一四]九匁五分の抱帯《かかへおび》[一五]一筋、十五匁に売るも、買ふ人もその合点づく《それを承知の上である》なり。

又一人は糸屋者、これも見せ女[一六]に拵《こしら》へ、侍衆をあしらはせ《諸国から上洛の武家の相手をさせ》、様子《その時の状況次第で》によりて、お宿までも《宿所まで》持たせて遣はしける。時の首尾によりて《うまく事の運んだ時は》、名[一七]古屋打ちの帯・重打ち《しげ》[一八]の下げ緒[一九]、思ひの外《予想以上の》なる商ひ事をするぞかし。

鹿子屋《かのこや》[二〇]の仕手殿《してどの》も見えける。これはさのみ、押し出して[二一]のいたづらにはあらず、紅紫《べにむらさき》[二二]に色を移して、物柔らかに、人のお方《かた》[二三]めきたる仕掛け、これを珍重がりて好《す》く人ありて、仕着せ[二四]合力《かふりよく》にて、忍び逢《あ》ひの男絶えず。

この外、かやうの類《たぐ》ひの女、身をぞんざいに[二五]持ちなし、昔の悪病、

一二 呉服の取次商いをする女。
一三 筋道の立たぬこと。だらしないこと。色を売ること。二三三頁注二二参照。
一四 九匁五分の品物を十五匁に売ったその差額五匁五分が売色代金。
一五 外出の際に用いる腰帯。一二八頁注三参照。
一六 店先に坐って客に応対する女。当時、糸屋・扇屋・筆屋などは美しい女を店先に坐らせて客を釣った。
一七 袋打ちの組紐の帯。女帯は幅四寸（約一五センチ）くらいで端に房を付ける。男帯は幅二寸五分（約九・五センチ）くらい。夏帯。
一八 多くの糸を使って細かに編んだ紐の打ち方。

身の上話その二・糸屋者

一九 刀の鞘《さや》に付けて下げる組緒。
二〇 鹿子結いとも。鹿子絞りの女工。「鹿子屋の仕手」のみ特に「殿」というのはその技術を尊重してか。『好色一代男』巻二の三にも、糸屋者・数間と並んで「仕手殿」とある。
二一 自分からすすんでの売色。

身の上話その三・鹿子屋の仕手

二二 商品の鹿子染の紅色や紫色にならって我が身を色っぽく装って。
二三 人妻風の。「お方」は人妻の敬称。
二四 衣類などの援助で。
二五 粗末に。いい加減に。自堕落に。

その他の女たち

[一]山帰来《さんきらい》などにして隠し置きしが、[二]土用・[三]八専《はつせん》辛《つら》く、寄る年に従ひて、[四]上《かみ》へ取り上げて、[五]湿気目《しつけめ》を煩ひ、いづれも、過ぎにし身の恥を語り慰みぬ。

一代女扇屋に見初められる

我も亦《また》、同じ病難を受けて、この宿に来て、[六]髪はつい角《つの》ぐり、顔に白粉絶えて、[七]早川織に[八]削襟《そぎえり》を掛けて、さのみ見苦しからぬ目の中《うち》の雫《しづく》を、黄色なる絹の切れにて、少しうつぶき、拭《ぬぐ》うたる風情《ふぜい》、何とやら[九]思はくらしきものぞかし。

女眼医者の待合室

折から、[一〇]五条橋筋に、隠れもなき大扇《おほあふぎ》屋《や》有りける。この亭主[一一]子細者《しさいもの》にて、敷銀《持参金》付く《付きの》女房も呼ばず、京の事なれば、[一二]麗し

一 ゆり科の多年生蔓性灌木《つるせいかんぼく》。シナ・インドに産する。宿根は梅毒薬。
二 一年四回あるが、普通は、立秋の前十八日の夏の土用だけをいう。暑気の最も激しい時期。八二頁注五参照。
三 陰暦壬子《みずのえね》から癸亥《みずのとい》までの十二日間のうち、丑《うし》・辰《たつ》・午《うま》・戌《いぬ》を間日《まび》として除いた後の八日をいい、一年六回ある。この間降雨多く、病人は不快を感じる。
四 病が身体の上部へまわって。とりのぼせて。
五 梅毒などが原因で起る眼病。
六 髪は手軽にぐるぐる巻きに結い上げ。
七 不明。
八 半襟。
九 思わせ振りな。
一〇 六条坊門通とも。今、下京区五条通。高倉通西入るに扇屋町があり、その辺か。
一一 一癖ある者。変り者。
一二 持参金付きでも相当に麗しい娘もあるのに、その程度では気に入らず。

一三 諺。金銀は自然にもしくは思いがけず手に入るもの、という意。だから、持参金付きの娘をもらうことはないというのである。

一四 衣類を入れる葛籠一個（片荷は一個、一荷は二個）に櫛箱一つというのは、当時の女の手廻り用品としては、最低の必要品である。

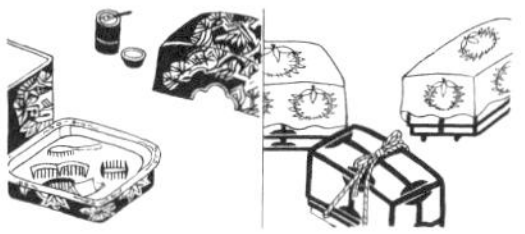

櫛箱　葛籠
〔女用訓蒙図彙〕

一五 結納の祝儀として贈る酒樽。

一六 扇の地紙を折る女工。

一七 私の姿を目当てにこの店にやって来て。

一八 五本骨の扇の地紙を三本分。

一九 「言ふ」は主客両方に掛けたか。客が注文するが、値段はこちらの言いなりに買う、という意。

二〇 正月や盆に寺から檀家《だんか》へ配る安価な扇。

二一 今の下京区五条通寺町西入る御影堂町南側にあった時宗の新善光寺を御影堂といい、その寺の尼僧の折る扇は、高級品として著名であった。その御影堂の扇も当時流行の友禅絵の扇（一五二頁注三参照）も一代女の扇屋に圧倒されたというのである。

二二 当世風の新趣向をこらした模様。

き娘も有るに、これを顔振《相手にせず》つて、[一三]金銀は涌《わ》き物《もの》と、色好《容色を選り好み》むうちに《するうちに》、五十余歳になりぬ。自《みづか》らを《私を》見るより、身を悶《もだ》え、「[一四]葛籠《つづら》片荷《かたに》・櫛箱《くしばこ》一つなくとも、丸裸で我が女房に欲しき」と、頻《しき》りに焦がれ、色々と気を尽《苦心して》して、媒《なかだち》を入れて、[一五]頼《たの》み樽《だる》を仕掛《用意して》けて、贈られける。女は、知れぬ《思わぬ》仕合せある物にて、「扇屋のお内儀様」と呼ばれて、数多《あまた》の[一六]折り手交じりに、見世に出で、目に立つ程の姿自慢、諸人[一七]ここに頼りて、[一八]五本地三本と、[一九]言ふままに、値切らず、出家は[二〇]礼扇《れいあふぎ》誂《あつら》へ、この女房見に《私の姿を見に》、暫時も人絶えなくて、家栄え、[二一]御影堂《みえいだう》も物さび、友禅絵も古され、[二二]当流の仕出し

浮気つのって追放

模様、[一]隠し絵の独り笑ひ、[二]美しき所見え透きて、[三]この家の風を吹かしける。

初めの程は、連合《夫》ひも合点《承知して》にして、人の手に触《さは》り、腰を叩《たた》く程の事は、余所見《よそみ》《見ぬ振りしていたが》して置きしが、色ある男《色っぽい男》、毎日[四]一本一歩《いちぶ》の扇調へに来る人有り。心にはなき戯《たはぶ》れ、後には、いつとなく真実《まこと》になつて、夫婦の中をうたてく《煩わしく》、身が自由にならぬを、〔私が〕明け暮れ悔むを〔夫が〕見かねて、追ひ出され、かの男尋ねても、知れずして、いたづらの身《浮気な我が身》悲しかりき。

糸繰り女に転落

それより是非もなく《致し方なくて》、[五]御池《おいけ》通に[六]浪人して、有る程の[七]身の皮を、日《ひ》算用《ざんよう》済まして、よき事を願へど、京に多きものは、寺と女にて、思はしき奉公《気に入るような勤め先》もあらず。当分の《差し当っての》世渡りに、[八]西陣に[九]糸繰りに雇はれ、[一〇]月に六斎《ろくさい》の夜間男《よんまをとこ》、これもをかしからず。

法体の御隠居の二瀬となる

[一一]上長者町に、さる御隠居の[一二]禅門様、七八軒の貸屋賃取りて、[一三]酢にも味噌《みそ》にも慰みにも、これを年中に盛り付けて《割り当てて》、明け暮れ干肴《ひざかな》より

一 謎絵の春画。一四二頁注四参照。
二 隠し絵の形式は採っているが、春画の趣向のはっきり見えて、の意に、一代女が自分の美しさを見せつけて、の意を掛ける。
三 家業が繁栄した。「風」「吹かす」は「扇」の縁。
四 一本金一歩の扇は高価。舞扇か。
五 三条坊門通とも。寺町から神泉苑前までの東西の通り。今、中京区。
六 武士ばかりでなく、一般の失業者をいう。
七 衣類を売って、その日暮しの生活をして。
八 今、上京区堀川通以西一条通以北一帯の称。京織物の産地。
九 糸繰り女。糸繰り車を使って糸を紡ぐ女。
一〇 一月に六度日を定めて夜逢う男。六七頁注一七参照。
一一 土御門《つちみかど》通とも。東は烏丸通から西は千本通まで。今、上京区。一九三頁注一三参照。
一二 法体《ほったい》の俗人。当時は隠居すると坊主頭になる習慣があった。もと禅宗や仏門に入った男子をいう。

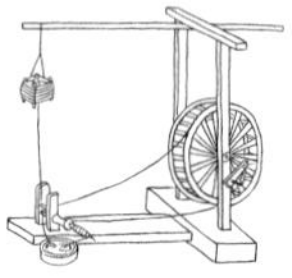

紡車〔女用訓蒙図彙〕

外なく、遊ぶを仕事に、女一人・猫一疋《ねこいっぴき》、これへ二瀬《ふたせ》[一四]の約束して、昼は水汲《く》み、茶を沸かし、夜は親仁《おやぢ》様の足でも擦《さす》るはずに極《つもりだった》めし。何も手痛き事《骨の折れる仕事》はなし、〔隠居の〕外に機嫌取る方《人》もなし。「この上の仕合せに《願いには》、あの坊《ぼん》様四十ばかり年若にして、夜の淋《さび》しさを忘るる事ならば」と、女心に、くやくや[一五]と言うても叶《かな》はぬ罪を作りし。

思いの外の強蔵

この親仁《おやぢ》、襟《えり》に綿帽子を巻き、夏冬なしの炮烙頭巾《はうらくづきん》[一六]、〔家の〕揚り口より下《土間》へ降りるに、一時《ひととき》もかかり、立居《動作》不自由さ、「年は寄るまじきもの」と、いとしき思ひ《気の毒な思いはするものの》ながら、そこそこにあしらひ《よい加減に扱い》、「風引かぬやうにして、寝さしやれ《お休みなさい》ませい。もしも目が眩《ま》はば、起し給へ。これ《ここに》に寝ます」と、恋慕《色恋のこと》の道思ひ切りて、九月五日[一七]までの事を思ひしに、この親仁、強蔵《つよざう》[一八]にして、夜もすがら、少しもまどろむ事もなく、「今時の若い奴《やつ》らが生れつき、をかしや」と、明け暮れこそぐられ、色々詫《わ》びて、構はず。いまだ二十日も経《た》たぬに、〔夜が〕明けても〔疲れて〕枕上がらず、〔頭痛で〕鉢巻して色青く、やうやう御断り《お暇をもらって》を申して、「せめては死なぬ

一三 諺「酢にも味噌にも」(日常のごくありふれた事につけても、の意)に「慰み」を加えて、すべての費用をこの屋賃だけでまかなった、という意。

一四 下女を主に他の仕事を兼ねる女。ここでは、下女兼妾《めかけ》。

一五 未練たらしく言ってみても遂げられぬ悔いが残った。

一六 多くは真黒で、頭の形に応じて丸く浅く炮烙に似た頭巾。丸頭巾。大黒頭巾。

炮烙頭巾
〔日本永代蔵〕

一七 秋の出替り日。その日までの独り寝をわびしく思っていると。

一八 精力の強い男。

うちに」と、恐ろしく、中宿《身元引請宿》へ、人に負はれて帰りぬ。[一]地黄丸呑《ぢわうぐわんの》む若き人に語れば、歯切りをして、口惜しがりぬ。

濡《ぬ》れの問屋《とひや》硯《すずり》

[二]万売帳《よろづうりちやう》、難波《なには》の浦は、日本第一の大湊《おほみなと》にして、諸国の商人《あきんど》、ここに集りぬ。[三]上問屋《かみどひや》・[四]下問屋《しもどひや》数を知らず。客馳走《客をもてなす》のために、蓮葉女《はすはをんな》といふ者を拵《こしら》へ置きぬ。これは、飯炊女《めしたきをんな》の見よげなるが、下に薄綿の小袖《こそで》、上に紺染の無紋《無地の着物》に、[五]黒き大幅帯、赤前垂れ、[六]吹鬢《ふきびん》の[七]京笄《きやうかうがい》、[八]伽羅《きやら》の油に固めて、[九]細緒の[一〇]雪踏《せつた》、[一一]延べの鼻紙《〔懐から〕》を見せ掛け、その身持《その様子から》ちそれとは隠れなく《蓮葉女とすぐにわかって》、随分面《つら》の皮厚うして、人中を恐れず、尻据《しりす》ゑてのちよこちよこ歩《あり》き、[一二]びらしやらするがゆゑに、この名《蓮葉女》を付けぬ。物のよろしからぬを、蓮の葉物《粗末なもの》といふ心なり。

蓮葉女の生態

一 強精剤。三五頁注一〇参照。
二 すべてが売上帳に記される、との意。大阪ではあらゆる物資が売れて行く繁栄をいう。
三 京・伏見相手の貨物を扱う問屋か。
四 中国以西相手の貨物を扱う問屋か。
五 幅の広い女帯。一八頁注一五参照。
六 鬢を大きく張り出した髪形。
七 京製の笄。笄は髪掻《かみかき》の音便。もと髪梳《す》き具から髪飾りとなった。
八 正保（一六四四〜）・慶安（一六四八〜）の頃、京室町の髭《ひげ》の久吉の売り始めた鬢付油。蠟燭《ろうそく》の溶けたものに松脂《まつやに》を混ぜて練る。
九 細い緒を数本集めて作った鼻緒。
一〇 竹の皮の草履《ぞうり》の裏に馬の皮を打ったもの。もとは一応高価で洒落《しやれ》たものだったが、一般化すると、粋人はその丈夫なのを卑しみ、紫竹《しちく》の皮草履や藁《わら》草履を履き捨てにすることを喜んだ。
一一 延紙。小杉原ともいう。四三頁注一八参照。
一二 目立つ身振りの形容語。びらりしゃらり（一二九頁注二〇参照）の類。
一三 伝蘇東坡の詩句から出た常用語。一四三頁注一三参照。
一四 今、大阪市東区、高麗橋筋と今橋筋の間の東西の小路。

遊女になほ《遊女以上に》、身をぞんざいに持ちなし《自堕落に》、旦那の内にしては《勤め先の問屋の家では》、[一三]朱唇《しゆしん》万客に嘗《な》めさせ、[一四]浮世小路《うきよせうぢ》の小宿《密会宿》に出ては、[一五]閨中《けいちゆう》無量の枕《まくら》を交はし、正月《しやうぐわち》着る物して貰《もら》ふ男有り、[一六]盆帷子《ぼんかたびら》の約束もあり、小遣銭《こづかひぜに》くるる人有り、一年中の元結、白粉《おしろい》つづける《仕送りする》[一七]知音《ちいん》有り、傍輩《はうばい》の若い者に、絹の脚布《きやふ》搔き付き《かねだり取り》、[一八]久三郎に逢うても、只は通さず、[一九]継ぎ煙管《きせる》を無理取りに、[二〇]合羽の切れの煙草入《たばこいれ》をしてやり《巧みに手に入れ》、「二分《にふん》が物《銀二分程の価の物》も取らぬが損」と、欲ばかりに《欲心だけから》戯《たはぶ》れ、されども、末々《後々の》身のために、金銀欲しがるにもあらず。

〔春秋二季の〕出替りの中宿遊び、女ながら美食好み、[二一]鶴屋《つるや》の饅頭《まんぢゆう》、[二二]川口屋の蒸《むし》蕎麦《そば》、[二三]小浜《こばま》屋の薬酒、[二四]天満《てんま》の大仏餅《だいぶつもち》、[二五]日本橋の釣瓶鮨《つるべずし》、[二六]椀屋《わんや》の蒲鉾《かまぼこ》、[二七]樗木筋《せんだのきすぢ》の仕出し《新趣向の》弁当、[二八]横堀の貸御座、芝居行くにも、駕籠《かご》でやらせ、[二九]当座払ひの借桟敷《かりさじき》、〔芝居を〕見て帰りての[三〇]役者泥《なつ》み、[三一]角《かく》のうちに小《こ》の字、[三二]舞鶴《まひづる》、[三三]香の図、[三四]無用の紋所を移し、姿作るに《めかすことに》一生夢の暮し《一生夢中で暮し》、人に浮かされて《男にのぼせ上がって》、親の日《命日》を構はず、兄弟の死目にも、遊びかかつては行か

一五 寝室で数知れぬ男と枕を交わし。
一六 盂蘭盆《うらぼん》（陰暦七月十五日）に着る帷子。この日色売る女は正月に次ぐ晴着で装った。三八頁注六参照。
一七 馴染みの男。
一八 下男などの通名。
一九 継ぎ羅宇《らう》の煙管。
二〇 紙合羽の裁ち落しで作った安物の煙草入れ。油が引いてあるので中の煙草が湿らない。
二一 菓子屋鶴屋織部（今、東区平野町二丁目）。
二二 饂飩屋《うどんや》川口屋清兵衛（今、東区道修町《どしようまち》）。
二三 名酒薬酒商林和泉掾《いずみのじよう》（今、東区大手通大手橋東詰）。
二四 大仏餅屋（今、北区難波橋筋）。
二五 福島屋長兵衛（今、南区宗右衛門町）の吉野の釣瓶鮨。器の形が釣瓶に似ている。鮎鮨《あゆずし》。
二六 今の東区備後町にあったという。
二七 土佐堀川に架けた栴檀《せんだん》の木橋の通り。南は長堀川まで。今、東区から南区にわたる。
二八 今の東区横堀に貸御座船の船着場があった。
二九 現金払いの借桟敷。茶屋を通して芝居を見る高級客は後払い。
三〇 役者に夢中になり。
三一 嵐三右衛門の紋。
三二 荒木与次兵衛の紋。
三三 大和屋甚兵衛の紋。
三四 必要もない役者の紋を自分の着物に付け。

一 「はるかなる大江の橋は造りけん人の心ぞ見え渡りける」（『夫木抄』源俊頼）から「見え渡る」を「大江橋」を介して「淀屋橋」に続けた。今、北区中之島をはさんで、北に堂島川に大江橋を、南に土佐堀川に淀屋橋を架ける。

二 蜆《しじみ》川（曾根崎川）の下流、今の福島区上福島・下福島辺を流れて堂島川に合した。

三 北浜の米相場に参加する人が少なくて。天候が安定すると相場に変動が少なくなり、市場人気が離散する。

四 下が引出しになっており、その上に硯がかけてあるもの。

五 西鶴序・宇治加賀掾《かがのじよう》の浄瑠璃《じようるり》段物集。

六 下働きの下女に対して座敷で働く女。ここでは、蓮葉女。

七 「二つ紋」は比翼紋のこと。ここでは、蓮葉女を他のものと対照させて悪口したことをいう。

八 道頓堀や天満の河岸にかけた小芝居。

九 能楽『翁』の千歳の如き顔の者をいうか。

一〇 今、東区北久太郎町の東本願寺難波の御堂の海棠は難波十観の一。玄宗皇帝が楊貴妃《ようきひ》の酔態を評した「海棠睡《リ》未《ダ》レ足《ラ》耶」（『唐書』楊貴妃伝）の転用。

一一 古浄瑠璃の剛勇無双の主人公。そのあだ名を持つ「はつ」は、赤ら顔か、精力強きをいうか。

一二 梅毒。

米市の若い者の蓮葉女品評

ず、不義《みだらな事を》したい程する女ぞかし。

春めきて《春らしく》、人の心も見え渡る《人の心ものどかに見える頃》[一]淀屋橋を越えて、中の島の気色《けしき》、雲静かにして風絶え、[二]福島川の蛙《かはづ》、声豊かに、雨は、傘《からかさ》の湿りもやらぬ程降りて、願ふ所の日和、万《よろづ》の相場定まりて《安定して》、[三]米市《こめいち》の人立ちもなくて、若い者今日の淋《さび》しさ、[四]掛硯《かけすずり》に寄り添ひて、十露盤《そろばん》を枕として、[五]小《こ》竹集《だけしふ》を開きて、尻叩《しりたた》きて拍子を取り、「濡《ぬ》れの段程面白きはなし《色っぽい章節》」と語るにつけて、家々に勤めし[六]上女《かみをんな》の品定め《品評》、いづれも並べて[七]二つ紋といへる悪口、「見るにをかしげなる顔付き、八橋《やつはし》の吉《きち》と[八]浜芝居の[九]千歳老《せんざいらう》。不断《常に》眠《ねぶ》れど見よきもの、下り玉《京下りの玉の姿形》が風俗、[一〇]お裏の御堂の海《かい》棠《だう》。疾《と》うから出来いで叶はぬ物《もっと早くできているはずのもの》、[一一]金平《きんぴら》のはつが[一二]唐瘡《たうがさ》、[一三]高津《かうづ》の涼み茶屋。夜光つて世に重宝、猫《ねこ》のりんが眼《まなこ》ざし、[一四]杖《つゑ》に仕込み挑燈《ちやうちん》。賑《にぎ》やかに見えて後の淋しき女、[一五]釈迦頭《しやかがしら》の久米《くめ》、[一六]座摩《ざま》の練り物。泣いてから《泣いても》面白うないもの、[一七]徳利《とくり》のこまんが床、[一八]今宮の松の烏《からす》。長けれど只《ただ》なら聞き物、越後なべ《越後出身のなべ》が寝物語、[一九]道久《だうきう》が太平記。花車《きやしや》に見せて切売り、似せ紫（二〇）のさつが無心《ねだり》、谷町（二一）の藤の花。明けて見てそのままに置かれぬ物、合力《かふりよく》（二二）のしゆんが古裏《ふるうら》、松《まつ》（二三）囃子《はやし》の触《ふ》れ状。是非《何とし》とも《ても》に臭い物、鰐口《わにぐち》の小《口の大きい》よしが息遣《づか》ひ、

問屋の蓮葉女ども

長町（二四）の西側」。東、北、南、その方角に奉公せし蓮葉女数百人、数《数え》ふるにくどし《るのもうるさい》。年寄れば、その身は梧《きり》（二五）の引下駄の履き捨ての如《ごと》く、行き方知れずなりて、朽《く》ち果つる習ひぞかし。

我又、京の扇屋を出て、独りの閨《ねや》も恋しく《男恋しく》、この津《大阪》に来《きた》りて、この道《蓮葉女》に身をなし、人をよく焼く（二六）とて、野墓《のばか》《火葬場》のるりと名に呼ばれて《のるりとあだ名をつけられて》、初めの程は、主《しゅ》を大事に、酒さへ零《こぼ》さず、通ひ《給仕》せしに、自堕落《じだらく》見習

一三 高津神社境内の涼み茶屋。六五頁注一九参照。
一四 竹杖に傘提燈を仕込んだもの。用ある時引き出して開くと、杖が柄となる。実用的ではない。
一五 縮れ毛。閨情《けいじょう》濃厚の相。七五頁注五参照。
一六 今、東区渡辺町の座摩神社の六月二十二日の夏祓《なつはらい》の行列は美観で、その通った後は淋しい。
一七 酒浸しのこまんの酔い泣きをいうか。
一八 今、浪速区恵美須町の今宮戎神社。「松の鳥」は朝泣く意か。
一九 『太平記』の辻講釈師の名か。
二〇 蘇枋木染《すおうぎぞめ》の紫色（一七八頁注一二参照）。このあだ名の「さつ」という女は、上品に見せかけて肉体の切売りをいとわぬ意をこめたか。又、「紫」と「藤」は縁語。
二一 今、南区谷町六丁目の和称院観音堂（大阪三十三所観音霊場の十六番札所）堂前に藤の大樹があって、この辺を藤の棚と呼ぶ。この藤を土産《みやげ》に切売りした。一七二～三頁挿絵参照。
二二 客にねだり癖のあるしゅんの着物の古びた裏地。
二三 正月の謡初めの案内状。
二四 日本橋の南の町筋。九丁目まで（一八八頁注六参照）。その西方に千日《せんにち》の火葬場がある。

蓮葉女に転落

二五 梧の木の引割り下駄。粗末な下駄。
二六 相手を喜ばせる口上手。

ひて後には、燭台《そくだい》、夜着の上に倒《こ》けかかるをも構はず、菓子の胡桃《くるみ》を、一床《とこ》の塗縁《ぬりぶち》にて割り喰らひ、二椀《わん》を折敷《をしき》のめげる《壊れるのも》を構はず、三忙し業《わざ》に、四襖障子《ふすましやうじ》引き裂きて紙縷《こより》にし、濡《ぬ》れたる所を蚊屋にて拭《ぬぐ》ひ、五家の費《つひ》えを構はず、投げ遣《や》りにする事なれば、六惣《そう》じての問屋、長者に似たり。中々危ふき世渡り、七二つ取りには、八聟《むこ》にはいやなものなり。

自《みづか》ら、一二年同じ家に使はれしうちに、九秋田の一客を見すまして、昼夜御機嫌を取りて、一〇思《おぼ》し召しの直中《ただなか》へ、諸分《しよわけ》を持つて参る程に、衣類、寝道具数々の一一はずみ、酒の紛れ《酒の酔いのどさくさに紛れて》、どさくさに硯紙《すずりかみ》取り寄せて、墨磨《す》りてあてがひ、「一代《一生》見捨てじ」との誓紙を握り《取り》、愚かなる田舎人を威《おど》し、一二ちんともかんとも言はせず、「お帰りに、お国へ連れられ、互ひに北国の土に」と申す程に、一三国元の首尾迷惑して、いろいろ詫《わ》びても堪忍せず、一四気《け》もない事を、「お腹《なか》にお子様が宿り給ふ」など言ひて喜び、一五「てつきりと、男子《なんし》には覚えあり。お名はこなた様の頭字《かしら》、新左衛門様を象《かたど》り、新太郎様。追つ付け五月の節句、一六幟《のぼり》

一 床の間の前端の化粧横木が漆塗りのもの。それにくるみを打ちつけて殻《から》を取って実を食うのは、はしたないと共に、塗縁を傷つけることになる。

二 杉・檜《ひのき》などの薄板で作った盆又は食膳。ここでは、普通の食膳をいうか。

三 忙しいのを口実に。

四 唐紙《からかみ》障子。

五 主家の損失になることも平気で。

六 諺。問屋は派手な家業なので、見せかけは大金持のようだが、内情は利に乏しく不安定なことをいう。蓮葉女の投げやりな行為を、問屋自身のよい加減な処世法に転じた。

田舎客をたぶらかす

七 二つのうち一つを選ぶとすれば。

八 問屋を娘の夫にするのは。

九 第一の大事な客。

一〇 相手の望むところにうまく取り入ったので。

一一 よい気になって物を与えること。

一二 うんともすんとも言わせず。

一三 国元の成行きを心配して。

一四 何のしるしもないことを。

一五 きっと男の子だとわかっている。

一六 端午の節句に立てる幟。武者絵の描いてあるのが普通。

出して[一七]菖蒲刀《しやうぶがたな》を差させまして」と言ふをうたてく《うんざりして》、密《ひそ》かに、[一八]重手代《おもてだい》の[一九]頭《あたま》にばかり智恵の有る男を頼み、[二〇]後腹《あとばら》病まずに、[二一]仕切銀のうち、[二二]二貫目出して、[二三]蹲《つくば》はれける。

一七 柳の木で作った刀に箔《はく》を置いたもの。端午の節句に男の子が帯びて遊ぶ。
一八 手代の長。支配人。
一九 頭にだけしか知恵のない男。浅知恵の男。表面上は一通りの処理が出来たが、女のごまかしの見破れなかったことをいう。
二〇 後に面倒が残らぬように。お産の用語を用いた。
二一 取引決済の支払金。
二二 銀二貫目。手切金である。
二三 平身低頭した。

入絵

好色一代女

六

一 暗物女《くらものおんな》は呼ぶと急いで来て色を売って。

二 帰りには普段着の木綿着物に着替え。

三 出女の客を呼びこむ声。

四 客のと自分のと二つ。

五 年老いた街娼が歌っているかのように、本人に代って付添いの若い男が「君が寝巻」を歌う。この歌は街娼のよく歌った小歌。

六 昔に返って、都に帰る人に、つまらぬ長話をしたことよ。「かへる」は「昔」と「都」に掛ける。

七 暗物女。素人という触れ込みでこっそり色売る私娼。中宿に呼ばれて色を売る（一七二頁七行目以下参照）。「化物」は素人に化けたことを指す。

巻六

[一]呼べ足はや来て
　[二]帰る姿や木綿着る物
　　又藤の時分にお出で
[三]泊らんせ泊らんせ泊らんせ
　これ木枕も[四]二つが有るが
夜更けて
　[五]付け声の君が寝巻
[六]昔にかへる都の人に
　よしなき長咄《ばなし》

好色一代女　巻六

目録

七 暗女昼化物《あんぢよはひるのばけもの》

〽八 上《うへ》町は藤の花に行く女
九 お敵《てき》次第に
持つて参る
色姿衣類も
一〇 そのまま　変つた事の

一一 旅《りよ》泊《はくの》人《ひと》詐《たらし》

〽一二 小遣帳にも付けられぬ
一三 仲間算用
一四 三五の十八振袖に
とめられて
一五 馬ぢや馬ぢや　一六 春はござれの

八 今、大阪市東区東横堀川以東一帯の台地。上町は藤の花見に行くところだが、そこに行く女は、の意。本文では、藤の花の季節ではなく、太鼓念仏を見に出た女とある。そのあたりには売春宿が多く、そこに呼ばれて色売る暗物女をいう。

九 お客の出方次第に、うまく順応する。「お敵」というのは、遊女より客を、又客より遊女を指していう言葉。

一〇 客の望みのままに現れるとは、変ったことではないか。

一一 旅の宿で男を丸め込む女。出女・飯盛女とも。

一二 出女に支払った出費は旅中の費用を記す小遣帳にも記されぬ。

一三 同行者の間の貸借にしておく。

一四 諺《ことわざ》。勘定の合わぬこと。見込みの違うこと。ここでは、出女を買った出費が勘定を狂わせたことから、更に、十八歳くらいの振袖女が若作りの老女であった見込み違いを重ねる。

一五 ・転して、出女に留められた客を、「馬ぢや馬ぢや。そこ退《の》け」と、その客を乗せた馬方の出女を振り払う言葉に続けた。

一六 「来春はいらっしゃいよ」。流行歌の一節を振り払われた出女の言葉に転用。

＊ このあたりの呼吸を俳諧的展開という。

夜《や》[一]発《ほつの》付《つけ》声《ごゑ》

〽忍《しの》[二]び路《ぢ》にはあらねど　犬に
咎《とが》められて
割[三]り竹の音　夜は
八[四]つ声して君が寝巻
七[五]蔵合点か

皆思謂五百羅漢《みなおもはくのごひやくらかん》[六]

〽昔[七]にかへる都の浄土
死[八]顔を又今見る
やうに
それよこれよ
諸袖《もろそで》[九]に
濡《ぬ》れの終りを
語る

一 夜間街娼。
二 色を売る為に街頭に出るので、忍ぶ恋路ではないのだが。『伊勢物語』五段の連想あるか。
三 付添いの男が割り竹を持って歩き、犬を追い払う。
四 八つ時の声。「八つ」は冬の夜だから、午前二時十分くらい。真夜中のねぼけ声して、付添いの男が「君が寝巻」を一代女に代って歌う。
五 下男などの通名。七蔵さん、自分で声も出せぬような老婆を買っているのだということをご承知か。
六 五百羅漢の像はすべて昔馴染みの男に似ている。「五百羅漢」は、釈迦の遺教を守る五百人のすぐれた弟子衆。
七 諸国を巡った末に後世《ごせ》安楽を願って昔馴染みの京都に帰り、大雲寺に詣でた。仏の浄土に掛けて、都を浄土ということ、三〇頁注四参照。
八 五百羅漢の顔を見て行くと、亡くなった昔馴染みの男たちの顔を今目の前に見るようだ。
九 両袖を涙に濡らして、長い年月の色事の結末を、一代女は語った。「濡れ」は涙に濡れる意と色事の意を掛ける。
一〇「彼岸に入る」と「入り日」を掛ける。
一一 入り日に照り映える紅の浪から、藤浪を連想。
一二 谷町の藤の棚の藤をいうか。一六三頁注二一参照。

暗女《あんぢよ》は昼の化物《ばけもの》

秋の彼岸に一〇入り日も西の海原《うなばら》、一一紅《くれなゐ》の立つ浪《なみ》を目の下に、上《うへ》町より の眺《なが》め、花見し一二藤もうら枯れて、一三物の哀れも折ふしの気色《けしき》、おのづから無常に基づく〔入相の〕鐘の声、一四太鼓念仏とて、一五その暁《あかつき》の雲晴れねども、西へ行く極楽浄土、有難くも殊勝さも、入り拍子の撥《ばち》、撞木《しゆもく》、聞く人山をなして、立ち重なりしに、この辺《あた》りの裏貸屋《裏通りの貸屋》に住める女の、一六物見猛《だけ》くて、細露路より立ち出でしを、さのみ卑しからざる形を、人の目立たぬやうにはしけれど、顔に白粉《はくふん》、一七眉《まゆ》の置き墨、一八丈長《たけなが》の平《ひら》元結《もとゆひ》を広畳み《幅広に畳んで》に掛けて、一九梅花香《ばいくわかう》の雫《しづく》を含ませ、象牙《ざうげ》の差櫛《さしぐし》大きに、万気《よろづ》をつけて拵《こしら》へ、衣類と頭《かしら》は各別に違ひ《全く違い》、二〇合点首《がつてんくび》の如し。「これ、いかなる女房やらん」と、子細を尋ねしに、いづれも、世間を忍ぶ

一三 もののあわれも今が一しお強く感じられる様子。『徒然草』十九段「折節の移り変るこそ、物ごとにあはれなれ。もののあはれは秋こそまされと、人ごとに言ふめれど、それもさるものにて、今一きは心も浮き立つものは、春の景色にこそあんなれ」を逆用か。

一四 念仏踊の一種。

一五 「その暁」は連俳用語で、釈迦入滅五十六億七千万年後、弥勒《みろく》がこの世に現れて仏法を説き衆生《しゆじやう》を済度するというその時、の意。その暁が来て、人間煩悩の迷妄《めいもう》がすっかり晴れたわけではないが、西方《さいほう》極楽浄土へ導かれるような気がして、と続く。なお、このところ、謡曲『百万』の「弥陀《みだ》頼む人は雨夜の月なれや雲晴れねども西へ行く」をも踏む。謡曲では、ここで太鼓を入れて拍子をとるが、この太鼓念仏では、太鼓（撥）と鉦《かね》（撞木）が入る。

暗物女登場

一六 物見高くて。

一七 眉を眉墨で描き。三七頁注一一、一二八頁注七参照。

一八 質厚く糊気のない奉書紙の長いものを畳んで作った平元結。

一九 梅花香油。丁字《ちようじ》・白檀《びやくだん》など十一種を刻み合せて製した梅花香に蠟《らう》・胡麻《ごま》油《あぶら》を加えて練った頭髪用の水油。

二〇 木または竹の串《くし》に頭だけを付けた人形。女児の玩具。頭ばかり飾って、普段着の私娼をたとえた。客の注文に応じて着物を着替えて出かけるのである。

暗物女《くらものをんな》といへり。

〔暗物女という〕名を聞くさへ煩《うるさ》かりしに、我又、身の置き所《身の振り方に困り》なくて、[一]据物宿《すゑものやど》に行きて、[二]分《わけ》の勤めも恥かし。据物は、その内へ客を取り込み、外《ほか》の出合ひに行かず、分とは、その[三]花代、宿と二つに分くるなるべし。[四]月掛りの男、[五]万金丹《まんきんたん》一角《かく》づつに定めて、[六]当座の男は相対《あひたい》づくにて、自《じ》堕落《だらく》、沙汰《内緒の収入》なしにする事ぞかし。

谷町の藤の棚花見風景

又、暗物といふは、恋の中宿《密会宿》に呼ばれて、仮初めの慰みを銀二匁、中にも形の見よきに、衣類の美しげなるを着せて、[七]銀一両と、[八]少し位《くらゐ》を付け置きぬ。[九]ここに頼る

据物女

一 据物という私娼を抱え置く家。据物は客をその家に迎えて色売ること、公娼の局女郎《つぼねじょろう》に類する。

二 花代を宿主と遊女とで二分すること。必ずしも等分ではない。下級の公娼もこの方式。

三 揚銭。遊女を呼ぶに要する費用。飲食その他の費用は別。

四 月極め契約の男。

五 一歩金。「万金丹」は毒消し薬の名だが、形と色の類似から一歩金にたとえた。一角は一歩金の形からきた名称（五二頁注三参照）。

暗物女とその客

六 その時限りの客は話し合いの上で値段を決めて、ひそかに色を売るのである。

七 銀四匁三分。十両を一枚（丁銀一枚約四十三匁）とする。

八 少し格式をつけて置いた。

九 ここへ遊びに来る男は。

男は、母屋《おもや》[一〇]渡せし親仁《おやぢ》の、寺参りに事寄《かこつけ》せ、養子に来《きた》る人の、万《よろづ》に気かねて《気がねして》忍び行くなど、世間恐れぬ《おおっぴらに遊べる人》人の頼るべき所にはあらず。この自由なる大坂にして、侘《わ》[一一]びても、かかる物好き。これを思ふに、始末《節約》より起れり。

この宿の仕掛け[一二]、表住居[一三]なれ、一間見世《いつけんみせ》[一四]に二枚障子を入れて竹簾《たけすだれ》に、中古《ちゆうこ》[一五]の鉄鍔《てつつば》、鋳湊《いさらへ》[一六]の目貫《めぬき》、羽織の胸紐《むなひも》、昔扇《むかしあふぎ》[一七]の地紙、又は、唐《から》獅子《しし》の根付け[一八]、取り集めて《全商品で》、銭二百[一九]ばかりが物を見せ掛けて、夫婦ながら、継ぎの当らぬ物着て、以上五六人口《合計五六人の家族が》、ゆるりと暮し、五月の頃《ころ》まで、冬の寝道具を、長持の上に積み重ね、節句前[二〇]をも、朔日《ついたち》

暗物宿の様子

一〇 隠居した。
一一 方法に窮しても、暗物女遊びをする趣味はよくない。
一二 企て。もくろみ。ここでは、店つき。
一三 表通りに面した住居だが。
一四 間口一間（約一・八メートル）の店。店つきとしては、最も狭い。『日本永代蔵』巻二の一。
一五 古物の鉄製の安物の鍔。
一六 鋳型で鋳出したものに加工して、彫金のように見せた安物の目貫。「目貫」は、もと、刀を柄《つか》に固定する為に貫いた目釘《めくぎ》のことだが、転じて、その上を被う装飾用金具をいう。
一七 古扇に書かれた書画を珍重して扇面だけを残したもの。
一八 巾着《きんちやく》や印籠《いんろう》などの緒の端に付ける装飾用工芸品。
一九 銭二百文ほどの品物を店先に並べて。売春宿であることを紛らす為に古物商の見せかけをとったのである。
二〇 端午の節句前の決算日五月四日（一二四頁注一〇参照）を待たないで、一日二日のうちにきちんと支払いを済まして。

二日にしやんと仕舞うて、[一]二三連の粽《ちまき》巻くなど、[二]幟《のぼり》は紙を継ぎて、素人絵《しろとゑ》を頼み、[三]千人斬《せんにんぎり》の所を書きけるに、弁慶は目を細く、牛若丸は恐ろしく、あちらこちらへ取り違へて、万事に分《わけ》はなかりき《よい加減の事ばかり》。されども、手の届く棚《たな》の端に、[四]渡盞《とさん》、[五]燗鍋《かんなべ》を並べ、[六]堀江焼の鉢《はち》に[七]飛魚の干物《ひもの》、蓋茶碗《ふたぢやわん》に煮染《にし》め大豆《まめ》、絶えず[八]取肴《とりざかな》のある事、[九]一つ成る客は、これも喜悦なり。

ここに頼る人の言葉、十人ともに変る事なし。「何とお内儀《ないぎ》、珍しいものはないか」と、庭《土間》に立ちながら言へば、「[一〇]京の石垣崩れなりと、さる御浪人衆《しゆ》の娘御なりと、新町で天神して居た女郎の果てなりと《〔色々あります〕》、お前様も見知らしやつてござんす事も《お見知りのも〔あるかもしれません〕》」と、跡形《でたらめな作りごと》もなき作り物《でたらめとは》。それとは思ひながら、好もしくなつて、「その浪人娘、年頃は。[一一]首筋は白いか。女房すぐれたといふは《器量のよいのをというのは》、無理ぢや。只《ただ》、奇麗《こざつぱ》にさへあらば《りしておれば》、呼うでおぢやれ《呼んでおいで》」と言ふ。「これがお気に入らずば、一両の銀子《ぎんす》は、私が償《まど》ひます」と、確かに請け合ひて、十一二なる

燗鍋・渡盞
〔和漢三才図会〕

客と暗物宿との駆引き

一 一連は粽十個を一束にしたもの。粽はもと茅《ちがや》の葉で巻いたというが、この頃は多く笹《ささ》の葉を用い、中に米の粉の餅《もち》を包む。端午の節句の祝いもの。
二 端午の節句に立てる幟。
三 弁慶の京都五条橋（八九頁注一七参照）上の千人斬り。
四 盃台。
五 酒の燗をする鍋。
六 未詳。今、西区堀江辺で粗末な焼物を作ったか。
七 鹿児島に多く捕れ干物にして諸国に送られた。
八 各自で盛り分ける酒の肴。
九 一杯いける客。酒の飲める客。
一〇 もと京の石垣町にいた茶屋女。一四一頁注九参照。
一一 泥臭くないことをいう。
一二 暗物宿の亭主。
一三 四文か八文くらいの小銭をかける双六賭博《とばく》。

一四 今、北九州市小倉区地方で産した木綿縞。
一五 この場合の分けは、宿主一匁五分、遊女二匁八分となる。
一六 ちらとよそ目する間。ほんの僅かな時間。
一七 目くばせして。目で知らせて。
一八 薄藍色。藍染は紺が最も濃く、花色（縹色《はなだいろ》）・空色（千草色）・浅黄色・薄浅黄色（水色）と次第に薄くなる。
一九 留袖の着物（六六頁注四参照）。留袖を着て来たことで若くないことがわかる。次頁八行目に、二十四、五歳と推定。
二〇 紅色の地に御所車の刺繡《ししゅう》のある振袖。
二一 牡丹の花にその葉を唐草風に装飾化してあしらった図柄。「唐草」はもと外来の蔓状《つるじょう》模様。
二二 金糸入りの織物。金襴《きんらん》。高級品は輸入物だったが、当時は京織が多く、金糸にも本金・贋金《にせきん》があった。これは贋金の京織であろう。三一頁注二五参照。

花代銀一両の暗物女

二三 前結びは遊女風のしゃれた結び方。後ろ帯は堅気の野暮な風。
二四 中綿を入れた絹布で作った紐。四条河原の歌舞伎役者の創始したものという。
二五 畝刺しの足袋。一〇一頁注一九参照。
二六 延紙（鼻紙）を二つ折りにしたもの。四三頁注一八参照。

野郎紐〔女用訓蒙図彙〕

我が娘に、小語《ささや》くを聞けば、「お花殿に、見よいやうにして、今来てくだされい、と言うて来い。余所《よそ》の人があらば、帷子《かたびら》を裁ちます程に、ちつとの間雇《やと》ひましよ、と言へば合点《〔お花殿は〕了解する》ぢやぞ。これこれ、その戻《もど》りに、酢《す》買うて来よ」と、口早に言ふもをかし。

[一二]阿爺《とと》は、泣く子を抱《だ》いて、隣へ[一三]四文《もん》八文の双六《すごろく》打ちに行く。嗅《かか》は奥の一間を片寄せて、暦張り《古暦を張った粗末な台所用屏風》の勝手屏風を引き立て、[一四]小倉裁《こくらだ》ちの蒲《ふ》団《とん》、木枕《きまくら》も新しき二つ、別してもてなしけるは《特別に厚遇するのは》、[一五]銀一両の内、一匁五分、[一六]目振る間の儲《まう》けぞかし。

暫《しば》しありて、裏口より、雪踏《せった》の音の聞えしが、嗅《かか》、[一七]目弾《めはじ》きして立ち向ひ《出迎え》、揚り口にて色作る《身づくろいする》もせはし。その女、木綿[一八]浅黄の単《ひとへ》なる[一九]脇《わき》塞《ふさ》ぎを着て、手づから風呂敷包《ふろしきづつみ》を抱《だ》かへしが、それを明くれば、白き肌帷子《はだかたびら》、[二〇]地紅《ぢべに》に御所車の縫ひある振袖《ふりそで》、[二一]牡《ぼ》丹唐草《たんがらくさ》の[二二]金入りの帯、[二三]前結びにせしを、「浪人衆の娘と言うて置いた」と、後ろ帯に仕替へさすも、気が付き過ぎて、をかし。[二四]野郎紐《やらうひも》の[二五]畝足袋《うねたび》はくなど、[二六]延べの二折《ふたつをり》、[1]似《に》せ金《きん》の黒骨を持ちて、忽《たちま》ちに姿直《なほ》し、立ち出づるより、[2]少し物言ひ訛《なま》りて、いつ見習ひける、[3]褄《つま》投げ出しの居《ゐ》ずまひ、白羽《しろは》二重《ぶたへ》の下紐《腰巻》を、態《わざ》と見せるはさもし。

酒も、[4]身を避《よ》けて、初心に飲みて、床も子細なく《床入り後も大人しく》、[5]男の請太刀《うけだち》ばかりして、侍《さぶらひ》の子といふを忘れず。「[6]小桜縅《こざくらをどし》といふ具足を、京へ染め直しにやらしやつた」との、問はず物語《独り語り》、聞くに[7]腹いたし。聞かぬ顔もならず、「そちの名字《みやうじ》は」と、尋ねければ、「[8]浄土宗」と言ふ。振袖《ふりそで》は着れども、年は二十四五ならめ。これ程の事は、知るべき物をと、不便《ふびん》なり。[9]奇特《きどく》に、座敷を急がぬは、[10]四匁が所と思ふにや、しほらし。

又、仮初め《その時限りの遊興》を、二匁の女は、それ程《それ相応に》に、[11]縞曝《しまざら》しの帷子《かたびら》に、薄玉子の帯柔《やは》らかに結び、宿《暗物宿》へ上がるより身を悶《もだ》え、「今日の暑さはいの《暑さは大変ですね》、行水せうと思うて、小釜の下へ焚《た》き付ける所へ、人が来て《使いが来たので》。先づ許さんせ。汗を入れて、座敷へ」と、両肌脱《もろはだぬ》ぐなど、興覚《がっかりした》めぬ。これ

一 真鍮箔《しんちゆうはく》を置いた黒骨の扇子。
二 地方出の浪人の娘らしく見せかける為に。
三 着物の褄を広げて坐る武家風を真似て、褄の乱れた坐り方になったのであろう。
四 身を遠ざけて。客にべたべた寄り付かないで。
五 男のするままに任せて。侍の縁で「請太刀」の語を用いた。
六 藍地に白く小桜の模様を染め出した革で綴《つづ》った鎧《よろい》。この女は具足が鎧兜《よろいかぶと》、当時は特に鎧をいったことを知らなかったのである。
七 傍《かたわ》ら痛し。傍らより見て笑止である。苦々しい。
八 名字（姓）と名号（阿弥陀《あみだ》仏の名。又は、その名を称えること）と取り違えたか。庶民に名字は関係なく、浄土宗・浄土真宗は庶民の間に最も流布した宗派で弥陀の名号は常に口にされるところであった。
九 感心にもこの座敷を早く済まそうとしないのは。
一〇 この暗物女の花代は、初めに銀一両（四匁三分）とあった。一七二頁注七参照。

花代二匁の暗物女

一一 縞柄を織り出した白くさらした麻布。

は、[一二]二匁の内八分《ふん》、宿へ取らるるとかや。
又、[一三]当座百の女は、[一四]この内四分取らるるぞかし。正味《しやうみ》八分の女、身持ち卑しく、[一五]脚布《きやふ》の継《つ》ぎを黒めるも、尤《もつと》もぞかし。これは、[一六]頭《かしら》から白《しら》けて、「[一七]奈良苧《ならそ》も、気が尽きます《うんざりします》。客はなし。喰はねばひだるし」と、摺鉢《すりばち》〔の〕あたり見渡して、「今の[一八]薙《かりぎ》参るな。お腹《なか》にあたります。はあ、白瓜《しろふり》白瓜、見るも、今年の初物。まだ、一つ五文程」と言ふ。聞くもいやなり。この女も、客を勧めて《客の相手をして》、[一九]悲しうない事を泣いて、後取り置いて《あと始末をして》、男は下帯もかかぬうちに《褌も締め終らぬうちに》、〔女は〕立ち出で、「御縁がござらば、又も」と、〔言って〕帰りさまに《帰りがけに》、「花代」と言ふも《〔宿主に〕請求するのも》、せはしや。

旅泊《りよはく》の人詐《ひとたらし》

旅は、憂き物ながら、泊り定めて、[二〇]一夜《いちや》妻《づま》の情け。これを思ふに、

一二 この場合の分けは、宿主八分、遊女一匁二分となる。

一三 その時限りの交渉が百文の女は。

一四 この場合の分けは、宿主四分、遊女八分となり、百文が一匁二分となる。付録参照。

銭百文に身を切り売る女

一五 腰巻に継ぎの当っているのをごまかす。一匁取の局女郎も同様な仕草をした。六四頁一四行目参照。

一六 初めから打ち明けて。

一七 奈良晒《ざらし》布の原料として、麻の皮から採った繊維を細く裂き長くつないで糸としたり、その糸に縒《より》をかけたりする女の手仕事。それも根気を必要とするのに、収入が少なく、生活の為に色を売ろうかと思っても、客は容易にない、の意。

一八 薙《かりぎ》は召し上がるな。「薙」は葱《ねぎ》の一変種。葉細く小さく、夏刈って食用とする。夏葱。

一九 閨中の疑似嬌声。

＊ この章も一代女の告白体をほとんど喪失。

二〇 一夜の情けを売る女。

伊勢古市の茶屋女

[一]夢も結ばぬ戯《たはぶ》れなれど、昼の草臥《くたびれ》を取り返し、古里の事をも忘るるは、これぞかし。

我又、流れの道、有る程は立て《色売る女の道すべてを勧め上げて》尽して《〔うまくゆかず〕》、諸仏にも見限られ《仏にも見放され〔おちぶれて〕》、[二]神風や[三]伊勢の古市《ふるいち》・中の地蔵といふ所の、[四]遊山宿に身をなして《勧める身となって》、世間は《世間体は》娘と言はれて、内証は《内実は土地の客の相手をした》地の御客を勧めける。

衣類は、都上代の《都の昔の》島原太夫職の、着捨てし物に《今は着なくなった物》変らず。所柄とて《その地にふさわしく》[五]間《あひ》の山節《やまぶし》、「浅ましや、往来《ゆきき》の人に名を流す」と、いづれが歌ふも《誰が歌っても》同音にして《同一の音調》、をかしかりき。座付きも《座敷での応対も》、春中は芝居ありて《春の間は旅芝居がかかって》、上方の芸子《役者》に見習ひ、さのみ卑しからず、酒の友《相手》ともなしける。自《みづか》ら、ここに勤めて、[六]過ぎにし上手を出して、[七]粋倒《すいごか》し[八]そそり、人の気を取りけれど、脇顔《横顔》の小皺《こじわ》見出だされ、若きを花と好《す》ける世なれば、後には訪《と》ふ人稀《まれ》に、[九]無首尾次第に悲し。

片里も《片田舎でも》、今は恋に賢く、年寄り女は、[一〇]闇に被《かづ》かず。[一一]明野《あけの》が原の茶屋風俗、さりとては《それなりに》をかしげに、[一二]似せ紫のしつこく《こってりと》、様々の染め入《種々の模様を染め入れ》

一　ゆっくり眠る間もないあわただしい契りだが。
二　「仏」の縁語の「神」から、「伊勢」の枕詞としての「神風や」を引き出す。
三　間《あい》の山の中心街。今、伊勢市古市町・中之町（下中之地蔵）・桜木町（上中之地蔵）。古市町から中之町にかけて、芝居小屋・茶屋があって賑《にぎわ》った。
四　宿泊だけでなく遊興もさせる家。
五　伊勢節ともいう。寛文（一六六一〜）のころ、外宮と内宮の間の山、すなわち尾部坂と浦田坂の間、一名長峰約二十五町（約二・七キロ）の間で、乞食《こじき》の歌い始めたという俗曲。お杉・お玉の名で著名。
六　以前身に付けた巧みな手腕を発揮して。
七　粋でない客を粋とおだてあげてこちらの思うままに扱い。三八頁注一、二参照。
八　気分を浮き立たせ。
九　客の取れないこと。
一〇　暗やみにもごまかされず。
一一　今、多気《たき》郡明和《めいわ》町と度会《わたらい》郡小俣《おばた》町辺一帯の原野を明野又は明星野と呼ぶ。参宮客相手の茶屋は今の明和町明星《みょうじょう》にあったか。
一二　椿《つばき》の灰汁《あく》で染めた上を紫草の根の浸出液で染め、更に紅で染めた青味の強い本紫に対して、蘇枋木《すおうぎ》の心材の煎《せん》じ汁だけか下染に薄藍を用いたものを明礬《みょうばん》或いは芋茎《いもがら》の灰汁媒染で染め出した赤味の強い紫色。
一三　茜《あかね》染。茜草の根の煎じ汁の灰汁媒染で染め出した黄赤色。当時はより色鮮やかな紫赤色の蘇枋木の明れ、[一三]赤根の襟《えり》付けて、表の方《かた》へ見せ掛け、側からさへ目に恥かはし《そばで見てさえはしたなくて恥かし》きに《いのに》、脇明けの徳《振袖だと若く見えて》には、諸国の道者《団体参詣客》を招き寄せぬ。

我、古市を立ち退《の》き、[一四]流れは同じ道筋、松坂に行きて、旅籠屋《はたご》の[一五]人待つ女となりて、昼は心まかせの楽寝して、[一六]八つ下がりより身を拵《こしら》へ、所柄の[一七]伊勢《いせ》白粉《おしろい》、[一八]髪は正直の頭《からべ》に油を付け、[一九]天の岩戸の小暗がりより、出女の面《おも》白々と見せて、[二〇]講参りの[二一]通し馬を引き込み、「これ播磨《はりま》の旦那《だんな》、それは備後《びんご》のお連れ様」と、その国里を、一人も見違へる事なく、その所言葉《方言》を遣《つか》ひ、嬉しがる濡れ掛け《媚態》。〔参宮客は〕早や、宵朝《宿泊料》の極め《の取りきめもしないうちに》もなく、ここに腰を抜かし《動けなくなり》、誠はなき戯れ《その場限りの色事》、[二二]女は好《す》けるやうに睦《むつ》れ、荷物を取り込み、〔その宿に〕旅人《りよじん》落ち着くと、松吹く風にあしらひ《知らぬ顔して》、大方の事は返事もせず、「煙草《たばこ》の火一つ」と言ふも、「行燈《あんどう》が鼻の先にござる」と言ふ。「[二三]水風呂《すいふろ》が遅い」と、急げば、「[二四]腹に十月《とつき》はようござつた事」と笑ふ。

「少し頼む用がある」と、座敷に呼び寄せ、「むつかし《面倒だが》ながら、[二五]痃《けん》

礬媒染に代替された。
一四 同じような色売る勤めの茶屋女と旅籠屋女と、同じ道中筋の古市と松阪とを掛けた。
一五 客引き女。出女・おじゃれともいう。

松阪の旅籠屋女

一六 標準時刻で、午後二時過ぎから身支度をして。
一七 はらやともいう。今、松阪市射和《いざわ》町辺で産した水銀を原料の白粉。
一八 諺「正直の頭に神宿る」のもじり。髪には世間並みに油をつけ。
一九「髪」から、右の諺の「神」を介して、「天の岩戸」に及ぶ。外宮の南、高倉山上にある岩穴の俗称。そこから岩戸神楽《かぐら》の時の「面皆明白《おもてみなしろし》」(『古語拾遺』)をもじって作文した。意は、旅籠屋の薄暗がりから出女が真白に塗った顔を見せて。
二〇「講」は信仰団体の意。ここでは伊勢信仰に結ばれた伊勢講のこと。「講参り」はその集団参詣客。
二一 出発地から到着地まで同じ馬で通すこと。通常駅馬は一定の宿駅間を往来し、それを利用して旅を続けるのを継ぎ馬という。
二二 女は客に惚《ほ》れたかのようにまといつき。
二三 湯風呂のこと。一三六頁注四参照。
二四 気短をたしなめる言葉。六二頁五行目参照。
二五 肩のこり(四三頁注二〇参照)の灸の蓋(一五二頁注四参照)。

一 神経痛で腕が痛むこと。
二 旅やつれなさっても、心ひかれる男。
三 昼間支出に払った心づもりを忘れ。「胸算用」は西鶴の場合「むなざんよう」と読むのは珍しく、多く「むねざんよう」と振り仮名する。近松は「むなざんよう」。文語的と口語的のちがいか。
四 銭さしに銭一貫文すなわち千文（実際は九百六十文）つないだもの。外に銭百文（実際は九十六文）つないだ百ざしがある。
五 戻り馬は安いのに、それを三文値切って、負けないからといって乗らぬ身でも、色の道には、惜し気もなく銭を使うのである。

客引きと売色は別

六 給金。
七 その抱え主のところへ売色料の割前をやった。客引きの仕事と売色とは別の組織に属すのである。

癖《べけ》の蓋《ふた》を仕替へて」と、肩を脱《ぬ》げば、「この二三日は、[一]空手《そらで》が発《おこ》りました」と、見ぬ顔をする。浴衣《ゆかた》の袖《そで》の綻《ほころ》びを出して、「針・糸を貸せ」と言へば、肝《きも》の潰《つぶ》れし顔付きして（びっくりした顔付きして）、「いかに我々、卑しき奉公すればとて、よもや物縫ひ針持ちさうなる女と思《おぼ》し召すか」と、座を立ちて行くを、捉《とら》へて、「せめて宵《よひ》の程、これにて酒参れ（ここで酒を飲め）」など、勧めて、我が国方《くにかた》（郷土）の名物、それそれの塩肴（塩ものの魚）取り出し、仮初めの楽しみ。酔《ゑ》ひの紛れに、懐《ふところ》までは手を入れさせ、「[二]旅窶《やつ》られでさへ、いとしらしき男」と、笠《かさ》の緒《を》の当りし（あとのついた）頰桁《ほほげた》を擦《さす》り、草鞋《わらんぢ》ずれの跟《きびす》を揉《も》んで遣《や》れば、いかなる人も、[三]昼遣《つか》ひし胸算用《むなざんよう》を忘れ、[四]貫ざしを取り廻《まは》し、百（銭百文）、紙に包みて、女の袂《たもと》に入れけるも、をかし。[五]三文値切つて、戻《もど》り馬《うま》に乗らぬ身さへ、この道は各別なり（全然別だ）。

惣《そう》じて、客のために抱《かか》へし女、親方（旅籠屋の主の方から）の手前より、[六]給分《きふぶん》取るにもあらず、口ばかり養はれて（食べさせてもらうだけで）、その代りに、泊り（泊り客を）留めてやる事なり。一《いち》夜切《やぎ》りに身を売れば、外《ほか》に抱《かか》への主人あつて、[七]その許へ遣はしける。

身の廻《まは》りは、仕着せ《抱え主から》の外《の給与》、それぞれに知《ち》[八]音《いん》を持つて、その人に貰《もろ》ふ事、[九]世間晴れての諸分《しよわけ》なり。飯炊《めした》く下女も、見るを見真似に色作《めかしこんで》りて、大《おほ》客《ぎやく》の折《大勢の客の時は》ふしは、次の

松阪の客引き女

間に行きて、御機嫌を取る。これを[一〇]二瀬女《ふたせをんな》とはいふなり。

流れて桑名の浜辺の売色

[一一]流れて早き月日を勤め、これも《客引き女》夕暮れに見る形の卑しきとて、隙《ひま》を出されて、同国桑名[一二]といへる浜辺に行きて、舟の上がり場に立ち《船着場の人ごみにまぎれ》紛れ、紅や針売り《紅や針の行商》するもをかし。旅女の見ゆる方には行かずして、[一三]苫葺《とまふ》きたる掛り舟の中に入りて、風呂敷包、小袋は明けずして、商ひ事をして来るとは、[一四]恋草の種なるべし。

八　馴染み客。

九　誰に遠慮も要らぬ収入。

一〇　この場合は、下働きと客扱いを兼ねる女の意。一五九頁注一四参照。

一一　月日は早く流れ去るものを、大事にもしないで、こんなつまらぬ仕事に従い。「昨日といひ今日と暮して飛鳥《あすか》川流れて早き月日なりけり」（『古今集』春道列樹《はるみちのつらき》）による文飾。

一二　今、桑名市。東海道の宿駅。宮（今、名古屋市熱田区）へ海上七里（約二七・三キロ）を舟で結ぶ。

一三　菅《すげ》や茅《かや》を編んで覆いにした停泊船。

一四　色売る手段はあるものだ。「種」は「草」の縁。

夜発《やほつ》の付け声

今は早や、[一]身に引き請けし世に有る程の勤め尽きて、[二]老いの浪《なみ》立つ恋の海、津の国の色所《摂津の国大阪の色里》、新町に経廻《へめぐ》りて、昔、この身に覚えし道[三]筋なれば、好《よし》みある人《昔親しかった人の》に、情けを頼み《同情にすがり》、遣手《やりて》奉公をする事、[四]以前に引き替へて、恥かし。

[五]風俗備はつて、隠れなし《誰にも分る》。[六]薄色の前垂れ、中幅《ちゅうはば》の帯を左の脇《わき》に結び、万《よろづ》の鎰《かぎ》を下げ、内懐《うちぶところ》より手を入れ、[七]後ろを少し引き上げて、大方は[八]置手拭《おきてぬぐひ》、足音なしの忍び歩《あり》き。不断《常に》[九]作り顔して、心の外に《本心以上に》恐ろしがられ、太夫引き廻す事《太夫を指導して》、弱き生れ付きをも《頭の働きの鈍い太夫をも》、間もなく賢くなして、客の好くやうに[一〇]もつて参り、[一一]隙日《ひまび》なく、親方のためによきもの《抱え主に利益をあげさせる遊女》となりぬ。女郎の子細《内情》を知り過ぎて、後には、遣り繰り《ごまかし》を見咎《とが》め、

一 世間にある女の職業として自分に出来るものはすべてして。
二 石川丈山の「渡らじな瀬見の小川は浅くとも老いの浪立つ影も恥かし」の歌により、更に「浪」から「海」、「海」から「津」(港)、「津」から「摂津の国」を引き出す。意は、年老いて顔に皺《しわ》の目立つようになって、恋の本場大阪新町にやって来て遣手奉公することになったということ。

一代女遣手に落魄

三 大阪の遊里新町(二五頁注一七参照)の町筋を憶えていることと、遊里の内情に精通していることを掛ける。
四 一代女は若い時に島原で太夫・天神・囲《かこい》の諸職を経た後新町で二年間見世女郎を勤めたことがあった。六五頁参照。

遣手の風俗と生態

五 遣手の装いは決っていて。
六 薄柿色。
七 着物の後ろ裾《すそ》を少し引き上げるようにして。
八 手拭を畳んで頭にのせ、頭巾《ずきん》の代用にする。
九 本心を表情に見せぬ顔。
一〇 もちかけるようになり。客扱いのこつを覚えさせたのである。
一一 客のつかぬ日はなく。
一二 五節季(一二四頁注一〇参照)のこと。年に五度

太夫もこれに恐れ、客も気の毒さに《困って》、[一二]節季を待たず、[一三]二角《にかく》づつ、鬼《〔地獄の〕》
に[一四]六道銭を取らるる如《ごと》く思ひぬ。

玉造という町外れにわび住み

人に悪しき事《よくないことをして》の、末の続きしはなし。惣《そう》じて《皆が》憎み出し、この里《新町の色里》に住み憂く、[一五]玉造《たまつくり》といふ町外れ、[一六]見世なしの小家がちなる、物の淋《さび》しく、昼さへ蝙蝠《かうもり》の飛ぶ裏貸屋《裏通りの貸屋》を隠れ住みに、世を渡る[一七]匿《かく》まへもなくて、一つもある衣類を売り絶えて《たった一枚残った着物も売り尽し》、明日の薪《たきぎ》に棚板《たないた》を砕き、夕べは素湯《さゆ》に煎大豆《いりまめ》歯にのせるより外なし。

堕胎の子らの幻影

夜の雨に、人は恐るる神鳴《かみなり》を、哀れを知らば、ここに落ちて、我を抓《つか》めよかし。惜しからぬは命、今といふ今、浮世にふつふつと《すっかりいやになった》飽きぬ。[一八]行く年も早や、六十五なるに、打ち見《一見》には、四十余りと人の言ふは、[一九]皮薄にして、[二〇]小作りなる女の徳なり。それも、嬉しからず。一生の間、さまざまの戯れ《色事》せしを、思ひ出して、[二一]観念の窓より覗《のぞ》けば、[二二]蓮《はす》の葉笠《はがさ》を着たるやうなる子供の面影、[二三]腰より下《しも》は血に染《そ》みて、九十五六程も立ち並び、声のあやぎれもなく、[二四]「負はりよ、負はり《負われたい》

の重要な紋日《もんび》（三八頁注六参照）の前日で、客が特別の祝儀を与える日だが、その日以前に祝儀を与えるのである。

一三 一角は金一歩。二五頁注一四参照。

一四 死人の棺に、三途《さんず》の川の渡し賃として入れる六文の銭。

一五 大阪城の南一帯の称。今、東区から天王寺区にわたる。

一六 商店のない小家ばかりあるところ。このあたり謡曲『夕顔』を連想か。

一七 隠して置いたもの。貯え。

一八 行年《こうねん》（年齢）六十五歳。行年は死没の年をいうこともある。

一九 色白く透き通る感じの皮膚。

二〇 小柄だから若く見えるというのは、六六頁四行目と一四三頁四行目とここと三度繰り返される。

二一 心を静めて自分の過去に思いをこらすと、という程の意。それを卑俗に読み解いたのが一八五頁の一代女が家の窓からのぞいている挿絵である。

二二 胎児を包む胞衣《えな》を形容。一八五頁挿絵参照。

二三 姿。幻影。『日本永代蔵』巻四の四。

二四 言語も不明瞭で。二九頁注一四参照。

一 難産で死んだ女の亡霊。腰から下は血だらけで、通行人に「負わりょ負わりょ」と泣きながら呼びかけるという。

二 和田義盛の一門は九十三家あったと伝える。一族繁栄の例にあげられる。「子供の面影」「九十五六程」というのは、それに勘定を合せたのである。

北隣の女たちの不審な日常

よ」と泣きぬ。「これかや、聞き伝へし孕女《うぶめ》[一]なるべし」と、気を留《と》めて見しうちに、「酷《むご》い母様《かか》」と、銘々に恨み申すにぞ、「さては、昔、血下ろし《堕胎》をせし親なし子か」と悲し。「無事に育て見ば、和田[二]の一門より多くて、めでたかるべき物を」と、過ぎし事ども懐《なつ》かし。暫《しばら》く有つて、消えて、跡はなかりき。これを見るにも、いよいよ「世を限り《これ以上生きていても》」と思ひしに、その夜明くれば、つれなや《なさけなくも》、命の捨て難く思はれし。

北隣の女たち

壁隣《壁一重隣の話を》を聞くに、合住み《同居》の嚊《かか》三人、年の程は、皆五十ばかりと見えしが、昼前まで長寝をして、何を身過ぎ《生活の手段》とも知れず。不思議さに、様子心《気を》

三　海浜で捕れる小魚。

四　二合五勺（約〇・四五リットル）の酒。

五　せちがらい暮し向きの話。

六　謎《なぞ》模様。女を舟にたとえることから、舟のよく進む意、色売る商いの繁栄を願う意を託すか。

七　左巻きの輪模様を五色で染め出すことか。

八　鉛白粉（京白粉）の粗悪品。

九　際墨《きわずみ》（一二八頁注七参照）の代りに、硯の墨で額口を描き。

一〇　首筋に注意を払い。後れ毛のないように抜きそろえ（三七頁注一六参照）、襟足を白く塗る。

夜発の風俗

懸《つけ》けて見しに、朝夕おのれが相応より《身分不相応な》美食を好み、堺《さかひ》より売り来る三磯《いそ》の小肴《こざかな》を調《買い》へ《入れ》、四小半酒《こなからざけ》もなんと《気楽に》〔買い入れ〕も思はず、五世のせはしき物語をやめて、「行く《次の》先の正月着る

観念の窓よりのぞく堕胎の子らの幻影

物は、〔地色を〕薄玉子にして、六隠し紋に帆掛舟と唐団扇《たうちは》と染め込みに、帯は、夜、目に立つやうに、鼠色《ねずみいろ》に、七左巻きを五色《ごしき》に」と、まだ間《ま》の有る事を、今から言ふは、内証《経済内情の豊かなところがあるからだ》のよき所あればなり。夕飯《ゆふめし》過ぎより、姿を作りなし、八土白粉《つちおしろい》なんべんか塗りくり、九硯《すずり》の墨に額《ひたひ》の際《きは》をつけ、口紅を光らせ、一〇首筋を嗜《たしな》み、胸より乳房の辺《あた》り皺《しわ》の寄れるを、随分白くなして、髪は僅《薄い》かなるを、いくつか添へ入《添え毛を》

れて《入れて》、引[一]締め島田に忍び[二]元結《もとゆひ》三筋廻《まは》し、その上に長平紙《ながひらがみ》[三]を幅広を掛け、紺の大振袖《おほぶりそで》に白木綿の帯後ろ結び、太刺足袋《ふとさし》[四]に藁草履《わらざうり》、漉《す》き返《再生紙》しの鼻紙を入れ、脚布《きやふ》の紐《ひも》がてらに《と兼用に》腹帯を締めて、人顔の薄々と見《ぼんやり見える》えし夕暮れを待ち合せけるに、達者なる若男三人、羽織に鉢巻《はちまき》、又は、頬被《ほほかぶ》り、或《ある》ひは、長頭巾《ながづきん》を引き込み《目深くかぶり》、太き竹杖《たけづゑ》に、股引《ももひき》、脚半《きやはん》、草鞋《わらんぢ》を履きて、御座莚《ござむしろ》の細長き巻き持ちて、「時分は今ぞ《出掛けるに良い時刻だ》」と、連れて行く。

南隣も夜発

　南隣は、合羽《かつぱ》の小鉤《こはぜ》[五]削りて、世渡りをせし夫婦なるが、これも、内儀を色作《めかして》りて、五つばかりの娘の子に、餅《もち》など買うてあてがひ、「阿爺《とと》も嚊《かか》も余所《よそ》へ行《い》て来るぞ。留守をせよ」と、合点させて《納得させて》、二つばかりの子を、阿爺《とと》が懐《ふところ》に抱《だ》けば、嚊《かか》は古帷子《ふるかたびら》[六]上張《うはば》りにして、少しは近所を忍ぶ振りにて、走り行く。何の事とも弁《わきま》へ難し《理解しがたい》。

夜発の帰還

　夜の明け方に、〔北隣の女たちの〕宿に帰る風情《ふぜい》、宵《よひ》とは各別に抓《つか》[七]み探《さが》され、ふなふなと腰も定めかね《ふらつき》、息つぎせ《息づかい》はしく、素湯《さゆ》[八]に塩入れて飲むなど、白《しら》[九]

一　しめつけ島田に同じ。髷《まげ》の中ほどを元結で強くしめつけた島田髷。二〇頁注五参照。
二　目立たぬように結んだ元結。二〇頁注六参照。
三　丈長《たけなが》紙のこと。一七一頁注一八参照。
四　太糸で刺した足袋。丈夫である。一〇一頁注一九参照。
五　当時合羽の多くは竹製の爪《つめ》形のこはぜで止めた。
六　古い単《ひとえ》木綿の着物を上からかぶって。夜発の風俗を近隣に遠慮するのである。
七　もみくちゃにされ。
八　塩湯は気力をつける為に飲む。
九　白米の粥。五臓を調え、元気を増すという。

一〇 ばら銭。銭さしにさしてない銭。
一一 口銭。手数料。一回の売色料十文の半額を付添いの男が取るのである。
一二 目の子算用の意で、算盤《そろばん》などを用いないで、大まかに計算すること。又、女の子算用の意で、一つ一つ数えることともいう。

夜発の懺悔話

一三 これでは身がもたぬと思う程に我が身を痛めつけたが。

三人目の長話

一四 天満の青物市。天満橋北詰より西の方竜田町まで三丁（約三二七メートル）ほどの川端（今、北区）。近郊の野菜の集散市場。
一五 河内（大阪府東部）の農村から野菜を運んで来た舟。
一六 「庄屋」は代官から任命された世襲の一村の長。領主の役人的性格と村の自治機関としての性格を持ち、村政万般に関与した。「三番子」は三人目の子。田舎者としては身分もよく末の方の子として甘やかされておっとりしていることをいう。
一七 丸額《まるびたい》の前髪。十五、六歳で角《かく》額の角《すみ》前髪に改める。これを角《すみ》を入れるという。半元服。十七歳でまだ丸額は幼い。二四頁注一二、挿絵参照。

粥《がゆ》を急ぎ、行水しばらくして、胸を押し下げ《胸の動悸を鎮め》、その後、かの男《付添いの男》の袖より[一〇]乱《みだ》け銭《ぜに》を取り出し、十文で五文づつの[一一]間銭《あひせん》、[一二]めの子算用して、取つて帰る。

その後《あと》にして、打ち寄りて、懺悔咄《さんげばなし》。〔一人は〕「過ぎし夜《昨夜》は、不仕合せ《不運で》にて、鼻紙持ちたる男に、一人も遇《あ》はざる」と言ふ。〔次の女は〕「我は又、血気盛んの若い者にばかり出合ひ、四十六人目の男の時は、命も絶え絶えに、[一三]これでは続かぬと、身を懲《こ》らしけるが、欲には限りなし。それからも、相手《相手にして》のあるを幸ひに、又七八人も勤めて帰る」と語る。

又一人の女、我ながら〔思い出すとおかしく〕、くつくつ笑ひ出して、物をも言はざるを、「何事か」と、各《おのおの》尋ねけるに、「我等は、昨夜程迷惑《困った》したる事はなし。出がけに、いつもの道筋、[一四]天満《てんま》の市に立ち、[一五]河内《かはち》の百姓舟を心《あて》掛けて《にして》行きしに、[一六]庄屋《しやうや》の三番子ぐらゐならめ、いまだ年頃《としごろ》は十六七なるが、[一七]角《すみ》さへ入れぬ前髪、在郷人《田舎者にしては小奇麗な若者》には艶ある若衆、然《しか》も可愛《かはゆ》らしき風俗して、女房珍しさうに《女珍しそうに》、同じ里の野夫《やふ》《田舎者》と連れて出でしが、かの男《野夫》、あれこれ[一]目利《めき》きをして、『定[二]まりの十文にて、各別の掘り出《特別の値打ち物》しあり』と言ふを、その間《ま》を待ちかねて、『某《それがし》は、この子を好いた』と、我に睦《むつ》[三]れて、棚《たな》[四]なし舟に引き込まれ、おの[五]づからの波枕《なみまくら》、数々の首尾の上に、柔らかなる手して、脇腹《わきばら》を心よく擦《さす》りて、『そなたはいくつぞ』と、年問はれし時、身に応《こた》へて、恥かしく、物静かに作り声をして、『十七になります』と言へば、『さては、我等《われら》と同年』と、嬉しがりぬ。闇《やみ》の夜なればこそ、この形《年老いた姿》を隠しもすれ。もはや、五十九になりて、十七と言ふ事は、四十二の大嘘《だいうそ》。世の後《来世で》に、鬼が咎《とが》めて、舌を抜くべし。これも、身を過ぐる種《生きるための手段》なれば、許し給へ。それより、長[六]町に浮かれ廻《まは》りて、順[七]礼宿に呼び込まれて、四五人も、念[八]仏講の如《ごと》く並び居て、燈火《ともしび》輝かせし中へ、顔は背《そむ》けて出でけれども、皆々興を覚まして《気持が白けて》、言葉もかけず。田舎者の目にも、こ《こん》れは《な年寄りの売色は》合点のゆかぬはずなり。この時の切《せつ》なさ、是非もなく、『どれ様ぞ、お慰みなされませぬか。泊[九]りは各別、先へ急ぎます』と、言

一 夜発どもをあれこれ鑑定して。
二 夜発の売色料は十文が均一料金。
三 まとい付き。
四 舟棚のない舟。九九頁注一四参照。
五 自然と波音を聞きながら、幾度も契り交わした上に。
六 今、南区から浪速区にかけて日本橋筋五丁目まで。膏薬《こうやく》屋・傘《かさ》屋・提燈《ちょうちん》屋・団扇《うちわし》師などの小商人や小職人が住み、旅籠《はたご》屋があり、一方ではしゃれた別荘があった。
七 巡礼などの泊る安宿。
八 念仏宗を信じる人の集会。「講」は始めは信仰団体であったが、この頃のものは親睦の要素が濃い。一匁講などと会費を規定した宗教から逸脱したものもある（『世間胸算用』巻二の一）。
九 宿泊してお相手するなら急ぎませんが、でなければ。

へば、この声を聞きて、なほなほ恐れて、身を縮めける。その中に、子細《もったいぶった》らしき親仁《おやぢ》、[一〇]三つ指を突きて、『女郎、若い者ども、かく恐るるを、努々《ゆめゆめ》お心に掛け給ひそ《決して気になさるな》。宵《よひ》に猫又《ねこまた》[一一]の姥《うば》に化けたる咄《はなし》をせしが、この事を思ひ出して、恐ろしがるなり。いづれも、後世《ごせ》[一二]の道を急ぎ、[一三]三十三所を廻《まは》るものが、若気にて女狂ひに気をなす《若年の無分別から女遊びに夢中になる》がゆゑに、こなたを呼うで参つた。これ、観音の御罰《ばち》ぞかし。こなたに恋も恨みもござらぬ。只《ただ》、早う帰つてくだされい』と言ふ。腹は立ちながら、このまま帰るも損と思ひ、庭《土間》を見廻し、手元にある物《手近にあった》、[一四]十文に加賀笠一蓋《いっかい》、取つて帰つた」と、語りぬ。

夜発の感想

「とかくは、若いが花も多し[一五]。よき娘もあり。風儀《容姿》、[一六]天職に[一七]見交はすもありける。この女《夜発》になるこそ、拙《つたな》けれ《不運》。上中下なしに、十文に極まりしものなれば、よい程《質のよいほど》が、それぞれの身の損なり。この勤めに、願はくは、月夜のない国もがな」と言ふこそ、をかしけれ。

惣嫁にまつわる一代女の感想

その物語を、細《くはし》かに聞くにぞ、さては人の申せし、[一八]惣嫁《そうか》といへる

一〇 親指・人差指・中指の三本をついて丁寧に挨拶すること。
一一 古猫の尾の二つに分れ化ける力を持ったもの。
一二 来世の安楽を祈願して。「急ぎ」は三十三所を急ぎ巡拝する意も掛ける。
一三 西国三十三所の観音霊場。東は美濃《みの》から西は播磨《はりま》にかけて近畿一円。大阪にはこれを模した大阪三十三所もある。
一四 一文の花代の代りに加賀笠一つ取って帰った。「加賀笠」は菅笠（一〇一頁注一七参照）。諺「百貫（或いは千貫）のかたに編笠一蓋《いっかい》」（巨額の借金の抵当に極めて価値の低い品物を当てること）のもじり。
一五 原文「せゝし」。「せ」と「を」は草体では似ているので、「をゝし」の誤刻とみて改めた。
一六 天神とも。太夫に次ぐ高位の遊女。四八頁注一参照。
一七 見違える。匹敵する。
一八 夜発のこと。大阪で惣嫁、京で辻君、江戸で夜鷹《よたか》という。

女なるべし。「いかに世を渡る業《わざ》なればとて、あの年をして《〔色を売るとは〕》、空恐ろしき事ぞ」と、その身を《その女どもの身を》笑ひ、「死ねば済む事ぞ」と思ひしが、さても、〔我が〕惜しからぬ命さへ、捨て難くて、辛《つら》し。

同じ貸屋の、奥住居して、七十余りの婆《ばば》、悲しき煙を立てかね《貧乏生活を営みかねて》、明け暮れ足の立たぬを歎き、我に諫《いさ》められしは《忠告されるには》、「そなたの姿《あなたのようなまし な姿》ながら《でいて》、うかうかと《ぼんやりと》暮し給ふは愚かなり。ひらさら《是非とも》、人並みに夜出給へ」と、勧めける。「一この年になりて、誰《たれ》が請け取る者《相手にしてくれる者》のあるべき」と言へば、かの婆、赤面して、「我等《われら》さへ、足の立つ事ならば、白髪に添へ髪《入れ髪》して、後家《未亡人》らしく作りなして《装って》、一杯抓《つか》ます《だましてやる》事なれども、身《身体》が不自由なれば《の自由がきかぬのが》、口惜しや。こなた是非是非」と申しけるにぞ、又、心引かされて《心動かされて》、「喰はで死する悲しさよりは」と、〔思い〕「それに身をなす《夜発になってみまし》べし《よう》。されども、この姿《服装》にて、なり難し」と言へば、「それは今の《すぐに》間、調へる子細あり《間にあわせる方法がある》」と言ふ言葉の下より《言うと間もなく》、二仁体《じんたい》らしき人を連れ来て、我を見せけるに、この親仁《おやぢ》、よくよく呑《の》み込みて、「なる程、

一代女夜発に転落

一　一代女この時六十五歳。一八三頁注一八参照。

二　ちゃんとした人柄に見える男。

暗がりには銭《ぜに》になるべし」と、宿に帰りてから、風呂敷包を遣はし《送って》
ける《来た》。

この中に、大振袖《おほぶりそで》の着る物、帯一筋、二布物《ふたのもの》一つ、木綿足袋一足、これ皆貸物《貸衣装》に拵《こしら》へ置きて、それぞれの損料《使用料》、布子[三]一つを一夜を三分、帯一つを一分五厘《ごり》、脚布《きやふ》一分、足袋一分、雨夜になれば、傘《からかさ》一本十二文、塗木履《ぬりぼくり》一足五文に極め、何にても、この道に事の欠けざる《夜発の職業に不自由しない》借道具ありて、暫時《ざんじ》が程に、品形《しなかたち》《人柄服装を夜発風にかえて》をそれ仕替へて、この勤めを見覚え、聞き習ひ、君が寝巻の一節《ひとふし》[四]、歌うてみしに、声をかしげなれば《声が老いぼれて変なので》、妓夫《ぎふ》[五]に付け声させ、霜夜[六]の橋々を、渡りかねたる世なればとて、いと口惜しかりぬ。

夜発は色勤めの納め

今時は、人も賢くなりて、これ程の事ながら《わずか十文の夜発を買うにも》、大臣[七]の太夫を借りて見るより、念を入れ、往来《ゆきき》の挑燈《ちやうちん》を待ち合せ、又は、番屋[八]の行燈《あんどう》の影に連れ行き、仮なる事にも[九]、吟味強く《徹底的に調べ》、昔と変り、これも悪女《醜女》、年寄りは抓《つか》まず、目明き千人、盲はなかりき[一〇]。やうやう[一一]東雲《しののめ》の天《そら》、

三 木綿の綿入れ。この場合は、大振袖の着物。
四 当時の小歌。一六八頁注五参照。
五 又牛《ぎゅう》とも。夜発に付き添って、保護を加える男。この男が、一代女に代って若々しい声を出すのである。一六八頁注五参照。
六 寒夜に霜置く橋々を渡り歩いて色売るのは、他に生活の手段がないからといって、大変に残念なことだった。「渡る」は、「橋」と「世」を掛ける。
七 大尽が遊びの相手を選ぶ為に未知の太夫を遊女屋から揚屋に呼び寄せて実見すること。
八 自身番屋。町内に失火その他の異変のないように、町人やその代理の者が交代で出勤警衛する詰所。六五頁注一七参照。
九 夜発を買うというような手軽な遊びにも。
一〇 「目明き千人盲千人」の諺をもじる。
一一 次第に夜明けも近づき。

鐘数《かず》ふるに、八つ七つにせはしく、馬方の出掛くる音、鍛冶《かぢ》屋・豆腐屋に見世《みせ》明くる頃《ころ》まで、折角歩《あり》きしに、これに備はらぬ風《ふう》の悪《あ》しきにや、一人も問ふ男《相手にしてくれる男》なくて、これを浮世《この世の》の色勤めの納《をさ》めに、思ひ切つてぞやめける。

皆思はくの五百羅漢《ごひやくらかん》

万木眠《ばんぼくねぶ》れる山となつて、桜の梢《〔春は花を咲かせた〕》も雪の夕暮れとはなりぬ。これは、明けぼのの春待つ時節もあるぞかし。人ばかり年を重ねて《老いゆくばかりで》、何の楽しみなかりき。殊更《ことさら》、我が身の上、さりとては、昔を思ふに恥かし。「せめては、後の世の願ひこそ真実《まこと》なれ」と、《〔考えて〕》又もや都に帰り、ここぞ目前の浄土《現世での極楽》、大雲寺に参《まう》詣で、殊勝さも今、仏名《ぶつみやう》の折ふし、我も唱へて、本堂を下向して、見渡しに《見渡した所に》、五百羅漢《ごひやくらかん》の堂ありしに、こ

一　冬の夜だから、八つは午前二時十分くらい、七つは午前四時二十分くらいか。そんな時間になると、あわただしい気分になるのである。

二　馬車・牛車は当時の輸送機関で、馬方・牛方は大都市近郊に住み、夜明け前に都市に出かけた。

三　共に早起きの職業。

四　夜発にふさわしくない風儀の悪いせいか。「悪しきにや」というのは反語的口吻《こうふん》。転落しても、さすがに夜発の風儀にはしみかねたのであろう。

五　山の木々はすべて冬眠状態に陥って。

六　「雪の夕暮れ」に対すると共に、『枕草子』の「春は曙《あけぼの》」を踏まえる。桜は春になると再び咲く時期もあるの意。

大雲寺羅漢堂に参詣

七　来世の救済を祈願するのが、私に残された唯一の真実の道である。

八　北岩倉山（今、左京区岩倉上蔵《あぐら》町）にある天台寺。天禄二年（九七一）日野敦忠が円融帝の勅を奉じて創建。開山は真覚。

九　仏名会《ぶつみようえ》のこと。陰暦十二月十九日より三日間、宮中及び諸寺院で仏名経を誦《ず》し、三世諸仏の名号を唱えて懺悔《ざんげ》する法会。一代女が参詣した時仏名会に会って、有難く感じたというのである。

れを立ち覗《のぞ》けば、諸《もろもろ》の仏達、いづれ[一一]の細工の削りなせる、さまざまにその形の変りける。「これ程多き中なれば、必ず思ひ当る人の顔ある物ぞ」と、語り伝へし。

「さもあるべき」と、気を付けて見しに、過ぎにし頃《ころ》、我、女盛りに枕並べし男に、まざまざ《そっくり》と生き移しなる面影あり。気を留めて見しに、あれは遊女の時、又もなく申し交はし《この上なく深く言い交わし》、手首に隠し黒子《ぼくろ》[一二]せし、[一三]長者町の吉様《よし》に似て、過ぎにし事を思ひやれば、又、岩の片陰に座して居給ふ人は、上京《かみぎやう》[一四]に腰元奉公せし時の、旦那殿《だんなどの》にそのまま。これには、色々の情けあつて《複雑な恋のいきさつがあって》、忘れ難し。

あちらを見れば、一度《ひとたび》世帯持ちし男《同棲した男》、五兵衛殿に、鼻高い所まで違はず。これは、真実《まこと》のありし年月の契り、一しほ懐かし。こちらを眺めけるに、横太りたる男、片肌抜ぎして、浅黄《薄藍色》の衣装姿、「誰やら様に」と、思ひ出せば、それよそれよ《そうだった》、江戸に勤めし時、月に[一五]六斎の忍び男、糀町《かうぢ》[一六]の団平に紛《まが》ふ所なし。

一〇 大雲寺に五百羅漢堂はないが、山上に観音堂があり、又、京から大原へ行く道に五百羅漢の石仏があったという。今、赤山禅院（左京区修学院開根坊町）の境内にも近時移されたものだが十数体の古い羅漢の石仏がある。後文に「岩の片陰に座して」「奥の岩組の上に」「枯木の下に」などと露座の石仏を示唆するところがある。とり合せて創作したか。

一一 どんな細工人が完成したのか。九二頁注六参照。

五百羅漢に偲ぶ男たち

一二 心中《しんじゆう》（遊女が客に誠意を示すための方法。生爪をはがし、誓紙を書き、髪を切り、小指を切り、肉を刃で貫くなどする）の一つとして遊女が我が身に客の名を彫り入れるのを入れ黒子という。「隠し黒子」というのは客の替え名などの入れ黒子か。手首のような目立つところに入れたのは、思いの深さを誇示するものだが、それだけに遊女としての慎みに欠けるとされる。

一三 今、上京区。東西の通り。上長者町（土御門《つちみかど》通）・中長者町・下長者町（鷹司《たかつかさ》通）があり、富裕の人の多く住む所。

一四 上立売《かみたちうり》より二条辺まで。二三頁注一一参照。

一五 月に六度日を定めて逢う男。

一六 今、千代田区麹町内外十三町。武家屋敷が多く、出入りの商家が栄えた。今の三丁目辺が繁華の中心地。

なほ、奥の岩組の上に、色の白い仏顔、その美男、これも思ひ当りしは、[一]四条の川原者、さる[二]芸子あがりの人なりしが、茶屋に勤めし折《私が茶屋女であった時》から、[三]女房始めに、我に掛り、[四]さまざま所作《しよさ》を尽され、間もなく[五]畳まれ、挑燈《ちやうちん》の消ゆるが如《ごと》く、二十四にて、[六]鳥辺野《とりべの》に送りしが、頤《おとがひ》細り、目は落ち入り、それに疑ふべくはなし《腎虚》。

又、[七]上髭《うはひげ》ありて、赤みばしり、頭《あたま》は[八]金柑《きんかん》なる人有り、これは大黒になりて苛《さいな》まれし寺の長老様に、あの髭《ひげ》なくば、取り違ゆべし《間違えるほど似ている》。なんぼ《どれほどの》の調謔《たはぶれ》にも身を馴《な》れしが、この御坊に昼夜脅《いじめら》やかされて《れて》、[九]労瘵気質《らうさいかたぎ》になりけるが、人間に

大雲寺五百羅漢堂に過去の男を偲ぶ一代女

一　京都四条河原に住む者。役者の卑称。

二　舞台子ともいう。歌舞伎役者一般をいい、必ずしも年少者に限らないが、ここでは、年少で舞台を退いた役者を「芸子あがりの人」という。

三　女の知り始めに私と関係して。

四　恋の秘戯を尽して。徹底的に色におぼれて。「所作」は振舞い、身のこなし、の意。芸子だから、所作事（舞踊劇）に通わせてこの語を用いた。

五　片付けられて。精力尽きて（七六頁注一〇参照）。「畳まれ」と「挑燈」は縁語。

六　今、東山区五条橋東六丁目。清水寺の西南。やや丘陵の地。鳥辺山ともいう。墓地。古くはこの地の東南の阿弥陀《あみだ》が峰《みね》を鳥辺山と言い、その麓《ふもと》を鳥辺野と言った。

七　鼻下髭。

八　禿頭《はげあたま》。

九　結核のような気力衰えた気鬱《きうつ》症状。

は限りあり、その強《つよ》[一〇]蔵様《ざう》も、煙とはなり給ひし。

又、枯木の下に、小才覚《こざいかく》らしき《才気走った》顔付きをして、出額《でびたひ》[一一]の頭《かしら》を自剃《じぞ》りして居る所《自分でそっている所は》、物言はぬ《〔生き生きして〕》ばかり、足手もさながら動くが如《ごと》し。これも見る程、思ひし御方に似てこそあれ。我、歌比丘尼《うたびくに》せし時、日毎に逢《あ》ふ人代りし中に、ある西国《九州》の蔵[一二]屋敷衆、身も捨て給ふ程《命がけの執着》、御泥《なつ》み深かりき。何事も、悲しき事嬉しき事忘れじ。人の惜しむ物《金銀》を給りて、お寮[一三]の手前を勤めける。

惣《そう》じて、五百の仏を、心静かに見留めしに《注目したところが》、皆々、逢《あ》ひ馴《な》れし人の姿に、思ひ当らぬは一人もなし。過ぎし年月、憂き流れ《つらい色勤めのこと》の事ども、

一〇　精力の強い男。

一一　おでこ。

一二　蔵屋敷に勤務の役人。「蔵屋敷」は、大名・旗本・寺社などが領内の米その他の物産を売りさばく為、諸所に設けた倉庫付出張所。諸藩の大阪藩邸に代表される。

一三　歌比丘尼の抱え主（一〇二頁注七参照）への支払いを済ませた。

一つ一つ思ひ廻《めぐ》らし、「さても、勤めの女《色勤めの女》程、我が身ながら恐ろし《罪深い》きものはなし。一生の男《一生の間に契り交わした男》、数、万人に余り、身は一つを、今に世に長生きの恥なれや、浅ましや」と、[一]胸に火の車を轟《とどろ》かし、涙は湯玉《ゆだま》散るごとく、忽《たちま》ちに夢中の心になりて、御寺にあるとも覚えずして、伏し転《まろ》びしを、法師の数多《あまた》立ち寄り、「日も暮れに及びけるは」と、[二]撞鐘《つきがね》に驚かされ、やうやう魂《たましひ》確かなる時《正気に戻った時》、「これなる老女は、何をか歎きぬ。この羅漢《らかん》の中《うち》に、その身《自分の》より先立ちし一子、又は、[三]契夫《けいふ》に似たる形《羅漢像》もありて、落涙か」と、いとやさしく問はれて、殊更に恥かはし。

それに言葉も返さず《返事もせず》、足早に門外に出で、この時、[四]身の一大事を覚えて、誠なるかな、[五]名は留《とど》まつて貌《かたち》なし、骨は灰となる草沢辺《さうたくほとり》、[六]鳴滝《なるたき》の麓《ふもと》に来て、[七]菩提《ぼだい》の山に入る道の、絆《ほだし》もなければ、[八]煩悩《ぼんなう》の海を渡る、艫綱《ともづな》を解き捨てて、かの岸に願ひ、これなる池に入水《じゆすい》せんと、[九]一筋に駆け出づるを、昔の好《よし》み《縁故》ある人、引き留《とど》めて、かく又、笹葺《粗末な》

一 胸中には地獄の火の車が轟くように激しく燃え、涙は地獄の釜の湯のように熱くたぎって飛び散り。
二 暮れ六つの鐘。午後五時四十五分くらいか。
三 夫。
四 人間にとって一番大事なことに気づいて。以下一代女の思いと地の文とが絡み合って記される。
五 伝蘇東坡「九相詩」第九の「名《ハ》留《メテ》無《シ》レ貌《かたち》 松丘《ノ》下骨化《ハケシテ》為《ル》レ灰《ト》草沢中《ノうち》」より脱化。人間の肉体はやがて滅びるが名は残る、ということ。その意は、だから短い現身の諸欲念に振り廻される愚を知って、救済の道を求めよ、ということ。そのことを、真実と悟ったというのである。「身の一大事」の内容となる。
六 「九相詩」の「草沢中」から「草沢辺」に出たと転じた。「草沢」は広沢の池を指す。広沢池・鳴滝山ともに今、右京区。大雲寺からは四里（約一五・七キロ）ほど。
七 人間の諸欲の妄念《もうねん》を断って仏果を得ることを、「鳴滝の麓」の縁から、「山に入る」にたとえた。だが、その手がかりが全くないので。
八 人間の諸欲念を海にたとえ、「海」の縁から、衆《しゆ》生済度《じようさいど》の法の舟の「艫綱」を出し、その舟の着く「かの岸」（極楽）を引き出した。意は、人間諸欲の妄念を捨て、極楽浄土に救い取られようとして、広沢池に身投げを思い立ったということ。
九 思い詰めて真っしぐらに。

きをしつらひ《庵を造ってくれて》、「死は時節にまかせ《寿命にまかせ》、今までの虚偽《こぎ》[一〇]、本心に帰つて、仏の道に入れ」と勧め、殊勝に《〔その勧めを〕有難い事と》思ひ込み、外なく《ひたすら》、念仏三昧《ねんぶつざんまい》[一一]に明け暮れの板戸を、稀《まれ》なる人訪れに、ひかされて、酒[一二]は気を乱すの一つ《第一の》なり《もの》。短き世とは覚えて《短い現世とは承知しながら》、長物語のよしなや《つまらぬ長物語をしてしまって》。

よしよし、これも懺悔《さんげ》[一三]に身の曇り晴れて、心の月の清く《心もさっぱりして》、春の夜[一四]の慰み人、我は、一代女[一五]なれば、何をか隠して益なしと、胸の蓮華《れんげ》[一六]開けて萎《しぼ》むまでの身の事、たとへ、流れを立てたれば《色売る生活をしたからといって》とて、心[一七]は濁りぬべきや。

貞享三丙寅歳　　大坂真斎橋筋呉服町角
林鐘[一八]中浣日　　書林　　岡田三郎右衛門版

一〇 諸欲の妄念に執する心を「虚偽」、来世の安楽を願う心を「本心」とする。
一一 念仏一筋に。
一二 冒頭の章で、二人の男が一代女に酒を勧め、「老女いつとなく乱れて」（一九頁一一行目）、この物語を始めたというところに照応する。
一三 懺悔をすれば身の曇りも晴れるというが、その通りに晴れて。「曇り晴れて」から「月」更に「春の夜」と縁語で仕立てる。
一四 この春の夜を慰む人。一代女と訪れた二人の若者を指す。
一五 一代限りの女。一生を生娘で通した女。一生定まる夫もなく、或いは、嫁しても、子のない女など。
一六 自分の一生の身の上話のこと。それを「胸の蓮華開けて萎むまで」とたとえたのは、好色の身の上話ながら、悟ってみれば、汚い話ではなくて、仏果を得る為の一経過にすぎなかったというのであろう。
一七 巻一の一に「気を濁して」（二三頁）、巻五の二に「心の水を濁しぬ」（一五四頁）などあるところに照応すれば、ここでは、心は濁ったままで終りはしないの意。ここに至って頓悟救済された、との意となる。
一八 六月中旬。

解説

『好色一代女』は告白体の形式をとる。論者多くは、一人の女の人生展開として把握しようとするかのようである。近代的偏見ではないかと思う。告白体が、女を内面から描くに好都合だからではないのか。『好色一代男』を表から描いたことに対する技法的反省があったかもしれない。

といって、一代記的要素を無視しているというわけではない。特に、発端の巻一や末尾の巻六の各章には、その配慮が濃厚である。身についた俳諧の構成と無関係ではないかもしれない。が、必ずしも一代記にこだわらないのである。女の告白の中に、男の語気、語辞を交え、西鶴の素顔を現《あらわ》にのぞかせて、憚《はばか》らない。例えば、巻四の一。又、大部分が概説的記述や客観描写で、始め（例えば巻六の一）や、終り（例えば巻五の二）に、申し訳程度に一代女が顔を出す章。辻褄《つじつま》あわせるなら、その身に落ちた一代女が、その種の女の例話を語っていると見ることもできようか。或いは又、自称の乱れも見られる。一代女の自称は、「みずから」「我」「我ら」「それがし」「おれ」など、その場に応じて使い分けられているが、巻四の二では、告白体の自称が途中で乱れる。「この女に絆《ほだ》され」は「この私に絆《ほだ》され」と解けなくもないとしても、「かの女、騒ぐ気色《けしき》もなく」や「早や女手に入れて」などは他称としか見られない。告白を離れるのである。

又、一代女には名前がない。僅《わず》かに、町人腰元として「お雪」（巻三の一）、茶の間女として「ふじ」（巻四の三）と呼ばれたらしいことと、蓮葉女《はすはおんな》として「るり」（巻五の四）の名が目につく。その職場の呼び名と見てよい。本名と見るなら、主人公が特定の一人である必要のないことを示すかのようにも解される。告白体だから、名前がなくてあたり前だとも言えるが、名前を必要とするほどの個性でないとも言えよう。

一代女の経歴はあまりにも多い。これが一人の女に体現できるはずのないことは、西鶴が誰よりもよく知るところではないのか。知って敢《あ》えてしたことを、性格の矛盾とか、展開の疎漏《そろう》とか、一代記的不備を指摘しても始まるまい。

一代女の経歴をその見聞とあわせて辿《たど》ってみると、ざっと次の通りである。

宮中の高級女官の召使（京）。男装紛《まが》いの舞子（京）。国守の艶妾《えんしょう》（江戸）。島原郭の太夫（京）。島原の天神・囲《かこい》女郎（京）。新町郭の局《つぼね》女郎（大阪）。若衆姿の寺小姓・世間寺の大黒（京）。女寺の師匠（京）。

町人の腰元（京）。大名の奥女中（江戸）。歌比丘尼《うたびくに》（大阪）。武家屋敷お抱えの女髪結（大阪）。嫁入りの介添女（大阪）。武家屋敷の裁縫女・町方の仕立物屋（江戸）。武家屋敷の茶の間女（江戸）。町方の中居女（堺）。

茶屋女・町人妾（京）。風呂屋女（大阪）。目医者に集まる女たち（数間《すあい》女・糸屋者・鹿子《かのこ》屋の仕手）・扇屋の女房・糸繰女・二瀬《ふたせ》女（京）。蓮葉女（大阪）。

私娼（暗物《くらもの》と据物《すえもの》）（大阪）。茶屋女（古市）・出女（松阪）・海辺の売色（桑名）。新町郭の遺手（大阪）・夜発《やほつ》（大阪）。

大雲寺にて頓悟（京）。

公娼・私娼・妾・二瀬女・商工女の内職的売色と、数えて、色売る女の話が多くを占める。近世初期の草子物語の類は、商品として採算に合うことを目処《めど》に出版されたものなので、低俗な庶民の嗜好《しこう》に添うた娯楽か実用かせいぜいが教養めく域を出ないものであった。従って、色売る女を描くという意味は、読者の好色的興味に奉仕するに限られると言って、多く誤ることはあるまい。好色本の名にふさわしい俗に媚《こ》びた作物《さくぶつ》であった。稀《まれ》に素人女を描いても、観点は同じであった。そうした時勢の中で、西鶴は何を語ろうとし、その意図をどれほど実現し得たかを、尋ねてみたい。

まず、素人女を扱った説話を、幾分は売色にかかわるところもあるが、辿《たど》る。

巻一の一。美貌で「大内《おほうち》の又上もなき官女に仕へ」た一代女は、「十一歳の夏初めより、わけもなく取り乱して」十三歳の時、「さる御方《おんかた》の青侍《あをざぶらひ》」に通じる。めかし込んだ美男たちの言い寄るのを退けて、この男の醜男《ぶおとこ》ながら、「初通《しよつう》よりして、文章、命《いのち》も取る程に、次第次第に書き越し」たのに焦がれて、「身をまかせ」る。そのことを「恋程をかしきはなし」と言う。が、やがて露顕して、女は追放され、男は処刑される。「その四五日は現《うつつ》にもあらず、寝もせぬ枕に、物は言はざる姿を、幾度か恐ろしく、心に応《こた》へ、身も捨てんと思ふうちに、又日数《ひかず》を経《ふ》りて、その人の事は更に忘れける」と言い、「これを思ふに、女程浅ましく心の変るものはなし」と結ぶ。

この一章、確かに好色に違いないが、好色のいやらしさはなく、性の衝動に無反省に振り廻される幼い女のあわれを、誇張と、戯画化のうちに、描き出す。

巻一の二。次に、一代女は、若衆仕立ての舞子になる。生活のための舞子と違い、風俗を好んで、「この道のかぶき者とな」ったのだが、田舎侍に見込まれ、国元の独り子の嫁にと望まれ、その夫婦の中に寝かされて、夫婦の契りに刺激され、再び衝動に振り廻され、追い出される。この時十四歳か。

巻一の三。次に、見出されて、大名の艶妾となる。「世に又望みはなき栄花なりしに、女は浅ましく、その事を忘れ難」く、殿様を腎虚《じんきょ》させて、追放される。「生れ付きて男の弱蔵《よわざう》は、女の身にしては、悲しき物ぞかし」と結ぶ。十五歳ごろのことである。

巻二の三。もう三十歳に近い。生活の不如意ともからんで、若衆姿にやつして諸山の僧に色を売り、遂には、生臭寺の大黒となる。「いや風《ふう》坊主に身をまかせて」、「この気の詰る事、恋の外なる身過ぎなれば、ひとしほ悲し」く、「次第に衰へ」、命も危ういほどであったが、それも馴《な》れると、「末々は淋《さび》しさ忘れて、最前は耳塞《ふさ》ぎし鉦《どら》・鐃鈸《ねうはち》の音も、聞き馴れて、慰」みとなり、「人焼く煙も鼻に入らず、無常の重なる程、お寺の仕《し》合《あは》せを嬉《うれ》しく」思うようになるが、或る秋の夕暮れ、住職の古妾におびやかされて、逃げ出す。

巻二の四。「女子《をなご》の手習所《てならひどころ》（の師匠）に取り立てられける」を「嬉しく」、「身のいたづらふつふつとやめて、何の気もなかりしに、恋を盛りの若男」に恋文の代筆を頼まれ、「文章尽せしうちに、いつとなく乱れて、この男、可愛らしくな」り、すすんで身を与えるが、男の身勝手を怒り、「昼夜の分ちもなく、たはぶれ掛けて」腎虚させる。

巻三の一。大文字屋という呉服所《ごふくじょ》へ腰元勤めして、主人夫婦の無遠慮の契りに刺激され、主人を手に入れ、更に内儀を調伏《ちょうぶく》しようとして、事の成らぬにいらだち、かえって、みずからが発狂して、洛中洛外を「夢の如く浮かれて、欲しや男、男欲しやと、」「恋慕より外はな」い姿を描く。女の愛欲を辿《たど》って来て、一頂点をなす。悽愴《せいそう》な物語である。西鶴はこれを「情け知りの腰元がなれの果てと」言い、「女程、はかなきものはなし」と顔を出す。

巻三の二。大名の奥女中となり、奥方のすさまじい妬情を語る。後で詳述するが、前章につづいて、更に熱気の迸《ほとばし》る一章である。

巻三の四。武家の妻女の髪結女として仕え、奥様の無体な妬情からの虐待に反撥して、奥様の欠陥を殿様の前に暴露し、奥様を離縁させた上で、殿様を物にする。女の世界の心情のもつれのやりきれなさを抉《えぐ》る。

巻四の一。町人の嫁入りの介添女となっての見聞。

巻四の二。武家の裁縫女となって、「心静かに身を修め、色道は気散じにやみて」暮していたが、若殿様の下着に描かれたあぶな絵に、「殿心《とのごころ》の発《おこ》り、」勤めをやめて、町方の仕立物屋となり、越後屋の重手代《おもてだい》を物にしたのを手初めに、裁縫をだしに、売色を続ける。

巻四の三。武家の茶の間女となり、春秋二度の宿下りに男と密会を楽しむが、その途中、供の七十二歳の老人の気持を哀れんで、ふと身を任せようとした出来心。

巻四の四。堺で、町家の中居女となり、隠居の老女の男になってのたわぶれに閉口する。

巻五の三。湿気目《しつけめ》で目医者に通う姿を、扇屋の主《あるじ》に見初められて嫁入るが、浮気して追い出され、西陣の糸繰女となり、更に、立居も不自由な老隠居の二瀬《ふたせ》となるが、老人の意外の強蔵に、命からがら逃げ出す。

以上十三章、売色にからむところもあるが、おおむね素人女としての説話である。本当は大変に複雑な内容をもっているのだが、一代女の行動を主に、大筋だけを辿ると、この説話の系列は、一人の女の経歴として、比較的抵抗感なく受け入れられよう。が、細かく見ると、繰り返しが多く、性の衝動の現れ方も個別的で浅深まちまちで、個性の変化発展に対する配慮に乏しく、一人の女の経歴譚《けいれきたん》として展開させようとする意図の稀薄さが感じられる。

ところで、この説話群は、一応、町家の素人女の好色を描いたと言えようが、これらは、既に触れた如く、好色本のいやらしさを感じさせない。性を弄《もてあそ》んで、俗に媚《こ》びる卑しさがないからである。あだ花の好色ではなくて、人間の根源的な問題としての愛欲に眼を据えて、ひたすらに追求してやまぬ西鶴の深層の意識がにじみ出ているからであると思う。「恋程をかしきはなし」と言い、「女程、はかなきものはなし」と言うのは、それだけでは、何でもない言葉だが、この説話群にからめると、意味深い象徴の言となる。本当は愛欲の深刻さを、笑いと戯画化の筆触に韜晦《とうかい》したところに、この群の作品の性格があったことを、今一度繰り返しておこう。

右の説話群の中には、更に加うべき二、三がからんでいる。その一は、しばしば性にからんで説かれる妬情である。まず、巻三の二を取り上げる。一代女が表使いの女として仕えた或る大名の奥方の意を迎えて催された悋気講《りんきこう》の話がある。むろん、事実譚の近いものがあったというわけではなかろう。大名の奥向きは、特別な管理社会として、うわべは取り繕って、奇麗事で済まされる。「下々《したじた》の如く、悋気《りんき》といふ事もなき」（巻一の三）社会であった。だが、一方、立ち入りの禁止された歌舞伎芝居がひそかに迎えられもしたし、といって、そのあだ花の楽しみが、鬱積《うっせき》した性の悶《もだ》えを解き鎮めるものでないことは、巻一の三に描かれるところである。この閉ざされた社会の鬱積した性のすさまじさを典型化したのが、悋気講の虚構である。

奥女中たちの次々に語る話は、その身にふさわしい性の悶えが悋気という形をとって、はしたなくすさまじく繰り返される。

しかし、これらは奥方の悋気のけわしさに比べると、物の数ではない。大名の奥方はこの世の最も幸福な女人であるかのように見える。「国の守《かみ》の奥方こそ、自由に花麗なれ」とある。奥方は物質的には何不足ない身分である。欠乏の甚だしい身にはこの上なく羨《うらや》ましいことかもしれない。が、物質的充足は慣れると当り前の感じで、幸せの意識はない。又、奥向きでの奥方の意志は絶対の権威をもつ。召使はその意を迎えることに汲々とする。召使の身には羨ましい限りであるかもしれない。しかし、奥方にはこの権威も又、幸せの意識をもたらさないであろう。一方的な意志の流れがあるだけで、通い合う心のないことが、奥方は意識しないかもしれないが、孤独の悲しみ、そこに発する、謂《いわ》れのないいら立ちにつながるのではないのか。

大名は幕命のままにしか妻を娶《めと》れない。「武家諸法度」の重要な一条に「私《ニ》不《ルノ》レ可《カラ》レ締《むすブ》ニ婚姻《ヲ》一事」というのがある。武家の徹底した結婚管理が徳川封建制度の重要な支えであった。有力町人もその制に真似ることによって、みずからの身分を向上させたかのような錯覚をもったが、庶民の男女関係は自由、というよりもむしろ放肆《ほうし》であったことを、別事ながら、注意しておきたい。ところで、大名は幕命による奥方を、政務多忙を口実に敬遠して、みずから選んだ艶妾に傾いた（巻一の三）。

となると、大名の奥方は最も幸せそうに見えて、実は、心の最も空白な、孤独地獄の苦しみの最も深い女であるかもしれない。そこを西鶴は余すところなく抉っているのである。「女の所存程うたてかる物はなし」という大名の言葉は、大名の意としては軽い言い捨てかもしれないが、西鶴の意に添えば、存外に深い響きをもった表現ではないのか。西鶴は、奥方のこの苦しみを、単なる悋気などと思っていないことは、表現の打ち込みのけわしさにもおのずから現れているのである。注目すべき一章である。

この話を小型にしたのが、巻三の四の武家の妻女の話である。大名の奥方の場合は、妬情もそこに発する報復も一方的で圧倒的であったが、ここでは、そのような圧倒的な強烈さはない。それだけに、逆に、武家の妻女の我儘《わがまま》な妬情に、弱い立場の女の報復の執念の入り込む余地みたいなところがあり、妬情とそれに対する報復のからみの陰火が燃える。

妬情は、普通、女の本性かのように説かれることが多い。妬《ねた》みはもと男にも女にもあるはずのものである。しかも、すべて、恋情にからむものばかりとは限らない。が、それが恋情にからむ場合、歴史的に従属者の立場に立たされた女に、強くあらわれても不思議ではない。妬情は、女の本性ではなくて、歴史の中で育て上げられた女の特性である。

右の武家の二話は、単なる恋情にまつわる妬情ではなかった。いわゆる妬情のすさまじさを示す話なら、巻二の三の老女の痴情がある。抑圧された性のすさまじさが戯画化されて、鬼気迫るものがある。

次に、町家の女たちの華美と見栄に対するまことに辛辣苛烈《しんらつかれつ》の批難が注目される。巻四の一は、町家の嫁入りの介添女となった一代女の見聞のはずだが、先にも記す如く、西鶴が素顔を丸出しに長々ときびしく批難するのである。このことは、巻三の四にも、又、ほぼ同時期の作である『日本永代蔵』巻一の四や巻一の五にも、更には『西鶴織留』や『世間胸算用』などにも、執拗に繰り返されるのである。

世間ではむしろ厳しく批難される性の乱れには寛で、華美と見栄には至って厳であるのは、前者に人間の根源にかかわる深刻さを見るのに対して、後者には精神の愚劣さ以外の何物も見出せないからであろう。

もう一つ、これは本筋の論とは別のことだが、巻一の一から巻二の四に発展する文章論に注意を払っておこう。「文《ふみ》程、情け知る便り、外にあらじ。その国里遥かなるにも、思ふを筆に物言はせける。いかに書き続けし玉章《たまづさ》も、偽りがちなるは、おのづから見覚めのして、廃《すた》りて惜しまず。実《じつ》なる筆の歩みには、自然と肝《きも》に応《こた》へ、その人にまざまざと逢《あ》へる心地せり」と記す。西鶴のこの物語自身このようにして虚構された大文章ではないのか。

次に、この種の物語の読者の期待の主要な部分を占める色売る女の方に移る。その最初の章は、巻一の四である。

洛東清水寺の西門のほとりで、晩秋の寒空に歌う袖乞女は、嘗《かつ》て六条遊女町で後の葛城《かつらき》と呼ばれた著名な太夫の落魄《らくはく》の姿であった。「後《のち》の葛城《かつらき》と名に立つ太夫が、成り果つる、習ひぞかし」と、西鶴は事もなげに言い放つ。一流の太夫の落魄を当然視する筆触である。遊里における太夫の地位は、まこと華麗を極める。うろたえた学者が自由の女神と崇《あが》め奉ったりする程である。

しかし、この華麗は金銭の支配する社会の最高の商品として虚飾されたものでしかないことを、西鶴は描き出す。もと貧のために売られて来た女たちである。北国《きたぐに》の寒村から、都会の片隅から、又は、一代女の如く、親の思いがけぬ経済の破綻《はたん》から、年季奉公という名目で、その実安く買い集められ、更に遊里で加えられる諸費用の重圧に、消耗し尽す女たちである。その中から、素質のすぐれたものを選り抜いて磨いて、最も高価な商品に仕上げたのが、太夫なのである。「女郎は浮気らしく見えて、心の賢きが上物《じやうもの》」(『好色一代男』巻六の五)という。女としての教養も当時としては最高のものと、時人も後学も感服するが、西鶴はそのおおむね虚飾に過ぎぬことを、粋大尽《すいだいじん》と称する輩《はい》の鼻持ちならぬ服装と横柄な態度と思わせぶりな生物《なま》知りに圧倒されることに、諷《ふう》する。

といって、色売らざるを得ない女たちにとっては、やはり、太夫の地位は最も望ましく、一代女が、囲《かこい》女郎に下ろされた時の述懐に、「自《みづか》ら、太夫から天神に下ろされけるさへ、口惜しかりしに」とも、「太夫・天神まで勤めしうちは、さのみこの道とても、憂きながら憂きとも覚えず、今の身の悲しき事、かくも亦《また》昔に変る物かな」(巻二の二)とも言う如くで、その地位を守るに汲々とした姿が描かれる。華麗大様な太夫道中も抜け目ない客引きの場であり、軽蔑《けいべつ》される町の太鼓持も手なずけて客をつなぎとめる手段に利用し、又、不用になった文を客の前で取り捨てて他客は無視する素振りを見せるなど、知恵を絞ってやっと維持できる地位なのである。いわゆる遊女の手練《てれん》手管《てくだ》と称するものは、金銭に繋《つな》がれた女奴隷の、生きて行くための必死の抵抗なのである。

西鶴は、色売る女より素人女にむしろ厳しい批判を投げかけがちであるが、それは甘やかされてふやけた人間を嫌い、厳しい環境に生き抜く人間を好むからである。むろん、厳しい環境は、人間を傷つけ卑陋《ひろう》に陥れることも多い。その場合、西鶴はその個人を厭《いと》わず、その由来するところを憎むのである。

「一切《いつさい》の女郎の威は、客からの付け次第にして、奢《おご》る物なり」という。女郎の自由は有力なパトロンがあって、はじめて生れるもの、金の鎖の伸びる範囲の自由でしかない。

内情暴露は、いつの時代にも、好まれる。遊女たちの内情暴露は、当時の人たちに、最も興味ひかれるところであった。そこに「遊女評判記」という類の作物の出版の意味があった。『好色一代女』は主要な面で、その流れを汲《く》むみせかけをとっている。すぐ前に一部を引用した太夫の手練手管は、それだけを切り離せば、確かに低俗な興味を満足させるものがある。が、一章全体を通じて、数々の話柄《わへい》を支えるものは、「後《のち》の葛城《かつらき》と名に立つ太夫が、成り果つる、習ひぞかし」に始まって、「思へば、世にこの道の勤め程、悲しきはなし」と結ばれる思念の流れなのである。

　この考えには、先蹤《せんしょう》がないわけではない。既に『たきつけ草』（延宝五年刊）あたりにも「（遊女の）位高くやんごとなきをしも、すぐれたる商売とやは言ふべき。品《しな》の高きにても位の卑しきにても、ともに借銭の責めは逃れぬぞかし。さる心苦しさをも、松を時雨《しぐれ》の色にも出ださず、真《ま》葛《くず》ケ原《はら》の恨みある世をも厭《いと》はぬ振りこそ又なく哀れなれ」と、見た目と違った遊女たちの苦しい立場が正確に指摘してある。が、続いて「すべて女郎の金銀に傾くとは、むざとしたる人の言ふことなり、かの揚銭の参らせ物を、その身に十が一つも着けばこそ、皆親方のためなりかし」と、金銀を貪《むさぼ》るという世評から、一応遊女を庇《かば》い、その金銀の遊女の身に着かぬことを述べながらも、注意すべきは、そこに女たちを陥れた社会、貧乏人の弱みにつけ込んだ町人の狡猾《こうかつ》な収奪については、少しも心を配ろうとはしないことである。つまり、遊女に対する同情は、資本主義的収奪を肯定した上での、中身のない感傷に過ぎない。だから、行き着くところは、「例え宝に靡《なび》くにもせよ、恋路の思ひの極りは、命を参らすより深きはなし。宝ゆゑに命を失ふ人、世に数を知らず。知りぬ、宝は命より勝《まさ》りたりといふことを。その宝を投げ失《う》つに、いかで女の思はくなからん。ひつきやう、命を賜《たも》ると同じことならずや」と、金銀を、何よりも、命よりも重視する町人根性の、後世の資本主義の思想にまで流れ及ぶ、典型にあぐらをかくのである。『たきつけ草』は、かく最も当代的町人的であるがゆえに、当代に埋没して、後世に生き得ないのだが、濃淡はともあれ、町人もしくはその同調者の作物には、このような考えが根深くしみているのである。

遊女をやたらと鑽仰《さんぎょう》する後世の学者よりは目が見えているとしても、資本の収奪を肯定しては、遊女の苦しい立場を指摘した意味はなくなる。そうでないところに、西鶴の値打ちがある。西鶴は裕福な町人の子と生れて、町人を脱落して、俳諧師から草子作者に転じた人である。脱町人の思想をもつ人なのである。金銀万能の町人根性を拒否して、人間を大事にしようとする文学者らしい先駆的な目をもっていたからこそ、現代にも生きるのではないのか。そこを露骨に出さぬくらいの読者に対する配慮はもっていたが、ともすると、底の方から吹き上げて来る反時代的意識をもたざるを得なかったところに、注目すべきなのだが、そのことについては、後で今一度触れる。

巻一の四に続く二章、巻二の一と巻二の二では、天神・囲《かこい》女郎・局《つぼね》女郎と、次第に下級の公娼に及ぶ。

という経過は、この物語では、転落の過程を示すが、転落するということは、公娼にはそれぞれの格に応じた標準があるためで、むしろその格に応じて、同時に並列的に存在するもの、太夫は極めて稀な存在であって、容色にも才智にも恵まれぬ、初めから下級の売色を強いられる娘は最も多いのである。もっとも、太夫から天神・天神から囲女郎への転落には、それに伴う一代女のいささかの心の陰影も描かれなくはないが、その職階に応じた女を描くことが主で、局女郎に至っては、一代女という特定の個人をすっかり放れてしまう。

まず、巻二の一。越後の村上から島原の揚屋に着いた田舎客は、見るからに野暮で遊女遊びに似合わしくなく、都の揚屋の者どもが思わず不信の言葉を洩らすほどだったが、「この人が買はれます」と投げ出す革袋の三升ほどもあろうかと思われる一歩金の山。粋《すい》と気取る都人の物馴れたあしらいも、この一歩金の威力に粉砕されるのである。粋は金力には勝てないのが遊里の機構。だから、金力そのものが粋として罷《まか》り通るのである。そのことを痛いほど思い知らせるのが、この一章である。「まことの粋はここへ参らず、内にて小判を読うで居まする」という揚屋の亭主の逆説的放言（『好色一代男』巻二の四）の成り立つ地盤はここにある。

実を言うと、こうした粋の種明かしは、『好色一代男』巻五の一にさり気なく描いてあった。その章で、三十五歳の一代男世之介が粋大尽として颯爽《さつそう》と登場するのは、それまでの長年の色道修業の旅の結果でなくて、そのことは巻四の六（三十三歳）で粋自慢の世之介が島原郭の太鼓女郎にさえ振られる話として念を押してあるが、巻四の七（三十四歳）で落魄《らくはく》流浪の世之介が父親の死去から勘当が赦《ゆる》されて、銀二万五千貫約百五十億円の遺産を母親に遊女遊びに使えと渡されたことによる突然の飛躍なのである。

ところで、村上の田舎大尽が見初めたのは一代女なのだが、今日から天神に下がったと聞くと、「我等は国元の贅《ぜい》ばかりなれば、太夫でなくば望みなし」と顧みない。女たちに付けられた売り値の高下が人間の高下を決定して少しも疑いのさしはさまれぬ社会が構築されているのである。その一代女が、天神から更に囲女郎に落ちるのは、病気も一因だが、三人の有力な客をそれぞれの経済的破綻から一挙に失ったことを、決定的な要因とする。遊里における金力支配の現実を徹底的に描く一章である。

巻二の二は、囲女郎はまだしも、端局《はしつぼね》の三匁取・二匁取・一匁取・五分取と下落するにつれ、虚飾は剝《は》げ、身体の切売りだけの、粗々《あらあら》しさと寒々しさと空しさだけの、まことやりきれぬ売色風景が展開する。

遊里の女たちは、貧乏のどん底から売られて来たので、その身には、自由の一かけらもなかった。が、年少に売り飛ばされることは免れても、下層民の中には、生計を立て難くて、内職的に売色を行ったり、崩れて私娼になる者もあった。素人女について述べたところには、実はこの種の女も含まれていたのである。

武家にも、それに増して町人にも、蓄妾の風がゆきわたり、妾奉公は、生活力に乏しい女たちにとって、最も有利な奉公口として、競い合われた。競争が激しければ、目見えの支度に費用が嵩《かさ》む。外れる方が大多数なのだから、その出費は後では平生の貧に加えて重荷となる。そのことはわかっていても、貧女はそこに万一の夢を託したのである。その女たちの悲しさを、西鶴は、有力町人の非道な遊びに交えて、巻一の三で描いている。

巻五の三の数間女《すあい》・糸屋者・鹿子屋《かのこ》の仕手・糸繰女など、商工の末端では、それだけで生活を立て難く、色売る内職が常習化する傾向があった。介添女（巻四の一）・仕立物屋（巻四の二）なども、これに近い職業であろう。妾兼下女の二瀬《ふたせ》女（巻五の三）というのもあった。

内職的売色から崩れて本職化したものに、歌比丘尼《うたびくに》（巻三の三）・茶屋女（巻五の一）・風呂屋女（巻五の二）・蓮葉《はすは》女（巻五の四）・暗物《くらもの》女と据物《すえもの》女（巻六の一）・出女（巻六の二）などがある。この女たちは、太夫・天神・囲女郎の如く、飾り立てられてもいないし、階級的には公娼より低く見られているにしても、初めから売られ放しの、しかも、公的に管理された公娼にくらべて、いささかのゆとりが感じられる。例えば、価、四匁・二匁・百文の暗物女は公娼の局女郎（巻二の二）に匹敵するが、局女郎の数をこなすてきはきした職業的切迫感がなく、いささか間のびを感じさせるむだがある。

といって、私娼の立場をましというのではない。道は破滅に通じているのである。そんな女たちの行き着く果てが、価十文約九十円の夜発《やほつ》（巻六の三）である。多く、貧から色を売り始めて、色を売るより外に手立てをなくした女たちの、晩年の行く先はこれより外にないのである。「順礼宿に呼び込まれて」「猫又《ねこまた》の姥《うば》に化けたる」かと「恐ろしが」られた五十九歳の女、「血気盛んの若い者にばかり出合ひ、四十六人目の男の時は、命も絶え絶えに、これでは続かぬと、身を懲《こ》らしけるが、欲には限りなし。それからも、相手のあるを幸ひに、又七八人も勤めて帰る」女、「足の立つ事ならば、白髪に添へ髪して、後家らしく作りなして、一杯抓《つか》ます事なれども、身が不自由なれば、口惜しや」と言う「七十余りの婆《ばば》」など、すべて、「喰はで死する悲しさよりはと、それに身をなす」女たちであった。

その女たちが、ふと我に帰った時、堕胎の子らに対する悔悟があり、五百羅漢の像を見て肌ふれた男のことが思い出される（巻六の四）のである。「さても、勤めの女程、我が身ながら恐ろしきものはなし。一生の男、数、万人に余り、身は一つを、今に世に長生きの恥なれや、浅ましやと、胸に火の車を轟《とどろ》かし、涙は湯玉《ゆだま》散る如く、忽《たちま》ちに夢中の心になり」、果ては、入水《じゅすい》して、煩悩の身を捨て、彼岸に往生しようとして、助けられ、草庵に入り、「念仏三昧《ねんぶつざんまい》に明け暮れ」るのが、一代女の辿《たど》り着くところであった。

が、野垂れ死しないで、かく悔悟し救済されるのは、この種の女たちの持ち得る感懐や境涯ではない。せめてそのような解決を、気休めにでも取らざるを得なかった西鶴の暗憺《あんたん》たる気持の込められていることを、見逃してはなるまい。

現実の貧も、その貧を巧みに利用して水脹《ぶく》れる狡猾《こうかつ》な富も、西鶴の力で直ちにどう処理し得るものではない。西鶴のなし得ることは、その現実を徹底的に追求して、人の心に反省を求めることでしかない。ということは、文学の弱みではない。精神の面から人間を改変しようとするもの、人間を内部から改変することの意味深さを真に知るもの、しかも、自分の意見を読者という他者の自由な取捨にまかせるもの、その人を文学の士と呼ぶ。自分の意見を唯一最上のものと思い上がり、その意見を力ずくで実現し、他人を支配しようとする者を政治家と呼ぶ。

西鶴は、資本主義社会に先駆する町人社会において、遊里を中心に、貧しい女たちを金力で徹底的に支配する資本の悪業を、一典型として、ここに、最も鋭く捉《とら》えているのである。

遊里は人間解放の場だとか、封建支配に抵抗するものだとか、媚びた説をなす学者もある。が、新しがり屋さんの興奮するほど、町人は反封建的でも反幕府的でもない。町人の家法・家訓の類を通覧することを勧めたい。町人は、幕藩体制の中で、主権の意図に極めて敏感に順応することによって、思う存分に富を蓄積し、その富の力によって、主権に内部から着実に食い込んだ階級なのである。商業資本の最も恐れるところは、一時的にもせよ現存する社会制度に混乱や不安の兆《きざ》すことである。徳川幕府を打倒しようとしたのは、反封建精神ではなく、むしろ、反幕府精神なのである。政権の座を追われて長い公家《くげ》の政権回復を名目に、嘗《かつ》て政権争奪に破れた外様大名一派の徳川氏に対する復讐《ふくしゅう》の挑《いど》みに過ぎない。明治維新は封建精神の強固で武力の強剛な薩長勢が町人化した徳川勢を打ち破ったまでのことで、海外からの圧力が近代化を推し進めたものの、明治政府の政策に徳川幕府以上に封建的な一面があったのも、ゆえなしとしない。

　町人は、すべてを金力で支配することを目差すものであった。遊里は、金力で公家にも武家にも出来ないことが出来るという喜びに酔い痴れた町人の、多かったことは否定出来まい。存分の解放感を味わったであろう。が、そこで解放されたものは、男の放肆《ほうし》な性に過ぎない。しかも、そこで傷ついた者は、公家でも武家でもない。一層弱い階層の人間、とりわけ、貧しく弱い女たちでしかない。その女たちの人間性を圧倒的な金力で徹底的に踏みにじることによって成り立つのが、遊里という閉鎖社会であった。文学者なら、俗物町人の思い上がった浅薄な解放感に同調するよりも、徹底的に搾取される女たちの絶望感に心の痛みを感じてもよいのではないか。

『好色一代男』後半の、遊女列伝風物語の最初の一章（巻五の一）には、西鶴の思想の注目すべき一端が語られている。その序章にふさわしく、主人公の太夫吉野は、最も理想的な遊女として描かれているのである。「前代未聞の遊女なり。いづれを一つ、悪《あ》しきと申すべき所なし。情第一深し」という女である。小刀鍛冶《こがたなかじ》の弟子の密かに恋い慕うと洩れ聞いては、その思いを遂げさせるのである。「揚屋より咎《とが》めて、これは余りなる御仕方と申す」ほどの、遊里の制度や太夫の権威に対する反逆なのである。が、その話を聞いて、その夜の馴染み客世之介は、「それこそ女郎の本意なれ。我見捨てじと、その夜俄《にはか》に揉《も》み立て、吉野を請け出し、奥様と」するのである。世之介も又町人社会の常識に反逆するのである。

　町人社会の常識は、遊女を妻とすることを、「一門中よりは道ならぬ事とて」世之介に義絶を申し入れるのである。吉野はこれを悲しんで、妾にと願っても、赦《ゆる》されない。そこで、吉野に明日暇を出すという廻状を送って、一門中の女を呼び集め、下女風に姿をやつした吉野が一人でもてなすのである。その結果、「その面白さ限りなく、やさしく、賢く、いかなる人の嫁御にも恥かしからず、一門三十五六人の中に並べて、これはと似た女もなし、いづれも御堪忍遊ばし、内儀にそなへられよ」とめでたく納る。素姓のはっきりしない、しかも、一門の女のすべてに抜群にすぐれた女が、世之介の妻になるなら、一門の女たちは、いよいよ影が薄くなり、激しい劣等感に苛《さいな》まれるに違いなく、それだけに一層激しい妬情に駆られて、吉野を退けて、当然ではないのか。とすれば、この虚構に満ち満ちた一章を敢えて創作した西鶴の意図はおのずと明らかであろう。

西鶴の妻も又遊女出身かもしれぬ。彼が伝えられる如く裕福な町人であったなら、彼の妻迎えにも又一門の反対は激しかったはずである。西鶴の追悼吟のうちで、類を絶する痛恨の情の託されたのは、西鶴三十四歳の時、三児を遺して死んだこの二十五歳の妻を傷《いた》むものであったこと、西鶴が法体《ほったい》して鑓屋《やりや》町の草庵に入ったのは、俳諧に専心するための行動であったろうが、亡妻の三回忌の年であったことも、思い合わされてよかろう。

こんな西鶴が、金力の支配を絶対視する俗物町人の愚行に同調したと考えるのは、滑稽の一語に尽きる。

西鶴は、『好色一代女』で、彼の生きた時代のあらゆる女を、内面から描きたかったのであろう。階層が違えば、確かに見せかけは違う。大名の奥方と夜発《やほつ》の間には雲泥の較差がある。が、その間には、同時代の通じあう女の悲しさがあった。華美と見栄を競う女たちは、金力支配の日の当る場所にいる女たちであり、内職にしろ本職にしろ、身を切売りせねばならぬ女たちは、その日の当らぬ場所の者たちである。武家の女たちはいささか枠《わく》を外れるが、他はいずれも、金力万能の枷《かせ》の中の囚《とら》われ人に過ぎない。むしろ女たちは、必ずしもその悲しみを知らない。日陰の女たちは多く宿命と忍従し、日の当る場所の女は、当代を最も自由な謳歌すべき時代と思ったかもしれない。人為の枷は、むろん、みずからの力で解き放つことも出来る。が、それは稀有《けう》の例外である。一代女の終結は、その例外を匂わすものかもしれない。

それは兎も角、元禄の女たちに共通するものが、一代女の一身に集約されたといってよい。ばらばらの女人群像を描こうというのでもなく、一人の女の狭い体験を語ろうというのでもない。元禄の女たちの宿命を一身に担った女としての一代女を、好色本という枠の中で、やや韜晦《とうかい》と戯画化の風をもって、ひそやかに世人に突き付けたのが、西鶴の意ではなかったのか。その意がどれだけ読みとられたかはわからぬが、当時の好色本のその時限りで一般の目からは消滅した中で、西鶴のみ独り永く世に伝えられたのは、その意に裏付けられた人間凝視の深刻さに、読者が興味本位に読み捨てきれぬものを、無意識のうちに思い知らされるところがあったからではないのか。それは、人間の本質につながる問題として、現代にも尾を引き、現代人の心にも強く迫るものがあるのではないのか。

付録

西鶴略年譜

寛永十九年（一六四二）　一　歳

摂津大阪に生れる。井原姓。伊藤仁斎の次子梅宇（西鶴より四十一歳年少）の『見聞談叢《けんもんだんそう》』には、俗名を平山藤五と伝える。相応に裕福な町人の子であったようだ。

明暦二年（一六五六）　十五歳

このころ貞徳《ていとく》風俳諧の一業俳《ぎょうはい》に入門したか（『大矢数《おおやかず》』巻四・『俳諧石車』巻四）。新文学としての俳諧に、この年ごろの才気ある若者は多く心ひかれた。西鶴も芭蕉も近松もその類の若者であった。

寛文二年（一六六二）　二十一歳

早くも俳諧点者の資格を得たともいう（『俳諧石車』巻四）。

寛文五年（一六六五）　二十四歳

西鶴菩提寺誓願寺日牌《にっぱい》（寛政十二年〔一八〇〇〕整理）によれば、五月十二日、祖父西誉《さいよ》道方《どうほう》没。両親についてはは直接知る資料はない。幼弱にして死別したのではないかと疑われる。

寛文六年（一六六六）　二十五歳

三月跋西村長愛子撰『遠近集《えんきん》』に、初めて発句三句が見られる。鶴永と号す。一句をあげると、

心ここになきか鳴かぬか郭公《ほととぎす》

のごとく、貞門《ていもん》の新進作者らしい颯爽《さつそう》の風姿を示す。

延宝元年（一六七三）　三十二歳

六月、大阪生玉《いくだま》神社南坊で、西山宗因を後楯に、同志を率いて、俳諧の万句興行を完成する。古風貞門に反抗した最も早い俳壇的運動であったことに意義が深い。『遠近集』以後、『落花集《らっか》』（高滝以仙撰寛文十一年三月序）に「長持へ春ぞ暮れ行くころもがへ」という新風の句をもって現れるまで、西鶴の俳作の梓上《しじょう》に見出されない不思議は、古風からの脱皮と新風への開眼《かいげん》を求めて苦しんだ時期だったからであろうか。寛文後期は貞徳流俳諧に行きづまりが感じられて、若い俳人を中心に新風の暗中に模索された時代であった。そこに一道の光明を与えたのが、連歌師宗因の余技の自由洒脱《しゃだつ》な俳諧であった。宗因に直接間接に学ぶ徒の力を結集した最初の反古風の俳壇的運動が、生玉万句の興行である。この万句の各百韻の第三までと祝賀の句に西鶴の壮語を序して出版したものを『生玉万句』（六月奥書）という。十月序『歌仙大坂俳諧師』（西鶴自筆自画）を編して、新風仲間の俳壇的地歩を確立しようとした。冬、西鶴と改号か。師宗因の俳号西翁の一字を許されたのである。西鶴が宗因に近づいたのは、寛文中ごろ以降か。生玉万句あたりを機に俳諧活動表面化。

延宝三年（一六七五）　三十四歳

四月刊『大坂独吟集』に宗因批点の百韻一巻入集。この作は寛文七年成立か。四月三日妻を失う。享年二十五歳。遊里出の女か、遺児が三人あったらしい。初七日の追善に、独吟一日千句を興行し、諸家の追悼吟を加えて、上梓。『誹諧独吟一日千句』（四月序）という。痛恨を極む。

延宝五年（一六七七）　三十六歳

五月、生玉本覚寺で千六百句の独吟を興行。『西鶴誹諧大句《おおく》数《かず》』（五月序）と題して刊行。矢数俳諧流行の端を開く。矢数俳諧とは、一昼夜という時を限って作句の多さを競う俳諧をいう。詞と境を無制限に開放する運動が、安易な用語に乗せて浅薄な時様風俗を放埒《ほうらつ》に付け進めることになった結果である。以後、大阪俳壇を闊歩《かっぽ》する。松寿軒の号もこの年から見える。この年、法体《ほったい》して鑓屋《やりや》町の草庵に入るか。亡妻の三回忌にあたる。『見聞談叢』に「名跡《ミヤウセキ》ヲ手代ニユヅリテ、僧ニモナラズ、世間ヲ自由ニクラシ、行脚《アンギャ》同事ニテ頭《ヅ》陀《ダ》ヲカケ、半年程諸方ヲ巡《メグ》リテハ宿へ帰リ、甚ダ俳諧ヲコノミテ」とある。

延宝八年（一六八〇）　三十九歳

五月、生玉寺内で四千句の独吟を興行。翌年四月、『大矢数』と題して刊行。これを記念して、四千翁の号がある。以後、俳諧活動やや衰える。風俗の拡大と機知の増幅をめまぐるしくするだけの速度俳諧の先頭に狂することに、西鶴は内心に空しさを感じ始めたのではないか。

天和元年（一六八一）　四十歳

この年から天和三年までに、役者評判記『難波《なにわ》の皃《かお》は伊勢《いせ》の白粉《おしろい》』（西鶴画西吟筆）刊か。

天和二年（一六八二）　四十一歳

春、上梓の三種の俳書に插画。三月、宗因没。十月、『好色一代男』（西鶴画西吟筆）刊。近世小説界に一新紀元を画す。先行の仮名草子と区別して、文学史上浮世草子と名づける。主人公一代男世之介の豪放な遊里の遊びに町人読者は存分の解放感を味わったであろうが、西鶴はその底に町人の金銀万能の俗物根性を見てとり、秘かに諷《ふう》するところがあった。

貞享元年（一六八四）　四十三歳

四月、『好色二代男 諸艶大鑑《しょえんおおかがみ》』（西鶴自筆自画）刊。六月、住吉神社社頭で一日一夜に二万三千五百句の独吟を興行。俳壇的活動に一段落をつけようとするかの感がある。これを記念して、二万翁と号す。この時、江戸の宝井其角《きかく》も上阪して、後見役を勤め、「驥《き》の歩み二万句の蠅《はへ》あふぎけり」の句を吐く（『五元集』）。

貞享二年（一六八五）　四十四歳

一月、『西鶴諸国はなし』刊。二月、『大坂 堺筋 椀久一世《わんきゅういっせ》の物語』刊。また、一月、宇治加賀掾《かがのじょう》のために浄瑠璃『暦《こよみ》』・『凱陣八《がいじんや》島《しま》』を新作し、八月、加賀掾の段物集『小《こ》竹《たけ》集』に序を与えたが、深くは入らなかった。

貞享三年（一六八六）　四十五歳

この年から三年ばかりほぼ浮世草子の著作刊行に終始する。一月刊西鷺軒《さいろけん》橋泉作『近代艶隠者《きんだいやさいんじゃ》』（西鶴筆・画）に序文を与える。二月、『好色五人女』刊（宝暦ごろ『当世女容気《おんなかたぎ》』と改題刊行）。六月、『好色一代女』刊。十一月、『本朝二十不孝』刊（宝永ごろ『新因果物語』と改題刊行）。

貞享四年（一六八七）　四十六歳

一月、『本朝若風俗男色大鑑《なんしょくおおかがみ》』刊（後『古今武士形気《ここんぶしかたぎ》』と改題刊行）。三月序『懐硯《ふところすずり》』刊（後『匹身物語《するすみ》』と改題刊行。また、その後宝永二年序『筆の初ぞめ』と改竄《かいざん》刊行）。四月、『諸国敵討武道伝来記』刊。また、この年『椀久二世の物語』刊か（正徳五年『新小夜嵐』と改題刊行）。

元禄元年（一六八八）　四十七歳

一月、『日本永代蔵』刊（文政七年序『大福新長者鑑』と改題刊行）。二月、『武家義理物語』刊（後『武家気質《かたぎ》』と改題刊行）。三月、『嵐無常物語』刊。九月以前、『好色盛衰記』刊（後『好色栄花物語』と改題刊行。また、その後元禄十四年『西鶴栄花咄』と改題刊行）。十一月、『新可笑記』刊。西鵬《さいほう》と号す。以後、この号断続して元禄四年に及ぶ。

元禄二年（一六八九）　四十八歳

一月、『本朝桜陰比事《おういんひじ》』及び地誌『一目玉鉾《ひとめたまぼこ》』刊。三月刊磯貝捨若《すてわか》作『新吉原常々草《しんよしわらつねづねぐさ》』に戯注す。以後、冬まで年譜空白。この年始めごろから病むか。冬、回復にむかい、徐々に俳作を試み、俳友との交わりを復す。以来、没時まで俳諧にかなりの興味を示す。

元禄五年（一六九二）　五十一歳

一月、『世間胸算用《むねざんよう》』刊。誓願寺日牌に三月二十四日西鶴妻光含心照信女没とある。信じるなら、西鶴の後妻である。が、『見聞談叢』にいう「一女アレドモ盲目、ソレモ死セリ」の盲目の一女と考えるのが通説。ただ『西鶴織留』の記述と考えあわせると、盲目の一女の死は『胸算用』の作以前、元禄三年ごろのことかとも推定されるので、妻が誤記なら五年も誤記とは見られぬか。

元禄六年（一六九三）　五十二歳

八月十日、没。法名仙皓《せんこう》西鶴。辞世「浮世の月見過しにけり末二年」。冬、『西鶴置土産』刊（元禄七年『西鶴彼岸桜《ひがんざくら》』・元禄十一年『朝くれなゐ』と改題刊行。宝永五年『風流門出《かどで》加増蔵《かぞうぐら》』と改竄刊行）。商人失格の群像を描き、商人失格は人間失格ではないことを、商人の成功はむしろ人間失格につながることの多いかのごとき感触で描き、人間の相互信頼、人の心の誠に窮極の頼りどころを求めるかのようである。

元禄七年（一六九四）

三月、『西鶴織留』刊。

元禄八年（一六九五）

一月、『西鶴俗つれづれ』刊。

元禄九年（一六九六）

一月、『西鶴文反古《ふみほうぐ》』刊。

元禄十二年（一六九九）

四月、『西鶴名残乃友』刊。

近世の時刻制度

近世の時刻制度は、現代のごとく、定時法ではない。おおよそは、日出・日没を明六つ（卯《う》の刻）・暮六つ（酉《とり》の刻）とし、日出から日没までを昼・日没から日出までを夜として、時刻を算出する。だから、明六つといっても、現在の東京の中央標準時に換算すると、夏の早い時で午前三時四十九分くらいから、冬の遅い時で午前六時十五分くらいの幅がある。これをすべて午前六時などと不用意な注をつけておく感覚なら、夏の未明の心中行《しんじゅうこう》に日が上ってから、とぼとぼ道行させるというような、奇妙なことにもなりかねぬ。『一代女』では、時刻は近松ほど詳密を必要としない。けれども、近世文学の注釈に嘗《かつ》てそうした配慮の丁寧に払われたことを知らないので、近世文学を読む基礎知識として加えておく。

時制に関する研究書は乏しいが、幸いに橋本万平氏の『日本の時刻制度』（昭和四十一年塙書房刊）という好著がある。この著書から著者の御了解を得て引用する。同書「第三章　江戸時代以降の時刻制度」の「二十　不定時法による時刻と現代時刻との対応」（一三一頁から一三四頁まで）全文を左に挙げる。

江戸時代当時においてさえ、定時法と不定時法との関係が了解出来ず、種々の混乱を起こしていたのであるが、現代多くの歴史学者・国文学者を始め、小説作家が誤解し、間違った使い方をしているのが、この不定時法である。従ってここで参考の為に、少し詳細に当時の時刻と、現代の時刻との対応を第十三表にして示しておく。

云うまでもなく、昼夜の長さは、一日毎に変化しているのであるが、如何に不定時法が太陽を基準にしていても、毎日時計を調節する事は不可能であるから、江戸時代は一年を二十四節気に分け、其の一期間中は昼夜の長さを同一と見て、同じ時刻を使用していた。そこでこの表もその例によって、二十四節気毎の対応時刻を示しておいた。従って、江戸時代の、ある日における或時刻に対応する現代時刻が知りたい時は、其の日の属する節気を知って、この表から求めればよい。又それがわからない時は、「三正綜覧」等の陰暦と陽暦との対照日が書いてある本によって、求めたい日に相当する太陽暦の日を知って、表中第一段の括弧の中に記入してある太陽暦の日附を参照して求めればよいのである。

但しこの表は、江戸（東京）における値を算出しておいたので、経度・緯度が異る他の地では、それぞれ適当に時間を増減しなければならない。例えば京都・大阪では十五分から二十分位を加えればよい。又不定時法の六つ時は夜明け、日暮を標準としているので、日出前・日入後の薄明時間を、一日百刻制の二・五刻、即ち三十六分として計算した。

なおこの表によると、正午・正子が十二時になっていないのは、中央標準時で示した為である。

芒種五月節（六月六日）	夏至五月中（六月二十一日）	小暑六月節（七月七日）	大暑六月中（七月二十三日）	立秋七月節（八月八日）	処暑七月中（八月二十三日）	白露八月節（九月八日）	秋分八月中（九月二十三日）	寒露九月節（十月八日）	霜降九月中（十月二十三日）	立冬十月節（十一月七日）	小雪十月中（十一月二十二日）	大雪十一月節（十二月七日）
時 分	時 分	時 分	時 分	時 分	時 分	時 分	時 分	時 分	時 分	時 分	時 分	時 分
3 49	3 49	3 55	4 5	4 17	4 29	4 41	4 54	5 5	5 18	5 32	5 47	6 1
5 7	5 8	5 13	5 22	5 32	5 41	5 51	6 1	6 9	6 19	6 31	6 44	6 56
6 26	6 27	6 32	6 39	6 47	6 54	7 00	7 7	7 13	7 21	7 30	7 40	7 52
7 44	7 46	7 50	7 56	8 2	8 6	8 10	8 14	8 17	8 22	8 28	8 37	8 47
9 3	9 5	9 9	9 13	9 17	9 19	9 19	9 20	9 21	9 23	9 27	9 34	9 42
10 21	10 24	10 27	10 30	10 32	10 31	10 29	10 27	10 25	10 25	10 26	10 31	10 38
11 39	11 42	11 45	11 47	11 46	11 43	11 39	11 34	11 28	11 26	11 25	11 27	11 33
0 58	1 1	1 4	1 4	1 1	0 56	0 48	0 40	0 32	0 27	0 24	0 24	0 28
2 16	2 20	2 22	2 21	2 16	2 8	1 58	1 47	1 36	1 28	1 22	1 21	1 23
3 35	3 39	3 41	3 38	3 31	3 21	3 7	2 53	2 40	2 30	2 21	2 17	2 19
4 53	4 58	4 59	4 55	4 46	4 33	4 17	4 00	3 44	3 31	3 20	3 14	3 14
6 11	6 17	6 17	6 12	6 1	5 45	5 27	5 7	4 48	4 32	4 19	4 11	4 9
7 30	7 36	7 36	7 29	7 15	6 58	6 36	6 13	5 52	5 33	5 17	5 7	5 4
8 12	8 17	8 18	8 12	8 0	7 46	7 26	7 6	6 48	6 32	6 18	6 10	6 9
8 53	8 58	8 59	8 55	8 45	8 33	8 17	8 0	7 44	7 31	7 20	7 14	7 14
9 35	9 39	9 41	9 38	9 31	9 21	9 7	8 53	8 40	8 29	8 21	8 17	8 18
10 16	10 20	10 22	10 21	10 16	10 8	9 58	9 47	9 36	9 28	9 22	9 21	9 23
10 58	11 2	11 4	11 4	11 1	10 56	10 48	10 40	10 33	10 27	10 24	10 24	10 28
11 40	11 43	11 46	11 47	11 46	11 44	11 38	11 33	11 29	11 26	11 25	11 27	11 33
0 21	0 24	0 27	0 30	0 31	0 31	0 29	0 27	0 25	0 25	0 26	0 31	0 38
1 3	1 5	1 9	1 13	1 17	1 19	1 19	1 20	1 21	1 23	1 27	1 34	1 42
1 44	1 46	1 50	1 56	2 2	2 6	2 10	2 14	2 17	2 22	2 29	2 38	2 27
2 26	2 27	2 32	2 39	2 47	2 54	3 0	3 7	3 13	3 21	3 30	3 41	3 52
3 8	3 8	3 14	3 22	3 32	3 42	3 50	4 0	4 9	4 20	4 31	4 44	4 57

第十三表　時刻対照表（於東京・中央標準時による）

		冬至十一月中（十二月二十二日）	小寒十二月節（一月五日）	大寒十二月中（一月二十日）	立春正月節（二月四日）	雨水正月中（二月十九日）	啓蟄二月節（三月六日）	春分二月中（三月二十一日）	清明三月節（四月五日）	穀雨三月中（四月二十日）	立夏四月節（五月六日）	小満四月中（五月二十一日）
		時 分	時 分	時 分	時 分	時 分	時 分	時 分	時 分	時 分	時 分	時 分
卯	明六	午前 6 11	6 15	6 13	6 3	5 53	5 30	5 9	4 47	4 27	4 9	3 56
	半	7 6	7 10	7 10	7 2	6 53	6 34	6 16	5 57	5 39	5 24	5 13
辰	朝五	8 1	8 5	8 6	8 0	7 54	7 38	7 22	7 6	6 52	6 39	6 30
	半	8 55	9 1	9 3	8 59	8 54	8 42	8 29	8 16	8 4	7 54	7 47
巳	朝四	9 50	9 56	9 59	9 57	9 55	9 46	9 36	9 25	9 16	9 9	9 4
	半	10 45	10 51	10 56	10 56	10 55	10 50	10 43	10 35	10 29	10 24	10 21
午	昼九	11 40	11 46	11 52	11 55	11 55	11 53	11 49	11 44	11 41	11 38	11 37
	半	午後 0 35	0 41	0 49	0 53	0 56	0 57	0 56	0 54	0 53	0 53	0 54
未	昼八	1 29	1 37	1 45	1 52	1 56	2 1	2 3	2 3	2 5	2 8	2 11
	半	2 24	2 32	2 42	2 50	2 57	3 5	3 9	3 13	3 18	3 23	3 28
申	夕七	3 19	3 27	3 38	3 49	3 57	4 9	4 16	4 22	4 30	4 38	4 45
	半	4 14	4 22	4 35	4 48	4 57	5 13	5 23	5 32	5 42	5 53	6 2
酉	暮六	5 8	5 17	5 31	5 47	5 58	6 16	6 29	6 41	6 54	7 7	7 19
	半	6 13	6 22	6 35	6 48	6 58	7 12	7 22	7 32	7 42	7 52	8 2
戌	夜五	7 19	7 27	7 38	7 50	7 57	8 8	8 16	8 22	8 30	8 37	8 45
	半	8 24	8 32	8 42	8 51	8 57	9 5	9 9	9 13	9 17	9 23	9 28
亥	夜四	9 29	9 37	9 45	9 53	9 56	10 1	10 3	10 3	10 5	10 8	10 11
	半	10 35	10 42	10 49	10 54	10 56	10 57	10 56	10 54	10 53	10 53	10 55
子	暁九	11 40	11 46	11 52	11 55	11 56	11 53	11 49	11 44	11 41	11 38	11 38
	半	午前 0 45	0 51	0 56	0 57	0 55	0 49	0 43	0 35	0 29	0 23	0 21
丑	暁八	1 50	1 56	1 59	1 58	1 55	1 46	1 36	1 25	1 16	1 9	1 4
	半	2 56	3 1	3 3	3 0	2 54	2 42	2 30	2 16	2 4	1 54	1 47
寅	暁七	4 1	4 6	4 6	4 1	3 54	3 38	3 23	3 6	2 52	2 39	2 30
	半	5 6	5 11	5 10	5 2	4 53	4 34	4 16	3 57	3 40	3 24	3 13

近世の貨幣をめぐる常識

近世の中央貨幣には、金・銀・銭の三貨があり、地方には藩札もあった。が、ここでは西鶴を読むに必要な限りで解説する。従って、中期以降の中央貨幣や藩札には及ばない。

三貨のうち、金貨と銀貨が主要貨幣で、銭貨が補助貨幣である。

上方《かみがた》は銀遣《ぎんづか》いといい銀貨が、江戸は金遣いといって金貨が、標準貨幣であった。この国は、金よりも銀の産出が多く、古く銀貨が中心で、外国貿易の支払いも銀であった。上方はその伝統を継ぐものであった。

銀貨は秤量《ひょうりょう》貨幣で、量目が不定で、一般に使用するには不便な点があった。幕府は、一定価格の金貨を作って、これを基本通貨に落ち着けようとした。「秤《はかり》入らずにこれ程よき物はなし」（『永代蔵』巻六の二）とある通りである。

ところが、銀貨中心の慣習は根強く、経済の実権を握る大阪町人は銀貨を補助に遣うだけでは満足せず、銀遣いそのものに執着した。秤量貨幣は一般の使用には不便でも、秤量の間に「掛け出す」（『永代蔵』巻一の三）とか「掛け込む」（『永代蔵』巻四の三）とかいって、計量の技術だけで利益が挙げられることも、抜け目ない商人の誇りであった。『永代蔵』巻四の三には、銀二匁・銀三匁を計量して銀五厘・銀一分をごまかすという例が見える。これを「天秤《てんびん》の駆引き」（『西鶴織留』巻一の一）という。「秤目《はかりめ》知らぬ」（『永代蔵』巻二の三）という軽侮は、その技術を修得しない者をさすのであろう。

こんなわけで、金遣いは幕府の奨励にもかかわらず、江戸を中心に小地域に限られ、大勢としては、銀遣いが行われた。

次に、三貨の実態を述べると、貨幣は前代にも各種あったが、徳川幕府は慶長六年（一六〇一）、大判・小判・一歩判の金貨と丁銀・豆板銀の銀貨を鋳造し、通貨統一の意欲を示した。銭貨の鋳造は遅れて、寛永十三年（一六三六）の寛永通宝に始まる。

金貨は、通貨としては、小判と一歩判で、一歩判は小判の四分の一の価格であった。大判は、通貨ではなく、儀式・奉献・恩賞・献上などの特殊な用途に使われるもので、表面に十両と墨書してあるが、品位も通貨との交換率も必ずしも一定しない。ただ、慶長大判（慶長六年から元禄八年〔一六九五〕まで通用）は、品位はほぼ七両二歩に当った。この大判は、数が少なく、必要な時に買い入れると、特に一時に多くを買い集める時は、経済の原則通り、割高となり、八両以上の取引も珍しくはなかった。そこらに、大判の価格について説が多くなる因があった。大和長谷寺の観音の開帳には、大判一枚もしくは小判八両を要した（『永代蔵』巻三の三）という。

銀貨は秤量貨幣で、丁銀は四十三匁くらいが標準だが、三十数匁まであり、豆板銀は小粒・細銀《こまがね》なども呼び、五匁から一匁の間くらいのものが多いが、十匁以上のものや、数分・数厘程度のものまで大小様々で、日用を足すには利便でもあった。なお、銀貨にも一両という呼び方（『一代女』巻六の一）がある。定量貨幣の金貨一両とは違い、単なる重さの単位で、銀四匁三分をいう。十両を一枚（丁銀一枚すなわち四十三匁）とする。

この三貨の交換率については、幕府は慶長十四年（一六〇九）に令して、金一両を、銭では永楽銭一貫文（一千文）又は京銭四貫文とし、後、寛永通宝も四貫文とし、銀では五十匁と定めた。が、銀は実際には、金一両に対して、五十六、七匁前後のことが多かったようである。

元禄十三年（一七〇〇）になって、幕府は金一両・銀六十匁・銭四貫文に交換率を改定した。これは、慶長十四年の政令を実勢に近づけたのである。現在西鶴文学を注釈するにあたって、法定交換率では、と記しながら、元禄十三年の改定を標準に採るのは、政令よりも実勢に従っているのである。が、これはあくまで標準であって、実際は現行外国為替《かわせ》の変動相場制のごとく、変動してやまないものである。経済というものが、さまざまの自然的・人為的要因によって流動してやまないものなら、それで当然なのである。三貨の詳しい変動は、草間直方の『三貨図彙』を始め、各種の文献に見られる。

大阪では、毎朝高麗橋《こうらいばし》筋の両替所で、相場が立って、三貨の交換率が決定し、十人両替（両替屋の取締）から東西両町奉行所に届け出た。小判市（『永代蔵』巻一の三）ともいう。京都でも、この相場が通用（『永代蔵』巻二の一）した。

西鶴の作品に見られる三貨の関係も、標準交換率の通りではない。二、三の例を挙げる。

『永代蔵』巻六の二に、江戸で夷《えびす》講の日に「小判は五十八匁五分の相場に仕《つかまつ》る」と金・銀貨の関係を記している。

又、『一代女』巻六の一に「当座百の女は、この内四分取らるるぞかし。正味《しやうみ》八分の女」と、銭百文を銀一匁二分に換算する。標準では銭百文は銀一匁五分に当る。

又、『永代蔵』巻六の一に、結納金を贈る際「銀一枚よりは、嵩《かさ》高にして見よきに銭三貫」と節約な親仁《おやじ》が言う。銀一枚は四十三匁くらいが普通で、銭三貫は標準の交換率では四十五匁に当る。銭の方がいささか割高になる。その程度のことなら、銀一枚より銭三貫の方が嵩高で見栄えがしてよいと言ったと、素朴に解することもできる。しかし、節約親仁の言である。表向きの理由は嵩高ということでも、隠された下心には、しかもその方が割安だということが伴わないと、意味は薄い。銭一貫が銀十四匁以下の交換率だったらよいのである。実際は、その方が多いのである。前例の『一代女』に従えば、銭三貫は銀三十六匁で、銀一枚よりは大分割安になる。

大体に、銀はこうして、小判や銭よりも強い。そこに上方経済の強さが見られる。そんな中で、「小判市《こばんいち》も、この男買ひ出だせば俄《にはか》に上がり、売り出だせば忽ち下がり口になれり」（『永代蔵』巻一の三）といったひどく人為的な相場も形成されたのである。

このような変動をすべて無視して、注釈では、金一両・銀六十匁・銭四貫文の交換率で計算する。本書もそれに従った。

次に、この価格を現在の金高にどのように換算するかが問題となる。とりあえず、米価に基礎を置いて換算するのが、常識になっている。『永代蔵』巻五の二に「新米一石六十目の相場の時」とある。このあたりを平年作と見て、豊年は一石銀四十匁を割ることもあり、凶年は一石銀八十匁に近いこともあり、それに商人の思惑《おもわく》がからみ、米価はすこぶる不安定であった。一方、現代の米価も配給米から自由米まで様々であるが、昭和五十年九月改訂の標準米小売価格十キログラム二千四百九十五円

(大都市)を基準にすると、一石三万五千円に近い。そこに一応の標準を置く。この、当時と現在のともに不安定な米価をつないで、一石金一両・銀六十匁・三万五千円と置くような方法で、すべての換算の基礎とするのが、学界の常識のようである。これで、金一両は三万五千円、金一歩は八千七百五十円、銀一匁は約五百八十三円、銀一貫目(一千匁)は約五十八万三千円、銭一文は八円七十五銭、銭一貫文(一千文)は八千七百五十円と換算する。数字化されると、ものは確かな感じを与える。が、この場合も、極めて素朴で曖昧《あいまい》な基準なのである。

このように曖昧な基準ながら、凡例にも記す如く、初め、頭注や傍注に細かく現在の換算価格を記入しようとしたのは、近世は現代とは全く違った価格体系の中にあることを、実感してもらいたいからであった。けれども、近ごろの経済変動のはげしさから、やむなくこの企てを放棄したので、次にその一端を記して、御参考に供したい。

戦乱が収まると、消費生活はむやみに拡大したがる傾きがある。近世期の、中央集権的封建社会の安定も、例外ではない。だが、大まかに言って、工業生産の規模は小さく、生産性は極めて低く、消費に追いつかない。生産の規模の小さいところから、労働力は常に余り、従って、労働賃銀は極めて安く、生産性の低いところから、製品を掌中に収めその流通に携わる商人の収益は極めて大きい。士農工は貧困に向い、商は、というより、大資本は強大になる一方で、封建制度内部から支配力を強めた。その様相の一端を具体例で説明しよう。

遊楽の貴賤男女の雑沓《ざっとう》の中で、一際目立つ贅《ぜい》を尽した女の衣装・装身具一切を呉服屋の手代が値踏みして、銀一貫三百七十匁といい、この代金では大阪の南脇で六、七間口の家屋敷が買えるという

（『一代女』巻四の一）。これを換算すると、約八十万円にしか当らない。米価に比べて、この衣類の安さに、今の人は驚くであろうし、家屋敷の安さに至っては、異様な感じをすら与えられよう。原材料の安さ、中でも、人件費の比較にならぬ安さを示すものである。

妾《めかけ》奉公を望む女が、目見えに要する費用、借衣装から供廻り一切で一日銀二十四匁九分約一万四千五百円を要する。その付添女の日当は小女六分約三百五十円大女八分約四百七十円である（『一代女』巻一の三）。妾奉公は、当時の女のめざましい就職の唯一のものであった。だから、万一の成功を願って、無理な支度を調えて、目見えに行く。多くは不採用になるのだが、この一万四千五百円の借金は、日当三百五十円から四百七十円の女には、後で随分と重い負担になる。

労働者の日給は、銭三十七文約三百二十四円から五十文約四百三十八円までで、妻のやりくりで家族数人を養う（『永代蔵』巻六の五）という。

一方、金持について言うと、京の藤屋市兵衛は、資産銀一千貫目約五億八千三百万円で、借屋住居では世間第一の金持と言われたが、抵当に取った家屋敷が質流れて自分のものとなり、町人の身分を獲得すると、京の資産家の中では物の数にも入らなくなった（『永代蔵』巻二の一）。京で二十八番目の資産家の山崎屋で銀七千貫目四十億円を越える資産があった（『西鶴織留』巻二の一）という。

この大富豪の富が遊里の豪遊を支えたのである。大黒屋新兵衛の惣領新六の親の目をかすめた一年足らずの遊興費が、誇張の表現だったとしても、銀四百貫目約二億三千三百万円（『永代蔵』巻二の三）と記される。大阪南脇の家屋敷が約八十万円と換算されたのに比べるとよい。又、西国の大尽が菊の節句一日の費用として太夫野《の》風《かぜ》に贈ったのが一歩金三百枚約二百六十三万円だった（『永代蔵』巻一の二）という。強大資本の威力の思い知らされるものがあろう。

この強力な町人の社交界が三都（京・大阪・江戸）の遊里で、太夫がホステスであった。強力な町人をパトロンにもった太夫の豪華さは他に類を見ないところで、この金の鎖につながれた女奴隷を自由の女神と思い誤る軽率な研究家も出て来るのである。

売色女も様々で、最高の太夫から下落して最低の夜間街娼になると、一夜の借衣装代に銀六分五厘約三百八十円ほどかけて、一回の売春料十文約八十八円、それも半額は付添男に支払わねばならぬ（『一代女』巻六の三）のである。

一端ながら、近世経済の常識ひいては近世文学理解の一つの手掛りとなれば幸いである。

新潮日本古典集成〈新装版〉

好色《こうしょく》一《いち》代《だい》女《おんな》

令和二年七月三十日 発行

校注者 村《むら》田《た》穆《あつし》

発行者 佐藤隆信

発行所 株式会社 新潮社

〒一六二-八七一一 東京都新宿区矢来町七一

電話 〇三-三二六六-五四一一（編集部）

〇三-三二六六-五一一一（読者係）

https://www.shinchosha.co.jp

印刷所 大日本印刷株式会社

製本所 加藤製本株式会社

装画 佐多芳郎／装幀 新潮社装幀室

組版 株式会社DNPメディア・アート

乱丁・落丁本は、ご面倒ですが小社読者係宛お送り下さい。送料小社負担にてお取替えいたします。

価格はカバーに表示してあります。

ISBN978-4-10-620868-3 C0393

古事記 西宮一民 校注

千二百年前の上代人が、ここにいる。神々の哄笑は天にとどろき、ひとの息吹は狭霧となって野に立つ……。宣長以来の力作といわれる「八百万の神たちの系譜」を併録。

萬葉集（全五巻） 青木・井手・伊藤 清水・橋本 校注

名歌の神髄を平明に解き明す。一巻・巻第一～巻第四　二巻・巻第五～巻第九　三巻・巻第十～巻第十二　四巻・巻第十三～巻第十六　五巻・巻第十七～巻第二十

竹取物語 野口元大 校注

親から子に、祖母から孫にと語り継がれてきたかぐや姫の物語。不思議なこの伝奇的世界は、美しく楽しいロマンとして、人々を捉えて放さない心のふるさとです。

伊勢物語 渡辺　実 校注

引きさかれた恋の絶唱、流浪の空の望郷の思い——奔放な愛に生きた在原業平をめぐる珠玉の歌物語。磨きぬかれた表現に託された「みやび」の美意識を読み解く注釈。

古今和歌集 奥村恆哉 校注

息をのむ趣向、目をみはる技巧、選びぬかれた言葉のひびき……力の限り生きた証しを三十一文字に刻んだ人間の誇りゆえに、千年の歳月を、古今集は生きた！

土佐日記 貫之集 木村正中 校注

女人に仮託して綴り、仮名日記の先駆をなした土佐日記。屏風歌を中心に、華麗で雅びな王朝世界を詠出して、大和歌の真髄を示す貫之集。豊穣な文学の世界への誘い！

枕草子（上・下）　萩谷朴 校注

華やかに見えて暗澹を極めた王朝時代に、毅然と生きた清少納言の随筆。機智が機智を生み、連想が連想を呼ぶ、自由奔放な語り口が、今、生々しく甦る！

源氏物語（全八巻）　石田穣二 清水好子 校注

一巻・桐壺〜末摘花　二巻・紅葉賀〜明石　三巻・澪標〜玉鬘　四巻・初音〜藤裏葉　五巻・若菜上〜鈴虫　六巻・夕霧〜椎本　七巻・総角〜東屋　八巻・浮舟〜夢浮橋

更級日記　秋山虔 校注

光源氏につむいだ青春の夢、砕け散った夢のかけらを、拾い集めて走らせる晩年の筆……。心の寄る辺を尋ね歩いた女の一生、懐かしく痛ましい回想の調べ。

堤中納言物語　塚原鉄雄 校注

世紀末的猟奇趣味に彩られた「虫愛づる姫君」、稀有のナンセンス文学「よしなしごと」――とりどりの光沢を放つ短編が、物語の醍醐味を満喫させる一巻。

大鏡　石川徹 校注

老翁たちの昔語りというスタイルで描かれる歴代天皇の逸話、藤原道長の権力への階梯。菅原道真の悲話や宮廷女性たちの哀歓をもまじえ、平安朝の歴史と人間を活写。

今昔物語集 本朝世俗部（全四巻）　阪倉篤義 本田義憲 川端善明 校注

爛熟の公家文化の陰に、新興のつわものたちの息吹き。平安から中世へ、時代のはざまを生きる都鄙・聖俗の人間像を彫りあげた、わが国最大の説話集の核心。

山家集　後藤重郎 校注

月と花を友としてひとり山河をさすらう人生詩人、西行——深い内省にささえられたその歌は祈りにも似た魂の表白。千五百首に平明な訳注を付した待望の書。

宇治拾遺物語　大島建彦 校注

誰もが一度は耳にした「瘤取り爺」や「藁しべ長者」、庶民の健康な笑いと風刺精神が横溢する「芋粥」「鼻長き僧」など、一九七編のヒューマンドキュメント。

新古今和歌集（上・下）　久保田 淳 校注

美しく響きあう言葉のなかに人生への深い観照が流露する、藤原定家・式子内親王・後鳥羽院などによる和歌の精華二千首。作者略伝をはじめ充実した付録。

方丈記 発心集　三木紀人 校注

痛切な生の軌跡、深遠な現世の思想——中世を代表する名文『方丈記』に、世捨て人の列伝『発心集』を併せ、鴨長明の魂の叫びを響かせる魅力の一巻。

平家物語（全三巻）　水原 一 校注

祇園精舎の鐘のこゑ……生命を賭ける男たちの戦い、運命に浮き沈む女人たち、人の世の栄枯盛衰を語り伝える源平争覇の一部始終。八坂系百二十句本全三巻。

古今著聞集（上・下）　西尾光一 小林保治 校注

貴族や武家、庶民の諸相を神祇・管絃・好色等に分類し、典雅な文章の中に人間のなまの姿を写して、人生の見事な鳥瞰図をなした鎌倉説話集。七二六話。

とはずがたり　福田秀一 校注

初めて後深草院の愛を受けた十四歳の春から、様々な愛欲の世界をへて仏道修行に至るまで。波瀾に富んだ半生と、女という性の宿命を赤裸々に綴った衝撃的な回想録。

徒然草　木藤才蔵 校注

あらゆる価値観が崩れ去った時、批評家兼好の眼が躍る――人間の営為を、ある時は辛辣に、ある時はユーモラスに描きつつ、人生の意味を鋭く問う随筆文学の傑作。

太平記（全五巻）　山下宏明 校注

北条高時に対する後醍醐天皇の挙兵から足利政権確立まで、その五十年にわたる激動の時代と勇猛果敢に生きた人間を、壮大なスケールで描く軍記物語。

世阿弥芸術論集　田中 裕 校注

初心忘るべからず――至上の芸への厳しい道程を説き、美の窮極に迫る世阿弥。奥深い人生の知恵を秘めた「風姿花伝」「至花道」「花鏡」「九位」「申楽談儀」を収録。

御伽草子集　松本隆信 校注

室町時代、華麗に装われて登場した民衆文芸。貴種流離・恋・変身・冒険等々、奇想天外な発想から夢と憧れと幻想をくりひろげた傑作小説の世界。全九編収録。

説経集　室木弥太郎 校注

数奇な運命に操られる人間の苦しみを、心の琴線にふれる名文句に乗せて語り聞かせた大衆芸能。安寿と厨子王で知られる「山椒太夫」等六編。

好色一代男　松田修 校注

七歳、恋に目覚めた世之介は、六十歳にしてなお見果てぬ夢を追いつつ、女護ケ島へ船出する。愛欲一筋に生きて悔いなき一代記。めくるめく五十四編の万華鏡！

日本永代蔵　村田穆 校注

致富の道は始末と才覚、財を遣い果すもこれ人生。金銭をめぐって展開する人間悲喜劇のさまざまを、町人社会を舞台に描き、金儲けとは人間にとって何であるかを問う。

世間胸算用　金井寅之助 松原秀江 校注

大晦日に繰り広げられる奇想天外な借金取りの攻防。一銭を求めて必死にやりくりする元禄庶民の泣き笑いの姿を軽妙に描き、鋭い人間洞察を展開する西鶴晩年の傑作。

芭蕉文集　富山奏 校注

松尾芭蕉が描いた、ひたぶるな、凜冽な生の軌跡。全紀行文をはじめ、日記、書簡などを年代順に配列し、精緻明快な注釈を付して、孤絶の大詩人の肉声を聞く！

近松門左衛門集　信多純一 校注

義理人情の柵を、美しい詞章と巧妙な作劇で織り上げ、人間の愛憎をより深い処で捉えて感動を呼ぶ「曾根崎心中」「国性爺合戦」「心中天の網島」等、代表作五編を収録。

春雨物語 書初機嫌海　美山靖 校注

薬子の血ぬれぬれと几帳を染める「血かたびら」大盗悪行のはてに悟りを開く「樊噲」――。死を目前に秋成が執念を結晶させた短編集。初校注『書初機嫌海』を併録。

■新潮日本古典集成

古事記　西宮一民
萬葉集　一〜五　青木生子　井手至　伊藤博　清水克彦　橋本四郎
日本霊異記　小泉道
竹取物語　野口元大
伊勢物語　渡辺実
古今和歌集　奥村恆哉
土佐日記　貫之集　木村正中
蜻蛉日記　犬養廉
落窪物語　稲賀敬二
枕草子　上・下　萩谷朴
和泉式部日記　和泉式部集　野村精一
紫式部日記　紫式部集　山本利達
源氏物語　一〜八　石田穣二　清水好子
和漢朗詠集　大曽根章介　堀内秀晃
更級日記　秋山虔
狭衣物語　上・下　鈴木一雄
堤中納言物語　塚原鉄雄
大鏡　石川徹

今昔物語集　本朝世俗部　一〜四　阪倉篤義　本田義憲　川端善明
梁塵秘抄　榎克朗
山家集　後藤重郎
無名草子　桑原博史
宇治拾遺物語　大島建彦
新古今和歌集　上・下　久保田淳
方丈記　発心集　三木紀人
平家物語　上・中・下　水原一
金槐和歌集　樋口芳麻呂
建礼門院右京大夫集　糸賀きみ江
古今著聞集　上・下　西尾光一　小林保治
歎異抄　三帖和讃　伊藤博之
とはずがたり　福田秀一
徒然草　木藤才蔵
太平記　一〜五　山下宏明
謡曲集　上・中・下　伊藤正義
世阿弥芸術論集　田中裕
連歌集　島津忠夫
竹馬狂吟集　新撰犬筑波集　木村三四吾　井口壽

閑吟集　宗安小歌集　北川忠彦
御伽草子集　松本隆信
説経集　室木弥太郎
好色一代男　松田修
好色一代女　村田穆
日本永代蔵　村田穆
世間胸算用　金井寅之助　松原秀江
芭蕉句集　今栄蔵
芭蕉文集　富山奏
近松門左衛門集　信多純一
浄瑠璃集　土田衞
雨月物語　癇癖談　浅野三平
春雨物語　書初機嫌海　美山靖
與謝蕪村集　清水孝之
本居宣長集　日野龍夫
誹風柳多留　宮田正信
浮世床　四十八癖　本田康雄
東海道四谷怪談　郡司正勝
三人吉三廓初買　今尾哲也